# 鄭和

朱蘇進　陳敏莉

中

本姓馬，小字三保，雲南昆陽人，明永樂二年，明成祖親筆寫了一個"鄭"字，賜他為姓，提升為內宮兼太監，人們叫他"三保太監"，由於他懂一些航海知識而且又擔任管理宮廷事務的大太監，因此成祖選拔他擔任正使，率領船隊去完成一次光榮又艱巨的任務。

# 目錄

# 【第十二章】

皇宮的勤政殿外，一個身子顯得有點臃腫的中年太監立於玉階上高喝：「皇上駕到，眾臣早朝。」

方孝孺與齊泰左右牽頭，眾臣隨後，從左右兩門依次進入勤政殿。朱允炆今日沒有像往常那樣高踞龍座，他滿面怒容，手抓一紙背於身後，立於殿堂正門處，盯著魚貫而入的大臣們。大臣們誰也不敢看朱允炆，他們迅速排班立定。雖然朱允炆在他們身後，他們仍然朝著前方那座空蕩蕩的龍座，齊齊跪地叩道：「臣等拜見皇上。」

朱允炆鶴立雞群般在跪地的眾臣中走動，氣沖沖道：「朱棣反了！你們知道麼？反啦！！」

整座大殿寂靜無聲，眾臣泥菩薩般，一動不動。

朱允炆抖動著那張紙頁，發怒的聲音像雷雨前的閃電一樣驚顫刺目：「朱棣給朕發出一紙檄書，說什麼『幼主繼位，奸臣環侍，橫起大禍，屠戮皇親骨肉。』這就是說，朕是個不明事理的幼主，而你們統統是環侍的奸臣！朕被你們教唆壞了。他自己呢？要遵照先皇《祖訓》，『朝無正臣，內有奸逆，必訓兵討之，以清君側……』聽聽，朕這個朝廷，成了偽朝廷！朱棣拒不承認，他甚至把朕的建文年號都去掉了，稱今年是洪武三十二年。他要秉承先帝，護法護綱，奉天靖難！」

滿朝大臣們還是伏地一動不動。

朱允炆把那頁紙撕碎，一甩，紙屑紛飄，落到臣子們的頭上臉上。他這才叫「平身」，大臣們起身，齊聲叫：「謝主隆恩。」

朱允炆一嘆：「兵部有何話說？」一臣出班道：「啟稟皇上，朱棣舉兵當天，已占領了北平全城。並以城中糧餉軍械為支援，發兵遵化、薊州、懷來三鎮。如果三鎮不守，朱棣就能夠形成以北平為核心的方圓數百里的根據……」朱允炆著急地問：「為何支吾不言？接著往下說啊，三鎮能否守得住?!」兵部大臣似有難言之隱：「雖然暫無敗報傳來，但臣以為，三鎮斷難抵擋朱棣，說不定此刻已經落入燕軍手裡了。」朱允炆驚懼地問：「為何如此迅速？」兵部大臣回答：「因為大明北疆，歷來由朱棣鎮守。三鎮將領，大部是其袍澤，不忍與其戰。或者……不敢與其戰。」朱允炆氣急敗壞地說：「朱棣舉兵不足半月，就連克數鎮，奪取一片根據地。朝廷如無霹靂手段，將其速速撲滅，豈不禍亂半壁江山了嗎?!」

此時，隊伍末尾走出一位青年臣工，朗聲道：「啟稟皇上，臣有一策，可平禍亂。只怕有悖聖意，請皇上恕罪。」朱允炆看看他，竟然不認識：「你是……」青年臣工自報家門：「臣禮部主事夏元吉。」朱允炆醒悟道：「想起來了，你剛剛入閣。好嘛。這麼多內閣大臣都持重不言，唯獨你膽子不小，越班上奏了！」眾臣驟起不滿之心，立刻響起一片低低的不屑之聲。

夏元吉恭敬地說：「上有聖君，下才有直臣。正由於臣稚嫩無知，才敢言人之不敢言。」

朱允炆滿意道：「這話聰明。你說吧。」

夏元吉道：「臣以為，朱棣的勇略，不下於開國將帥徐達、常遇春等。朱棣所部燕軍，也多為北疆悍勇之徒。而朝廷的能征慣戰之將，早在先帝時期就陷入各次黨案，被誅戮殆盡。因此，如今天下有急，卻良將難覓。臣以為，朝廷即使調集大軍剿滅了朱棣，也勢必兩傷。更何況，也許朱棣未平，其他藩王又反；也許就在朝廷與朱棣惡戰的要緊關頭，前元餘孽、北漠馬賊都趁機攻掠內地，迫使朝廷處處應敵，致使戰事連綿不絕，導致百姓蒙難，國庫空虛、糧餉殆盡。臣擔心到了那時候，玉石俱焚，祖宗基業毀於一旦……」眾臣想不到年紀輕輕的夏元吉說出如此深憂遠慮的話，不由頻頻點頭。朝廷還是有人才！朱允炆受到鼓勵的同時也鼓勵夏元吉：「愛卿只管說！」

夏元吉侃侃道：「平叛之策，一是剿，一是撫。如能速勝則剿。如禍患難除，則不如撫。臣斗膽建議朝廷賜恩，施以招安懷柔之策，恢復朱棣燕王之尊，責其罷兵，令其繼續為朝廷戍邊，化敵為親，化險為夷。」

齊泰聽得怒火中燒，上前厲聲道：「臣建議皇上立即恢復先帝廷杖之刑。首杖之人，就是這個夏元吉！」

想不到夏元吉並不畏懼，反而昂首道：「臣如果成為建文朝第一個被杖之臣，無異於金榜題名。臣深感榮幸！」

齊泰訓斥：「朱棣素有奪位之心，撤也反，不撤也反！之所以釀成今日之禍，就在於早先削藩時沒有首罷朱棣，反而著眼於什麼『枝幹』，使得朱棣矇騙朝廷，聚集力量，終成大患！」說到這裡，齊泰悔得心痛，狠狠瞪了方孝孺一眼。方孝孺慚愧地垂下頭。齊泰又道：「如今，無論是前元餘孽還是北漠賊寇，加在一塊也不如朱棣危險！如果朝廷再搞什麼賜恩招撫的話，等於重犯以前犯過的錯誤，將禍患越養越大！現在，必須君臣一心，舉國一致，速速剿滅朱棣。才是太平長遠之策。」

在齊泰慷慨放言時，宮廷衛士押上一身素服的鐵平，他跪地叩道：「罪將鐵平，拜見皇上。」朱允炆嗔責道：「鐵平，你是先帝袍澤，前朝大將，朕以為你必能收伏朱棣。可你，反而成為朱棣俘虜，真給朕丟人！給先帝丟人！」鐵平十分慚愧，說：「末將罪該萬死……請皇上賜罪。」朱允炆巡視著眾臣，嘆道：「唉，前朝勛舊久疏戰陣，個個都這麼荒廢無用了！各位愛卿，照你們看來，現在全國將領中，有誰可以賦予大任，率兵剿滅朱棣？」

眾臣交頭接耳，議論紛紛，卻無一人上奏。齊泰也無語。朱允炆的目光，失望中帶著焦慮：「難道本朝將軍，無人可敵朱棣？」

仍然跪在地上的鐵平突然開口道：「有一人必能掃平朱棣。」

朱允炆垂眼看他：「誰？」

鐵平猛然大吼道：「罪將──鐵平！」

滿朝大驚，卻無人說話。

退朝之後，朱允炆沉著臉兒步向上書房。齊泰陪行，行進間仍然建言不止。方孝孺則像個失意的跟班，遠遠跟在後頭。齊泰道：「皇上，鐵平乃敗軍之將，喪師辱國，絕不可再用。」朱允炆卻另有想法：「鐵平一時大意，才被朱棣所趁。現在他痛定思痛，極盼雪恥，其鬥志正可為朕所用嘛。」齊泰卻請皇上三思：「鐵平與胡誠都曾落入朱棣掌中，為何朱棣只殺胡誠而不殺鐵平？這不正說明胡誠對皇上忠心耿耿，而鐵平對朱棣無怨無恨麼？這樣的將領就算再能打仗，也不可用！」

朱允炆聽著，默默無語。須臾，他駐足回頭問方孝孺：「先生意下如何？」

方孝孺不肯再輕易表態，說自己先洗耳恭聽。朱允炆於是又嘆氣，反問齊泰，鐵平如不可用的話，何人能夠起用為將？齊泰此時已經胸有成竹，向皇上力保曹國公李景隆為將。朱允炆聽後卻頗猶豫，對齊泰說：「李景隆雖然深通兵法，卻從來不曾在沙場征戰過，紙上談兵的人，只怕非朱棣之敵。」齊泰道：「臣以為，選將的首要條件是對皇上忠心耿耿。李景隆曾受命逮捕周王、岷王、湘王，足已證明其忠勇可靠！此外，江山代有豪傑出，皇上既然已經御極天下，就亟須培養本朝的將帥，開創千古偉業。」朱允炆有些動心，再問方孝孺的意見。方孝孺還是搖頭推辭，說自己還沒有想好。於是齊泰又道：「臣建議，在李景隆北伐的同時，策動蒙古王公進襲北平，令朱棣首尾不能相顧，必敗無疑！」

朱允炆沉思許久，終於立定，對齊泰方孝孺兩人說：「朕意已決，拜李景隆為平燕大將軍，賜『通天犀帶』和『天子斧鉞』，並授予專征專權。令其率大軍掃蕩北平！」

齊泰歡喜揖道：「皇上聖斷。李景隆必能不負聖恩，生擒朱棣。」

朱允炆微笑著補充：「同時，朕仍然要拜鐵平為平燕副將軍，相助李景隆，共同北伐！」這時候，方孝孺才沙啞地道：「皇上聖斷！」朱允炆立即下旨：「速召李景隆進宮，朕要在平臺賜宴，厚言勉勵，以壯其志。」

平臺是皇宮裡專用於觀景、賞月、設宴的地方。上有一個半邊向陽的精巧亭台，裡面安置一張長案，長案上布設著古意盎然的酒器。宴席的氣氛熱烈而悲壯，朱允炆坐北朝南，齊泰、方孝孺左右陪坐。生氣勃勃的青年將軍李景隆，遙遙地跪坐於長案另一頭。朱允炆高舉一隻銅爵，自豪地說：「朕手中這隻銅爵，乃六百年前，宋太祖趙匡胤設宴出征時所用。今日，朕特用它給平燕大將軍李景隆賜酒，以壯行色！愛卿，請滿飲此爵。」李景隆上前接過，一飲而盡。跪地叩道：「皇上天恩浩蕩，臣即使肝腦塗地，也必報聖恩！」

朱允炆一招手，在邊上侍候的太監王景弘用銀盤托上一隻光燦燦的腰帶。朱允炆取過這隻腰帶道：「這隻通天犀帶，乃先帝拜將時所用。朕親筆在犀帶上為愛卿題寫下了八個字——忠孝齊天智勇蓋世！愛卿請起，朕要親手為你佩於腰間。」

朱允炆親手為李景隆佩戴腰帶的時候，李景隆的熱淚潸然而下，他泣道：「臣唯有掃平天下，方配得上這條通天犀帶。」王景弘又用銀盤托上一隻精美的小銅斧。朱允炆取過它，道：

「朕賜於你的第三件物品，便是這柄天子斧鉞。執此，愛卿便可統領六十萬大軍，專征專權，踏滅北平！」李景隆跪接，哽咽發誓：「臣李景隆對天立誓，六個月內，必用這柄天子斧鉞，砍下朱棣頭顱，以報皇恩！」朱允炆聽得心中愜意，道：「哎——朕寬仁治國，不忍殺朱棣，朕著你將他活捉，解入京城，朕有話跟他說！」

李景隆高聲應承。朱允炆起身，指點著自己腳下——彷彿朱棣就跪在面前，恨恨地說：「朕要把朱棣領到太祖靈前，當著皇天后土，當著文武百官，好好地審審他。朕要問他，『四叔啊，你為何悖父悖君？為何篡改先帝《祖訓》？你是太祖的骨肉不是？你知罪不知罪？』……之後呢，朕還不殺他！朕要在孝陵前給他蓋個屋子，令他終生給太祖守靈！對了，朕還要賞他銀毫百支，令他每日抄寫《祖訓》三十遍。讓他字字泣血，句句穿心，時時愧罪！哎——朕要他給所有皇親立個榜樣，凡是不臣不孝者，當以朱棣為鑒，除了悔過自贖之外，別無下場！」朱允炆滿面勝券在握的神態，越說越得意，方孝孺卻是憂心如焚。齊泰則在旁邊讚頌：「如此，皇親震懾，百官嘆服，更顯出我皇恩威齊天了！」

宴罷，方孝孺未回上書房去，他獨自在花園內散步，唉聲嘆氣，暗自神傷。忽聽一聲咳嗽，抬頭看見朱允炆立於面前。方孝孺躬身問安，朱允炆驚訝地說：「方先生哪，朕還是頭一回見你如此愁眉苦臉！」

方孝孺深深嘆息：「老朽老而朽之，愧對皇上。」

朱允炆道：「這幾天，你一直唯唯諾諾，遇事迴避，不肯建言，甚至把『老臣』二字換做『老朽』了！方先生，這究竟是何緣故？」

方孝孺顯出難言之隱：「哦……老臣、不，老朽直說了吧。當初裁撤藩王時，是老朽力主先除周、代、岷、湘諸王，後除朱棣，結果證明是老朽錯了。朱棣佯瘋之後，又是老朽力主放歸人質，致使朱棣無後顧之憂，悍然舉兵，老朽又錯了。身為大學士，輔助朝政，卻屢屢犯錯，老朽追愧不已，豈敢再言。」

朱允炆明澈的目光直射方孝孺：「先生只怕還有一樁心病。」

方孝孺說：「請皇上明示。」

朱允炆道：「先生素與齊泰相爭，而現在先生屢誤而齊泰屢對，先生又羞又窘，便在齊泰面前退避三舍，緘默自守了！」方孝孺慚愧地承認了這一點。朱允炆微笑著說：「先生雖然不肯開口說話，卻並不等於先生心裡沒主意。現在，朕要你把心裡的主意說出來。」

方孝孺還是猶豫，只怕自己再犯錯誤。朱允炆一向敬重方孝孺為人，道：「先生只管建言，對與錯，由朕來斷。」

方孝孺終於下定決心，說出自己主意：「朱棣起兵，名為奉天靖難，舉哀兵，清君側，頗能惑亂人心。朱棣所謂的『君側奸臣』，就是力主削藩的臣與齊泰。皇上可暫時罷免臣與齊泰，以斷掉朱棣起兵口實。之後，再舉兵掃蕩。這樣一來，無論天下人心，還是倫理綱常，都在皇上這邊。朱棣便成孤寡逆子，一擊而敗。」

朱允炆認為這不可思議：「先生與齊泰都是朕之愛卿，為何要替朱棣受過？」

方孝孺正色道：「任何臣子，都應捨得為國家社稷犧牲一切！即使為皇上赴死，那也是臣子的福氣！更何況官位虛名等身外之物？老臣願意成為六十萬北伐大軍的前鋒，親赴北平，說服朱棣棄甲來降。如能成功，則消弭戰禍，蒼生萬幸。如不能成功，也能使朱棣在天下人面前，綱常掃地，自取其敗。還能使那些夾在朝廷與朱棣之間、左右觀望、欲反而未敢反者，全部倒向朝廷。如此，天下歸心，北伐大軍是在必勝前提下北伐，而朱棣是在必敗的末路中掙扎。朝廷彈指之間便可鼎定大局。」

朱允炆來不及感動，已經喜憂參半：「先生所言，真乃王者之道！但是，朕早晚要向先生請教，先生斷斷不可離京赴平。要麼，先生可以薦人自代。」方孝孺立刻舉薦了一位臣工，「此人位不高、職不顯，但見識超人，膽大敢言……」朱允炆忙問是誰，方孝孺說就是今日早朝時，被齊大人痛罵過的夏元吉！此人前途無量，可委以大用。朱允炆慨然准奏！

姚廣孝在禪房內誦經。窗外月光如銀，房內燭光跳躍。姚廣孝盤腿坐於佛像下面，雙目緊閉，兩隻手拈著佛珠，口中念念有聲。馬和入內，見狀不禁輕輕笑出了聲，姚廣孝聽見動靜，睜開眼睛，見是馬和，嗔道：「笑什麼？」馬和忍住笑說：「徒弟每次看到師傅誦經，都有一個疑問，就是不敢開口問。」姚廣孝閉上眼，悠悠道：「那你就別問。」馬和又笑：「不問又憋得慌。」姚廣孝慢騰騰說：「那你就問。」馬和說：「徒弟的疑問是——師傅是真信佛，還是假信佛？」姚廣孝反問：「真又如何，假又如何？」馬和道：「如果師傅是真信佛的話，為何鼓勵燕王舉兵，與朝廷爭天下？如果師傅是假信佛的話，為何誦經時又這樣虔誠，像個世外高僧。」

姚廣孝看著馬和說：「聽著。信佛但不全信；入世卻又脫俗；貌似高僧，實為瘋僧——這就是老衲！」口氣裡卻溢出自信。

馬和點頭笑道：「難怪王爺這麼敬重師傅，原來師傅腳跨僧俗兩界。」姚廣孝卻搖頭，告訴馬和，他說錯了。燕王之所以敬重他，是因為燕王自己就腳跨正邪兩界，與他是異曲而同工！馬和聰睿的眼睛顯得有些茫然：「師傅的話……徒弟好像明白了，也好像更糊塗了。」姚廣孝就說：「能明白就不容易，明白之後再糊塗，就更不容易！」知道這樣的話，像馬和這樣年紀的人一時還難以懂得透澈，便道：「罷了，是燕王差你來的吧？」

馬和這才想起，是王爺讓他來請師傅赴王府議事的。姚廣孝猜測，是朝廷進軍了。馬和心裡越發敬佩師傅，他對師傅說，六十萬北伐大軍，已渡過黃河。姚廣孝起身，口裡隨便說：「哦……燕王只怕有點焦慮不安了吧？」

馬和說看不出來，王爺談笑風生的，似乎比往日更見精神了。姚廣孝且走且道：「這就是不安！為了掩飾不安，燕王才故意談笑風生！」

馬和想也應該是這樣。他說出自己的憂慮：「師傅啊。您想，王爺總共只有八萬兵馬，怎麼抵擋朝廷六十萬大軍呀？」

姚廣孝的目光往銀河裡望去，天空是深不見底的深藍色，在可望而不可及的蒼穹之下，連大地都顯得不真實了。姚廣孝沉著地說：「這你得問燕王了。老衲只知道一個簡單的道理。這天上雖然繁星無數，月亮一個，但漫天星星捏成一團，也不如一個月亮亮！」

這話好像簡單其實深奧，馬和還是只知其然而不知其所以然。

朱棣焦急地等待著姚廣孝的到來，他的內心正承受著巨大的壓力。燕王府的氣氛是前所未有的緊張，不僅堂下眾將排列，堂外也是甲士如林，處於一級警戒狀態之中。朱高煦向父親稟報：「父王，前方探報，李景隆六十萬大軍分左中右三路進兵，其東路十萬已過河間，西路十五萬已過無極。李景隆自率三十五萬，由中路直襲北平。」張玉那裡的消息是：原已歸降的遵化、懷來兩衛，聽說北伐大軍來了，便又再度投降朝廷。並有蠢蠢欲動之勢。

朱棣的表情與聲音同樣冷靜：「所謂蠢蠢欲動，無非是想配合南軍，從北面合圍北平罷了。」

總兵李正也來報：「燕王，平西重鎮永寧已被南軍圍困。我們囤積在那裡的糧草、軍械，只怕要落到敵軍手裡了……」

這則消息石破天驚般，引起一片驚嘩聲。連朱高熾都擔心地對父親說：「父王，永寧如果失守，燕軍就無法久戰了。」

「各位兄弟，朝廷幾乎調集了全國軍力，步步壓境。其意圖是，把所有燕軍壓縮到北平城裡來，四面合圍，困而殲之。現在，八萬燕軍對抗六十萬南軍，敵我如此懸殊，這種局面，即使父皇在世，只怕也沒有遇見過。」朱棣洪亮的聲音卻像雪上加霜，眾將默然嘆息，每人臉上都掛著憂慮。朱棣打量著眾將，突然哈哈大笑道：「但是，南軍敗勢已成，燕軍勝局已定，各位就要創下不世功勛了。父皇在天之靈俯看人間，如果看見後輩英豪如此能幹，必定鼓掌稱賀！」

朱棣的話讓大家摸不著頭腦，眾將面面相覷，朱高煦急忙道：「請父王詳示。」

朱棣這才沉著地為眾將分析軍情：「南軍此次北伐，已墜入五敗之境！其一，李景隆本是個錦繡皮囊，膏粱豎子，朱允炆棄鐵平不用而拜此人為將，真是斷送大好河山哪；其二，北方已接近寒冬，而南軍不耐冰雪，南北兩軍在冰天雪地裡作戰，未及交鋒，勝負立判！其三，南軍是從內地各省匆匆調集而來，將帥不和，紀律不整，上下離心，生死離志。六十萬大軍倉猝北伐，無異於遍地鵝鴨，一池蛤蟆！」

眾將的眉頭開始舒展，各人臉上的表情生動起來。朱棣再道：「其四，南軍千里而來，前後綿延二百里，未戰先疲。六十萬大軍每日須耗糧草三萬擔，如此負擔，必須速戰，否則就會糧盡而潰；其五，李景隆此人暴得大名，貪功心切，剛愎驕矜。內無仁勇，外無威令，這樣的主帥，根本不配與本王為敵！」朱棣滿臉輕蔑，輕鬆落座。

眾將頓時喜笑顏開，高煦搶著要當先鋒！張玉也歡喜請戰。眾將領紛紛開口，此起彼伏地請燕王下令！姚廣孝坐於一旁，洞若觀火，微笑不語。朱棣開始發號施令：「眾將聽令！朝廷最大的願望就是攻取北平，各路南軍合圍的核心也是北平。我們應該利用朝廷的部署，將北平作為一個巨大的誘餌，用以吸引南軍兵力。而燕軍主力呢，全部拉到周邊去，在運動中避實擊虛，尋機殲敵。」朱高熾驚訝地問：「父王把主力都帶走了，北平怎麼辦？」朱棣看兒子一眼：「北平僅留下護城守軍，外加一萬精兵。只要堅守三十天，我必擊潰南軍主力，那時北平之圍自解！」朱高熾還是憂慮：「如此，北平就成為一座孤城了。萬一北平失守，燕軍就喪失根據了……」朱棣劍眉一豎，大聲道：「所以，北平必須死戰待援，絕不能失守。」

底下頓時鴉雀無聲，過了一會，朱高熾緊張地問出了大家心照不宣的問題：「敢問父王留誰堅守北平？」朱棣面色冷峻地看了兒子一會——他這是在創造效果，然後說：「你——世子朱高熾！」

朱高熾一個愣怔，尚未回過神來，朱棣又說：「還有你母妃，還有所有將領的父母妻兒！高熾啊，燕軍將士的骨肉都擱在北平了，你擔當得起嗎？」

面對父親的激將，朱高熾自知別無選擇，他聲音顫抖地說：「稟父王，兒臣擔當得起！兒臣誓死固守北平三十天！」

朱棣這才面露笑容，衝眾將領喝道：「你們都聽見了？本王的妻兒在北平，你們的妻兒也在北平。有世子朱高熾坐鎮，三十天裡北平將巍如泰山，牢不可破！但是，我們畢竟在冒著巨大風險棄城而戰，三十天內，我們必須殲滅南軍主力，解北平之圍，一天也不可遲延！」

姚廣孝與朱棣散會之後不約而同地來到燕王府的花園裡。姚廣孝先到，片刻之後朱棣也慢慢踱進涼亭來。他似乎有點不好意思，因為知道姚廣孝看得懂他的一招一式。果不其然，姚廣孝哈哈大笑著朝剛立定的朱棣深深揖首：「方才，燕王點兵布戰，真好比一次千古絕唱！貧僧坐而觀之，既感慨不已、又佩服之至！」

朱棣艱澀一笑：「本王也是無奈呀，不出險著，何以制勝。」姚廣孝便問他：即使出了險著，燕王就真有必勝的把握嗎？」朱棣真誠一嘆：「大師應該知道，天下哪裡有必勝之戰？如果有，那三歲小兒也能打仗了！」姚廣孝見朱棣心明如鏡，心裡的希望反而增大了些。他關心地追問：「貧僧斗膽問一句，北平如果失守，燕王怎麼辦……」

朱棣截斷姚廣孝的話：「北平絕不會失守！」

姚廣孝很固執，說：「貧僧問的是萬一。」

朱棣默然了，許久之後道：「萬一北平失守，那我就徹底失敗了，從王公墜為流寇……」

姚廣孝像是不見棺材不落淚，朱棣不攤出底牌他就不肯罷休，居然問：「燕王願意當流寇嗎？」

朱棣咬著牙搖搖頭：「到那時，我斷然自盡，到天上向父皇請罪去吧。」姚廣孝卻又厲聲打消他的念頭：「萬萬不可！即使北平失守，燕王也要聚眾再起，奪取天下！因為，那時的燕王和將士，雖然失去了親人骨肉，但也解除了家小負擔，正好任意征戰，這豈不更便當了麼?!至於妻女，勝利後可以再娶；兒子，勝利後也可以再生；城廓麼，勝利後更可以再造。燕王啊，世事禍福相依，為王者，寧死無愧！」

對於朱棣來說，姚廣孝此言振聾發聵，他朱棣閱世再廣，體驗再多，也沒有達到這樣的境界。但是他明白，這是確確實實存在的一種境界，並非姚廣孝妖言惑他。正因為他尚未進入這樣的境界，所以這個境界目前對於他來說是可怕的，可也是神聖的，甚至是可望而不可及的！他搖了搖頭，似要搖走某種幻覺。嘴裡卻是鄭重地說：「大師說得是。」

馬和早已跟入花園伺候，此時怔怔地看著他們。人與人之間爭鬥起來的殘酷程度，比起動物來簡直是有過之而無不及啊——為了奪取天下，不但要踏著敵人的屍骨前進，也要踏著親人的屍骨而行。師傅曾教過他許多含佛教意境的詩書。在許多詩人的佛詩之中，他更喜歡王維的：「已悟寂為樂，此身閒有餘。思歸何必深，身世猶空虛。」與此時師傅說的話，是多麼相悖的境界啊！然而馬和究竟是塵世中人，「夜晚雲隨風雨去」，既然當前形勢緊迫，馬和感到自己的使命義不容辭。他上前顫聲道：「王爺，奴才願留在北平，協助世子守城！」

朱棣轉臉看了馬和一會，問：「你是想與北平共存亡，是嗎？」

馬和大聲說：「是！」

朱棣難得和藹地笑笑：「哼，取死容易，取勝難。你有更重要的任務。」

馬和想不出還有比守北平更重要的，說：「請燕王示下。」

朱棣說：「兩軍交戰，糧草是關鍵！令你帶領五千精兵，與總兵劉強一起，把儲存在大營中的十萬擔糧草預先運往戰地。至於這個戰地嘛……」朱棣沉思片刻，道：我可以先告訴你——鄭村壩。我決定在那裡與南軍決戰！」

「奴才遵命。」面對朱棣的信任，馬和的心感動得顫顫的。

朱棣補充道：「記著。第一，此行你負全責。所有兵勇包括總兵劉強，都歸你節制；第二，戰地所在位置，萬不可洩露；第三，十五天內務必將糧草送到。如果有誤，我必殺你！」

這時，一個僕人匆匆奔來稟報，京城的差使夏元吉，奉旨而來。朱棣還能記起這個夏元吉是個新入閣的才子。姚廣孝笑道：「此人必是來做說客的，建議王爺以禮相待。」朱棣道：「燕軍自有待客之道，禮便是威，威便是禮，無威便是無禮。」說著，吩咐僕人將夏元吉領到午門上，他要在那裡請他閱兵。自己則由馬和伺候著匆匆換上龍首鎖子甲，先到午門的高臺佇立，威風凜凜地視察著自己的陣營：城樓上，甲士林立，刀矛閃亮，戰旗蔽空……忽然，他看見了，一個在上層官員中顯得特別年輕矯健的身影穿越甲士的叢叢刀矛，毫無懼色地向他走來。夏元吉逕直來到朱棣面前，朝他深深一揖，朗聲道：「大明特使夏元吉，奉旨拜見燕王。」

朱棣讓夏元吉同他站到一處，眺望遠方的山山水水，問道：「夏元吉，以前你登臨過北平城嗎？」夏元吉說從來沒有。朱棣便問他對北平的印象，夏元吉目光炯炯展眼前瞻，由衷讚嘆：

「不愧為鐵壁雄關，頂天立地。」朱棣見夏元吉磊落大氣，心中快意，自豪地說：「不瞞你說，本王每次登高遠望時，都在想——要是有百萬大軍來攻城的話，那該多好哇！否則，真是可惜了這座雄關！」

此話足見朱棣氣魄野心，但作為說客的夏元吉聽了臉上卻是波瀾不驚，他從容地說：「燕王雄心萬丈啊。請燕王接著往下想——戰端一開，血漫雄關。兩軍將士的屍骨，只怕堆得比這座北平城還要高！而他們全部都是大明男兒，是先帝的子孫哪！」他指點著旁邊林立的甲士，嘆道：「因此，雄關還是築而不用、讓它可惜掉最好。」

這是朱棣未來治國所需要的慈悲胸襟。慈不掌兵，然而若無慈悲心，也不會成為偉大的帝王。可以說，有無慈悲心，是區別一個帝王是否偉大的權衡。當然，此一時彼一時，朱棣得先有帝位再發慈悲。但朱棣心中已對夏元吉刮目相看，他點了點頭，卻問：「夏元吉，你在朝中所任何職，官位幾品啊？」

夏元吉回答：「臣吏部主事，官居六品。」

朱棣故意譏訕：「一個六品主事，也來做朝廷特使，朱允炆手下無人麼？」

夏元吉不羞不惱，不卑不亢：「皇上量才用人，並不在官位高低。據下官所知，燕王也是如此。」

朱棣忍不住笑了：「說吧，朱允炆叫你傳什麼話？」

夏元吉道：「皇上給燕王兩個選擇。一者，罷兵休戰，上表謝罪。皇上將恢復燕王尊號，仍然駐守北平。如此，國家幸甚，燕王也幸甚。」

朱棣沉聲道：「我倒想聽聽第二個選擇。」

夏元吉說：「皇上已在先帝靈前蓋好茅屋一間，北伐大軍拿獲燕王之後，將置於那間茅屋裡為先帝守靈。燕王每日必須書寫先皇《祖訓》三十遍，直至終生！」

朱棣笑得前俯後仰：「我那侄兒倒是挺疼四叔的嘛！只可惜說出話來，還是滿嘴娃娃氣。哈哈哈……」

夏元吉在朱棣的笑聲中開口道：「燕王身為天皇貴冑，為何悖反朝廷？臣斗膽勸言——燕軍雖然驍勇，卻只有區區八萬；燕王雖然善戰，卻是以北平一隅敵天下。燕王如此『靖難』，豈非是苦難無邊麼？燕王上悖天理，下逆人倫，中違時勢，必敗無疑呀。」夏元吉說著，跪地長叩：「臣為燕王榮辱、為大明祖業、為天下蒼生泣血相求，請燕王罷兵！」

朱棣讓高熾扶夏元吉起來。朱高熾趕緊上前扶起夏元吉，道：「先生請起。」

朱棣親切地笑道：「我瞧你兩人年齡相近，氣宇軒昂。假如不是昏君當道的話，你倆倒可以結為兄弟，共襄大明啊。」

夏元吉萬不料朱棣會如此說，難免受寵若驚，惶恐道：「世子乃天之貴冑，在下只是區區人臣，在下豈敢攀龍附鳳！」

朱棣嘆氣：「夏元吉啊，朱允炆倒行逆施，信用奸臣，幾乎將先皇所立的王子屠戮乾淨。我在絕境中被迫舉兵，遵照先皇遺旨，清君側，正乾坤，匡扶大明。正是上合天道，下合民心！此外，我知道你並不贊同削藩，也不屑與那些奸臣為伍。你才氣縱橫，耿耿正臣，卻被朱允炆所誤，真是太可惜了……」

夏元吉心有所動，但他斷然打斷燕王，也是為了穩定自己：「燕王恕在下直言。燕王以清君側為名，實際是想取天子而自代……」

朱棣也沉著地打斷他：「這話是你說的，本王從沒有這麼說過！不過，既然你說出來了，本王倒要問問你，假如我做皇帝的話，大明十幾個藩王，可有一人敢反嗎？」

夏元吉一驚，試想這個「假如」，沉吟著：「如果燕王坐朝，只怕無人敢反。」

「我再問你。如果我做皇帝的話，會像朱允炆那樣軟弱無能，被臣子牽著鼻子走麼？」

夏元吉不自禁地說：「斷然不會。」

朱棣點頭：「你說對了。如果我做皇帝，大明國將更強大，百姓將更富足，天下將更安定！」

夏元吉心中已是風起雲湧，但他還是能夠駕馭這片風雲。他有意無意地表示驚訝：「燕王，您現在四面受敵，性命難保，怎麼還妄想著君臨天下呢？」

朱棣慨然道：「如果不想君臨天下，那我起兵幹什麼？如果我沒有必勝信心，何至於敢以八萬燕軍，迎戰六十萬南軍?!」

夏元吉隱生惺惺相惜之情，嘆道：「燕王呵，不管您是成是敗，在下都深感敬佩。」

朱棣面露英武之氣，笑道：「夏元吉啊，在本王取勝之前，你儘管為朱允炆效命好了，我不怪你。但是，一旦我得了天下，那我可就要拜你為戶部尚書，替我管理國庫。那時，請不要推辭！」

夏元吉此時也只得笑了。表面上，他笑的是朱棣出口狂言，不著邊際，實際上，他為朱棣這樣的人物能夠看重自己而暗暗驕傲著。他得體地說：「在下實在是無話可說。」

朱棣揮手讓夏元吉走。他不再看夏元吉，只看著他的軍隊，冷靜地說：「回去告訴李景隆，讓他領兵來攻吧。本王要在北平城頭，與他彈劍論兵！」

夏元吉剛離開，朱棣就集結隊伍出發了。高熾戀戀不捨地送別，他牽著父親的戰馬，陪著父親走了一段。戰爭無情，這一別山高水險，生死難測。朱棣雖然知道高熾有勇有謀，大膽心細，但作為父親，對兒子總是不能徹底的放心，更何況這是怎樣舉足輕重的一步險棋啊！他以信任的口氣交代兒子：「高熾，北平城交給你了。無論多麼困難，都不要喪失信心，父王肯定會殺回來的！」朱高熾為使父親放心，肅然發誓：「兒臣堅信父王。也請父王相信兒臣，北平城絕不會失守！」朱棣目光如炬，微笑地看著兒子，為的是燃起兒子的信心：「好！還有，城中多數是燕軍家眷，民心可用，眾志成城。你把青壯們組織起來，參與守城。這樣，就多出十幾萬戰士。」想了想，他最後又關照高熾，李景隆兵臨城下後，不管他怎麼挑釁，你都不要離城出擊。切記！切記！之後，他拿過高熾手裡的轠繩，轉身跳上戰馬，高喝道：「出發。」自己一馬當先，高煦隨後，浩蕩大軍奔馳遠去。朱高熾久久凝視著父親的背影，熱淚盈眶。

高熾回到城樓上，城樓已空闊許多，還有他的心情，一時也有點空。兩個部將上前，陪著他巡視城防。他們慢慢沿城墻走著，留下的守城將士個個都瞪著警惕的雙眼向遠處瞭望，朱高熾突然站了下來，慢慢扒開身上的王子裝束，那套絲綢袍服掉落在地。他對部將說：「取一套兵勇戰甲來！」

部將一臉的不解，但還是讓軍士捧來一套兵勇戰甲。朱高熾默默地接過來，部將幫他穿到身上。現在，他和眾多守城兵勇一模一樣了。朱高熾朝將士們叫道：「從現在起，本世子和列位弟兄一樣。三十天內，不下城，不卸甲，直至退敵！」眾將士一片歡叫聲：「好好！……世子爺真是一條英雄好漢！」

忽聽一陣朗朗笑聲，徐妃步上城樓，見此情景，湊趣道：「喝！我兒這身裝束，與這座雄關相映生輝嘛！」朱高熾一見母親，原本繃緊的心弦鬆弛許多，關切地問：「母親，您怎麼親自上城來了？」徐妃笑盈盈道：「來瞧瞧你呀。燕王走了，我來瞧瞧你如何掛帥。」朱高熾告訴母親，他與列位弟兄正在布置城防。北平城斷然是銅牆鐵壁。母親完全可以放心。部將們也大聲道：「請王妃放心，有世子在，北平城固若金湯！」

徐妃對著大家和藹地笑道：「高熾並沒有三頭六臂，真要打仗，還是得靠你們哪！王爺臨走的時候跟我說過，戰勝南軍之後，守北平的將士是頭功！」部將們聽了，歡喜地嘿嘿笑著。徐妃又道：「燕王早晚是要做皇上的。等他坐了皇位，世子高熾就是太子儲君了！你們把目光放遠點，儲君不是早晚也要即位的嗎？你們今天助他殺敵，就跟當年我父親徐達他們追隨先帝一樣！將來，高熾他即了位，你們也會像我父徐達那樣拜將封侯，成為開國功臣！是不是？」

朱高熾聽得滿面喜色，部將們更是驚喜萬分，他們一齊朝高熾折腰，雷鳴般大吼：「末將誓死報效世子爺！」

徐妃笑道：「都忙去吧。」光輝燦爛的未來雖然還是海市蜃樓，但海市蜃樓也是天地間難得一景，很少有人能與之相逢。相遇者，誰能不為它動情？據說，海市蜃樓是有遠方的實景為基礎的，現實和虛構有時候是能夠相互轉換的。部將們滿懷美好憧憬興沖沖離去，徐妃與朱高熾沿城墻踱步。朱高熾激情難抑地問母親：「父王真說過……要立我做儲君嗎？」徐妃微笑著搖了搖頭，說：「我是鼓勵他們為你效命！不過，你也該想想，父王把北平城交給你，不就是對你的巨大期望嗎？如果你能不辱使命，立此大功，將來的皇儲之位，不是你是誰呢？」

徐妃回到燕王府，著人敲銅鑼將城裡婦女聚集到燕王府的大門外。徐妃立於高臺上大聲說：「姐妹們，我們都是燕軍的妻女。我們的丈夫和兒子們都隨燕王外出殲敵去了。如果南軍破城，那麼我們都成了叛軍妻女，只能被凌辱致死。而第一個死的就是我！所以，北平城就是我們的命根子！從今兒起，凡我燕軍姐妹，都請參加護城，幫著運磚石，送糧草，救傷員。凡願意護城的，每人白銀十兩。」

女人堆裡此起彼伏的聲音響了起來：

——夫人待我們有恩，我們聽夫人的！

——城要是破了，大夥可就連命都沒了！……

——我們不要銀子，跟夫人上城。

多年來，朱棣因為暗存奪位之心，所以一直善待北平軍民，施以恩寵，致使民心可恃。如今萬急時刻，百姓們不分男女老幼，已是全城皆兵。民心振奮，都誓與北平共存亡。高熾派出的僕人也敲著銅鑼在田地裡高喝：「世子爺有話，南軍即將來臨，打家劫舍，屠戮百姓。凡燕府佃戶，願意抗敵者，請速速入城，領取兵器錢糧。退敵之後，恩免三年稅賦。殺敵立功者，賞耕牛一頭，肥田兩畝！……」吆喝聲中，許多佃農扔下農具，互相呼喚著，也來到城門下。原先秘密打造的各種兵器如今都堆積在城下，軍士把兵器發給佃戶們，他們熱熱鬧鬧地執著兵器，興奮地上了城樓。

妙雲一人獨居北平城的一條街巷裡。她過得很艱難。肚子裡的孩子眼看著一天天的大起來，每天，她都得腆著大肚子，臂挽小筐，去買些菜蔬糧食。這一日，她買了菜，避開人群，貼著牆根，畏縮地在街上行走，臉上顯得蒼白無光。迎面有幾個燕軍妻女興沖沖地走過來，她們看見妙雲，哪肯放過，瞪著她怒罵：

——咦，這不是胡大人的小妾嗎？已經懷上肚子啦？

——奸臣崽子！……賤貨！

——你男人陰魂不散，把北平人都坑苦了！……

妙雲縮在牆角一言不發，深深垂著頭忍受著污辱。馬和正好路過，見此場面，又驚又痛，他跟在妙雲後面，七拐八彎，進了一條細長的巷子，終於看見妙雲匆匆打開一扇黑色的木門，鑽了進去。在關門前的一瞬間，彷彿心有靈犀，妙雲的目光突然往右一瞥，與馬和的目光相接。妙雲渾身一震，緊接著死死地關上了房門，她背部緊倚著房門，閉眼劇烈喘息。手一鬆，竹筐落地，青菜滾了出來。這時，她身後的房門篤篤地敲響了。馬和隔門急切地叫喚：「妙雲姐，妙雲姐，是我啊，快開門哪！……」

妙雲失魂落魄，死命咬住嘴唇，一聲不吭。心裡卻是翻江倒海，難受得像要窒息。馬和在外面央求：「妙雲，我是來跟你告別的，我要出城了，走之前想看看你。開門呀！」

妙雲眼裡的淚珠一顆顆地滴落在地上。

馬和喃喃地說：「妙雲。我馬上要遠赴險地，這一次我也許……也許會戰死。我想告訴你，無論我身在何處，也無論是死是活，我永遠惦著你！……」

馬和的話清晰地傳入妙雲耳中，像地震那樣動搖分裂著她的決心。她曾經暗暗發誓，再不同馬和來往。她懷了胡誠的孩子，怎麼還有臉見他？然而她又是那樣的孤立無依，情感上深深地依戀著他，聽到他的呼喚，她就恨不能立刻撲入他的懷抱……她的手顫抖著去拉門栓，一低頭，看見了自己腆起的肚子。一下子，她失去了所有的勇氣，她感到，自己是那樣的醜陋、無恥。那麼，就讓一切美好的事物遠離自己，那麼，就讓自己隨波逐流、自暴自棄吧！」

她的手從門栓上滑落，掉到了自己的肚子上。

馬和走了，帶著燕軍的糧隊，帶著牽掛和失落，心事重重地走了。他每天策馬奔馳在山野裡，他的身後，總是跟隨著十幾個親信太監。這一天，隊伍走入一片松林，不動了。馬和馳馬上前，見一群押糧草的官兵坐在地上，圍一圈擲骰子賭錢玩兒，不時暴起一片哄笑聲。馬和大怒，皮鞭狠狠地凌空鳴響——啪啪！官兵急忙起身：「小的拜見馬總管。」馬和厲聲問：「誰讓你們停下的，為何不趕路？」一位把總笑道：「稟總管大人，弟兄們走累了，劉總兵讓歇下的。」馬和讓把總去把總兵劉強叫來。把總目示松林一處，只見那裡的幾棵樹間躺著一條壯漢，頭蒙斗笠，正在呼呼大睡。馬和下馬上前，用鞭柄挑開斗笠，正是總兵劉強。馬和喚他：「劉將軍，劉將軍！」劉強睜開眼，懶洋洋地說：「哦，馬老弟啊，何事？」馬和忍氣道：「王爺令我們解運軍糧，我們可萬萬不能耽誤啊。」劉強說：「兄弟昨天多喝了幾杯，小歇片刻就走。」馬和臉變色，大聲道：「劉將軍，立刻就走！天黑之前，隊伍務必趕到洪山營！」劉強罵罵咧咧地起身，朝兵勇吼叫：「聽見沒有，上路啦！……還磨蹭什麼，等著割卵子嗎?!」

官兵頓時爆出一片快意的哄笑聲，亂紛紛列隊，準備上路。

王命在身，馬和強迫自己忍辱含垢，沉聲道：「劉將軍，馬某等雖然是太監身子，但也有和你一樣的肝膽！王爺嚴令我節制全軍，還望劉將軍自重。」

劉強冷笑著：「兄弟跟隨燕王征戰多年了，可從來沒受太監節制過。您哪，上馬溜達去吧。兄弟自然不負王命，會按時將糧草押解到戰地。」

馬和心中不爽，但此時此地無法同他計較，他忍氣抱拳道：「那麼，我先行一步。太陽落山前，全軍在洪山營會齊。如果到時遲誤的是我，請劉將軍殺我。如果遲誤的是劉將軍……那只好請劉將軍自引軍法了！」馬和說罷，跳上馬疾馳而去。後面，響起劉強等官兵不服氣地叫罵聲：

——太監是什麼貨色嘛？男不男女不女的！

——這小子是靠端尿盆、拍馬屁爬上來的，爺才怕不他呢！哈哈哈！

馬和顯然聽見了身後的聲音，但他隱忍不發。跟隨在他身邊的太監們憤憤不平了，一個部下道：「馬總管，這幫武夫已經多次污辱我們了，您對他們太寬容了！」

另一人憤慨地說：「污辱我們倒還罷了，姓劉的竟然不把您放在眼裡……」馬和「哼」了一聲，久久未發一言，在道上又奔馳了一會，才開口道：「弟兄們，咱當太監的，在世人眼裡，就是低人一等……咱幹任何事情，都比別人不容易啊……咱們哪，要有長遠的眼光，現在不能與他們計較。此行關係重大，無論受到多少污辱，咱都必須忍辱負重！萬萬不能誤了王爺的差使。」

李景隆端坐於南軍的帳篷之中。身後架子上，一邊懸掛著通天犀帶，一邊擺著天子斧鉞。鐵平與眾部將排立兩旁。李景隆個頭雖不高，氣宇卻顯得不凡。他兩眼稍稍瞇起，透出十足傲氣，掃視眾將一遍，道：「據報，朱棣已經棄城西竄，北平已經淪為一座空城。明晨起，三軍各攜五日口糧，加速前進，限日行百里，三日內趕到北平城下，完成合圍。歇息一日後，即刻攻城！」眾將大聲應命，只有鐵平默不出聲。李景隆不悅地問：「鐵老將軍，你為何不領命？」鐵平抱拳一揖：「大將軍之命，末將有所不解。首先，朱棣為何要棄城西竄？其次，即使他棄城了，北平也未必就是一座空城……」

李景隆打斷他：「老將軍到底想說什麼？」

鐵平道：「末將想說的是，朱棣用兵，深得先帝真傳，善於聲東擊西。他既然棄城不顧，領兵遊竄在外，就必有所圖。我軍越是接近北平，就越應當持重，步步為營，防備朱棣襲擊。」李景隆不以為然：「老將軍多慮了。我有六十萬大軍，而燕軍不足八萬。我最擔心的是朱棣避戰，如果他舉兵來襲，本將求之不得！」

「那為何要匆匆奪取北平呢？」鐵平表示不解。

李景隆道：「北平乃朱棣巢穴，奪取北平後，朱棣盡失根據地，肝膽動搖。而我得北平後，即可駐軍歇息，以靜制動。尋機追剿朱棣。」

李景隆說得頭頭是道，但鐵平知道這只不過是一條陳陳相因的舊思路，打仗需要的是出奇制勝。他先順著自己的思路問：「如果北平久攻不克，大軍豈不要陷於城下了嗎？」李景隆對鐵平的問話也感到奇怪：「數十萬大軍一鼓作氣，豈有不克之理！」鐵平看出李景隆自恃兵多，急功近利，道：「大將軍容末將實說了吧，您之所以想速速拿下北平，是為了向朝廷奏捷！但平燕的關鍵是消滅朱棣，不在於一座城關。」李景隆被捅穿心事，惱羞成怒：「放肆！我之所以要速攻北平，是因北方天寒，我軍利於速戰。如果你不服將令，莫怪我請出天子斧鉞！」

鐵平無奈折腰：「末將遵命。」李景隆這才收起怒容，問鐵平：「昨天你曾向本將建言，要本將分兵一支，奔襲朱棣的糧草大營？」鐵平點頭：「正是。兩軍交戰，糧草是命根子。」李景隆冷靜地說：「這差使就交給你了。著你領三千兵馬，前去奔襲。」鐵平一聽氣紅了臉：「你是想趕我走吧？……那糧草大營必有嚴防，三千兵如何夠？」李景隆的聲音變得冷漠：「哼，大將軍身經百戰，我看足夠了！」

鐵平心頭憤懣，但他畢竟是走過征塵幾十年的老將，回到帳篷，悶頭喝了一碗酒，當即心生一計，喚過部將，在耳邊如此這般作了部署。

不出鐵平所料，馬和對糧草大營的防範絲毫不敢馬虎。十萬糧草全部運到之後，他叫上劉強，在一座座密布的糧屯之間細細巡視。看著四周的糧屯，他欣慰地對劉強說：「劉將軍，這十萬擔軍糧顆粒不少！我們如果連夜裝運的話，明日晚上就可以趕往戰地了。」劉強說：「燕王並沒有交代戰地的位置。我看，還是等燕王令到之後再定行止。」馬和低聲道：「臨行前，燕王向我密示了戰地位置，北平南面三百里——鄭村壩。」劉強頓生嫉恨心：「為何你知道而我不知道？」馬和見他如此，心中不快，但還是婉言解釋：「哦……燕王的意思，知道戰地的人越少越好。請劉將軍見諒了。」劉強沮喪地說：「罷了，閣下是燕王親信，本將理解。」馬和心裡一鬆，趕緊道：「那麼，你我就趕緊組織裝運吧？」劉強不作聲，過一會提出，弟兄們累了。歇一晚，明天再裝運。馬和心裡著急，勸說道：「劉將軍，事不宜遲。我們還是越快越好……」劉強本來就心裡憋氣，此時強頭強腦地怒視馬和：「爺說過了——歇一夜再裝運！」

馬和憤恚之極，圓睜雙眼與劉強對視，片刻，他終於軟下來，此時若是內哄，豈不壞了大事?!他再次忍氣退讓，和聲道：「就依劉將軍的意思，歇一夜再裝運！」

劉強謝了一聲就要離開。馬和喚住他再次關照：「但是，為確保糧草安然無恙，必須重兵布防。任何人都不准離開大營，更不准醉酒。」劉強不耐煩地懶懶回答：「那當然嘍……」迅速掉頭而去，人比聲音走得快。

劉強走入部將中間就快活起來，大家圍著火爐喝酒、吃肉，吆三喝四的，放聲笑鬧，醉意益然。一個軍士從黑暗中來到劉強身邊，附耳詭笑著說：「將爺，小的進鎮打探過了。您要的東西，嘿嘿嘿……」劉強瞇起眼睛，著急問：「到底有沒有哇？」軍士繪聲繪色：「真有！個個水靈靈的。」劉強眼中跳起淫褻星點，閃閃爍爍，歡喜道：「哦……領爺瞧瞧去。」說著起身就走，一部將擔心著：「將爺，姓馬的不准咱們離開大營啊。」劉強不屑一顧：「去他媽的！他自個割掉了卵子，還不讓咱們快活？走！」眾部將跳起身，一片聲叫「走哇！走哇！」嘻嘻哈哈地跟隨劉強，消失在黑暗中。

馬和心事很重，劉強今天的表現，讓他很不放心。這天晚上，他又帶了幾個太監，提燈巡視一座座糧屯。他們連過幾座糧屯，竟不見一個兵勇。他急了，快步向前，終於看見兩個守衛兵士靠屯坐著，呼呼睡著了還打著鼾。馬和勃然大怒，喝令兵士：「起來！」兵士從夢中驚醒，眨著眼膽怯地叫了一聲「馬爺」，馬和斥問為何無人巡察。兵士回答不知道。馬和繼續追問長官們去了哪里？兵士吞吞吐吐地說，跟劉將軍到鎮上去了。馬和雙眼冒火：「棄營瀆職，無法無天，我絕對饒不了他！」太監部下在邊上提醒：「馬總管，兵無將領，那就成了一盤散沙啊。」馬和略一沉思，厲聲吩咐身邊太監：「你們趕緊分頭到各營去，接管所有的指揮權。令兵勇們全部起身，守護糧倉。如果有人抗命，殺無赦！」太監們領命而去，然而就在這時，遠處突然響起一聲炮仗，轟！火焰照紅夜空，大片殺聲滾滾湧來，火光中，只見鐵平騎在駿馬上，揮戰刀怒吼：「弟兄們，跟爺衝進去。見人就砍，見糧就燒！……」南軍騎兵們紛紛拔出戰刀，發瘋般衝進糧草大營。馬和與眾太監揮刀迎向撲來的騎兵，混戰成一團。刀鋒相擊，鏗鏗鏘鏘……燕軍兵勇從睡夢中驚醒，亂紛紛地勉強抗敵。南軍騎兵是有備而來，從馬背上摘出皮袋，將袋中火油澆到糧屯上。然後把手中火把朝上一扔，糧屯轟然起火！

大火沖天，彷彿一座正在燃燒的火山。火光中，雙方兵勇死命惡戰。馬和一面揮刀與敵拼殺，一面撕心裂肺地狂叫：「糧草！糧草！……」而這時候的劉強正在鎮裡的妓院裡尋花問柳。妓院裡的鴇母見來了那麼多的官兵，吩咐人添置燈彩，把個小樓裝扮得格外妖冶張揚，樓裡弦樂如縷，嬌唱聲聲。劉強一手摟著娼妓，另一手端著酒碗，親一口臉蛋飲一口酒，嘴巴裡不停地胡言亂語：「心肝啊，再來一口！快來呀，哥餵你一口酒……」幾個部將每人都摟著一個妓女，東倒西歪地笑鬧著。

天快要亮了，東方露出青色，漸漸發白。一座座糧屯全部化為灰燼。灰燼間，亂紛紛躺著燕軍和南軍的屍體，以及斷劍殘矛。馬和衣冠不整，喪魂落魄地站著，一動不動，像一段枯木。

一個太監部下走來，吞吞吐吐地報告：「馬、馬總管……」

馬和抬起兩隻血紅的眼，瞪著他：「說！」

部下顫聲道：「全燒完了。」

馬和的眼睛神經質地跳著，仰首朝天，發出野獸般狂吼：「啊！！……」

——這聲音像狂風，像海嘯，令所有人都震動！吼畢，馬和頹然跪地，濁淚雙流，對天而叩：「王爺，奴才大錯已成，奴才對不起你！」然後橫劍向喉，狠心一揮……

# 第十三章

馬和向自己的咽喉狠心橫劍時，兩邊的太監瘋狂撲上去，將他死死抱住，一疊聲勸道：「總管，總管，萬萬不可輕生哪！……」馬和的脖子已被劍鋒割出血來，他用力掙扎，讓手下太監讓開！太監們死拉著不放手，馬和寡不敵眾，因悲憤過度，慘叫一聲，昏了過去。東方大亮了，太陽終於脫穎而出，萬道霞光將地面照得燦爛生輝，也照在化為一片灰燼的糧草大營裡！劉強就在這個時候搖搖晃晃地回來了。他衣冠不整，同兩個部將相互勾搭著，口中還哼著一支小淫曲兒：「昨夜一枝夜來香啊，哥哥妹妹醉斷腸啊，……」走至營欄邊上，他們一撥人都怔住了，哪裡還有什麼糧草大營，眼前只剩一大片灰飛煙滅的廢墟！劉強失聲叫道：「這是怎麼了？哦……完了！完了！」半晌，一人顫聲道：「劉爺，我等大錯已成，進營了就是死路一條……還是跑吧！」

「跑？往哪兒跑啊？」劉強傻楞楞地問，他的心情像無底的黑洞那樣無著落。

部將膽怯地說：「朝廷大軍離這兒不遠了，咱們乾脆投奔他們去。」

劉強聽了這話，反倒清醒過來，狠狠一拳把那個部將打翻在地，叱罵：「混賬！你是想叫爺投敵麼？爺寧死不降！」

部將們著急地圍著他問：「將軍，那您說我們怎麼辦？」

劉強呆了片刻，一跺足，慨然道：「好漢做事好漢當。事已至此，要殺要剮，都衝著爺來吧！」一面說，一面闊步走進營門。眾將猶猶豫豫地跟著，也進入了營地。

劉強逕直來到馬和面前。馬和坐在一隻麻袋上，脖子上纏著厚厚的繃帶。他早就在此候著他了，充滿仇恨地等候著他。劉強鐵青著臉走上前，雙膝跪地，直著身體，大聲道：「糧草被焚，是末將的罪過。馬總管，你砍了末將吧！」部將們也跟著在劉強的身後跪了下來。眾太監立刻執刀將他們團團圍住，等待馬和號令。馬和抬眼望著劉強，厲聲問：「幹什麼去了？」劉強竟然面無懼色地回答：「稟馬總管，末將嫖娼去了！」馬和怒極，說出來的話都有點顫忽：「你……你自個說，割你卵子還是砍你的頭?!」劉強大聲道：「當然是砍頭！」馬和一揮手：「拉下去！」眾太監衝上來，將劉強等人押了下去。

一個部下走到馬和身邊低聲問：「馬總管，現在我們怎麼辦？」馬和手擊麻袋，一聲長嘆，垂首無語。

北平郊外的山野之中，一夜之間豎起一片燕軍營帳，轅門前甲士林立。朱棣雙眼蒙著黑巾，正在營間的空地上全神貫注地舞劍，只見銀光閃閃，劍走龍蛇。雖然雙眼被蒙，劍勢卻絲毫不亂。大戰之前，他著意顯示出氣定神閒之狀。不遠處立著姚廣孝，他笑眯眯地背著手，看得很入神。朱棣一劍刺來，劍尖距姚廣孝眉間只有三分，姚廣孝一動不動。朱棣劍如流星，劍峰擦著姚廣孝面部劃過，姚廣孝還是一動不動。一騎飛馳而來，張玉轅門前跳下馬，奔到朱棣面前，正欲開言。姚廣孝示意他噤聲，朱棣從容收劍，摘下黑巾，姚廣孝笑贊：「燕王使劍無須用眼，而是以心馭劍，出神入化！」朱棣道：「大師鎮定如山，更令本王敬佩。」

姚廣孝道：「真沒想到，大師的劍法更在書法之上。」朱棣謙道：「現醜了。……張玉呀，稟報吧。」

張玉道：「末將分派三支哨騎，直奔出六十里外，仍然沒看見糧隊的蹤影。」朱棣微露不安，不快地說：「我令馬和在十五天內必須趕到，今日已經是第十六天了！」張玉放低聲音說：「王爺。軍中存糧僅可維持兩天，而李景隆的大軍卻快要到了。怎辦？」朱棣沈吟片刻，堅定地說：「等！馬和肯定會把糧草運來的。」張玉顯得憂心忡忡：「萬一糧草有誤，而敵軍卻如期而至……我們如何交戰哪？」朱棣也為此有點心神不寧，只得厲聲道：「再探。」

張玉應聲而去，朱棣感慨道：「我預料李景隆會從鄭村壩經過，所以在此設伏。想不到敵軍被我料中了，而馬和卻貽誤軍機！」

姚廣孝一直在為馬和擔心著，不由說：「據貧僧所知，馬和還從來沒誤過事……」

朱棣眼望遠方，心中焦慮，不滿地「哼」了一聲，道：「從來不誤事者，一旦有誤，往往就誤了天大的事！」

李景隆率領的北伐大軍，果真浩浩蕩蕩如期而至，離鄭村壩已經不遠了。

前方一騎來報：鄭村壩一帶，發現燕軍流竄。李景隆勒馬冷笑：「哦？……我看它不是流竄吧，它是朱棣的誘敵之計！」部將說：「看來，朱棣想阻撓我們進攻北平。」李景隆不屑地說：「他想他的，我想我的！吳將軍，我倒想送你一件大功勞，你敢不敢接下？」

部將抱拳：「請大將軍示下。」

李景隆道道：「我們就此分兵。著你領十八萬大軍，直趨北平。抵達後，奮勇攻城，直至陷城為止。本將自領軍三十萬，親往鄭村壩，迎戰朱棣。」

部將詫異地問：「大將軍，朱棣不是正想把你引到鄭村壩嗎？為何你主動前往？」

李景隆凜然道：「不錯，他確實是想引我上鉤，以保北平無虞。如果我只有一二十萬兵馬，自然不能上當。但我們的軍力是朱棣的五倍有餘，何懼他故作疑兵？相反，朱棣萬萬不會想到，我們在與他交戰的同時，更有一支勁旅直襲北平。這樣一來，他就首尾難顧了！我們可以既拿下北平，又消滅朱棣。兩頭取勝，根絕後患！」

部將聽得興奮：「末將遵命！」

李景隆得意地感嘆：「說實話，我最擔心的是朱棣避戰流竄，那我們就不知要剿到何年何月。現在，他主動找上門來了，那我就只有道謝了。」

部將道：「末將明晚就可以趕到北平，整軍一日，後天攻城！」

李景隆循循善誘：「吳將軍切記，攻城時不可左顧右盼，也不要留預備隊，更不必擔心燕軍埋伏，你要把所有兵馬全部投入攻堅！因為，朱棣現在肯定不能回兵馳援了，吳將軍就放膽攻城吧。一鼓作氣，攻陷北平，你可就立下了北伐頭功。」

部將大喜道謝。李景隆傲視鄭村壩方向：「本將生擒朱棣之後，就會引兵北上，把他倒懸在午門上，你我喝酒慶功！」部將哈哈大笑著策馬馳開，喝道：「傳命，左軍三衛，隨我北上！」

大軍分兵，一股人馬隨著部將分馳，另一股則隨李景隆轉彎右行，早有探馬將這裡動靜報告給朱棣。朱棣在帳中召集眾部將議事。他高坐正中，帳下眾將排列井然有序，個個臉上殺氣騰騰。朱棣對大家道：「李景隆中路大軍十八萬，已被我誘向預定戰場鄭村壩。那兒地勢平坦，極適於馬戰。只要我們擊潰了李景隆中路大軍，南軍整個北伐戰略都將崩潰！生死存亡在此一戰，弟兄們建功的時候到了！」

所有部將齊聲吼叫：「請燕王示下！」

朱棣報喜不報憂：「告訴各位一個好消息，不是說我們的糧草已經損失殆盡嗎？告訴你們，我早令馬和將十萬擔糧食提前運至戰地。現在他已如期趕到，正在那裡蒸窩頭，烤大餅。因此，各位再不必擔心存糧，只管放膽交戰，他會源源不斷地將熟食送往各營！」

帳篷內立刻響起此起彼伏的叫好聲，臨戰前的軍營內，居然喜氣洋洋！朱棣兩手在空氣中一按，高聲喝道：「聽令。各營飽餐一頓，即刻開拔。著朱高煦率前軍先行，朱能率後軍跟進，本王親領中軍。一個時辰之後，三軍在鄭村壩西邊會齊，待命出擊！」

待眾將退出營帳，默默注視著這一幕的姚廣孝微笑著上前，道：「佩服，佩服！馬和下落不明，燕王卻敢說他趕到戰地了，還正在蒸窩頭烤大餅。這豈不是畫餅充饑麼？」朱棣慨然道：「打仗全憑士氣，畫餅也可充饑！何況，萬一馬和趕到戰地了呢，那我不就全有了嗎？」

談笑間，張玉匆匆奔進帳篷，喘息著報告：「王爺，末將親往前方探看了，李景隆大軍已接近鄭村壩。」朱棣大聲叫好！張玉卻緊張地說：「但是……末將從山上看去，敵軍漫山遍野，遠遠不只十八萬。」朱棣一怔，問有多少。張玉粗略一估，道：「一眼望不到頭。末將估計，接近三十萬。」朱棣猛驚，半晌不語。張玉顫抖著道：「還有，末將半道上遇見馬和的兵勇了……」朱棣渾身一震，逼視張玉：「快說，糧草何時到位？」張玉膽怯地說：「那兵勇說，鐵平率軍夜襲大營，焚毀了全部糧草。監軍馬和與總兵劉強，死活不明。」朱棣臉色劇變，唰的灰白，呆立片刻，猛然怒吼：「這個狗奴才，非把他碎屍萬段不可！……完了完了！……我怎麼忽略了鐵平呢？這老不死的才是真正的勁敵呀！」朱棣痛愧不已。張玉含淚請示：「王爺，是否趕緊退軍！」朱棣立刻清醒過來，厲聲喝道：「不准退！兩軍已經近在咫尺，退軍就不可收拾，誰退誰必定滅亡！」

張玉焦急地問怎麼辦？

朱棣已經迅疾冷靜下來：「怎麼辦？提前開戰！聽著，封鎖消息，不准讓部下們知道敵軍有三十萬，更不能讓他們得知糧草被焚！三軍到位後，我親自領軍出擊！你快去飽餐一頓，準備決戰吧！」

張玉應聲而退。朱棣仰天長嘆：「天意呀！人亡我猶可戰，天亡我不可回！」

姚廣孝儘量鎮定著自己，道：「孫子兵法所謂『投入亡地而後存，陷之死地而後生』，當前燕軍態勢之謂也。燕王不必如此悲傷。」朱棣用更悲愴的聲音道：「大師，現在這些都是紙上談兵哇。跟你實說吧。此戰可謂逆天而戰，很可能是我的最後一戰了！你趕緊離開大軍，做一個雲遊僧人吧。……走吧，走吧！」

姚廣孝又羞又怒：「燕王是讓貧僧逃命?!」

朱棣苦笑笑：「我如果戰死，還有一個燒香超渡的人。唉，恕不遠送了。」

姚廣孝慢慢起身，合掌，沉思著說：「阿彌陀佛，貧僧在此也是個無用之人。貧僧前去鄭壩村，登高遠望，為燕王祈佛。」

姚廣孝拄杖而去。朱棣急忙阻止：「那裡危險，大師不要去！」

姚廣孝卻像沒聽見，頭也不回，穩穩步出帳門。他走出營地不到半里，身後就傳來了隆隆的鼓號。他這才猛然回頭，朝燕軍營地深情望著。

鼓號聲中，兩個甲士從兩邊拉開帳門，朱棣披掛著龍首鎖子甲，腰懸長劍，大步邁出營帳。他，目光如炷，像一頭凶猛的野獸，矯捷地翻身上馬，大喝：「長刀！」身邊甲士立刻遞上一柄八尺多長的長刀。朱棣接過，又問：「旗手何在?」

張玉指著陣前一排雄壯的騎兵——為首者正執著一面燦爛大纛，上面繡著一個斗大的「燕」字。張玉道：「旗手兩名，護旗兵八名。」朱棣策馬上前，朝他們喝道：「聽著，今日之戰，本王殺到哪，你們跟到哪。必須讓全軍都看見這面大旗！只要本王活著，這杆旗就不准倒！」騎兵齊吼：「遵命！」朱棣大聲命令：「出發！」自己一馬當先衝出，所有將士跟隨著奔向遠方。大片鐵蹄下，地面也在顫抖。

馬和坐在廢墟中間，他的內心也正行進在絕望之地。手下的太監們已經把綁著的劉強推到坑邊跪在那裡。劉強眼望面前的大坑，驚惶道：「你們想幹什麼？」領頭的太監冷笑著把腳邊土塊踢進坑中：「您看哪？」劉強明白了，不甘心地吼叫著：「媽的，你們當太監的，就喜歡活埋人嗎?!你們砍爺的頭，砍哪！爺不想被活埋……」領頭太監憤恨地拖長聲音道：「埋嘍！」眾太監把劉強推進坑內，鏟土往裡填。劉強大罵不止……漸漸地，土沫埋到半截了。劉強氣喘吁吁，被憋得說不出話了。

馬和這時默默地踱了過來，身後跟著那些犯罪的部將。馬和走到坑邊，看著奄奄一息的劉強，臉上是若有所思的表情。泥土已快埋到劉強的脖子了，劉強還在勉力掙扎，一眼望見馬和，斷斷續續叫了一聲：「馬、馬爺……」像是告別，像是表示歉意。馬和冷若冰霜，厲聲道：「劉強，你所犯的罪過，萬死無赦！是不是？」

劉強艱難地點頭，不停劇喘。馬和冷眼旁觀，眼看著劉強又受了一會兒折磨，才道：「此時殺你，無異於屠雞宰狗，只多一灘腥臭而已！但我可以不殺你，非但不殺，我還想和你一道殺敵建功！你願意嗎？」

劉強面孔已經憋得青紫，說不出話，唯有拼命點頭。

馬和威嚴喝道：「拉上來。」

太監刨開劉強，將他拖出泥坑。劉強死裡逃生，跪在馬和腳邊，呼呼直喘。馬和冷蔑地瞅他一會，端過一碗酒，遞給劉強。劉強飲盡，喘息著說：「謝、謝馬爺恩典……」

馬和見他已被馴服，變了態度，改用誠摯的語調說：「劉強，道衍師傅跟我說過，『善惡相循，禍福相依。』現在，我們雖然喪失了糧草，卻也卸下了包袱，了無牽掛！我們這三千兵勇和六千匹軍馬，不就是一支奇兵嗎？」劉強一怔：「不錯。每人兩匹戰馬，交替騎行，可以日行八百里。」馬和改用商量口氣，說：「我已打探了。南軍正在向鄭村壩開進，他們的糧草大營尾隨在後，距此僅百餘里。我們何不奔襲南軍的糧草大營，把他們的上百萬擔糧草也統統焚毀，斷掉南軍命根子！」劉強顫聲道：「這、這太瘋狂了吧？糧草大營必有重兵護守。」馬和勃然大怒：「此時不瘋狂何時瘋狂？不瘋狂就只能坐以待斃！你想想，待我們趕到那裡時，兩軍只怕正在交戰，李景隆萬想不到後方會冒出一支從天而降的奇兵！」劉強凝神一想，激動地大叫：「成！爺這條命反正是賺回來的，拼就拼吧！」馬和轉憂為喜：「如論衝鋒陷陣，在下不如劉兄。因此，從現在起，請你統率全軍，所有太監也包括在下，一概敬奉劉兄將令！抗命者，殺無赦。」

劉強驚詫不已又激情澎湃：「馬爺？……」

馬和肅容正聲：「你我的生死是綁一塊的。如果不能反敗為勝，你我都得死。但我們一旦焚毀了南軍的糧草，那就立下了不世之功哇！」

劉強跳起身，朝佇立在四周的部將大喝：「聽令——整軍出發！」部將們紛紛應聲跑開。劉強朝馬和躬身一揖，含淚道：「馬爺大恩……在下將以死相報！」劉強一馬當先，馬和緊隨其後，他們率領三千兵勇發瘋般衝過小河，衝過山窪，衝過密林……當衝上一座高坡時，馬和指著天邊道：「看，那就是三元河，南軍糧草大營就在那。」劉強朝部將喝道：「加速前進，抵近後換馬！」劉強猛鞭戰馬，率先衝下山，馬和與眾騎跟隨奔馳。眼看南軍糧草大營就在咫尺之間！

這時候李景隆率領的南軍主力正在離馬和他們很近的一座小村落裡進餐。李景隆同幾個將領坐地吃喝時，鐵平騎馬回來了。他來到李景隆面前報捷，李景隆哈哈大笑，親自端過一碗酒遞與鐵平：「辛苦辛苦。老將軍勞苦功高哇！」鐵平飲酒罷，喘道：「燕軍的糧草，全部被焚。因此，他們必不能久戰。」李景隆指點著遠處山野，顯得氣勢磅礡：「朱棣斷了命根子，必敗無疑！你看，本將已把燕軍團團圍定了，明天日落之前，就可將其全部剿滅！」鐵平順其手勢望去，不解地問：「既然已經包圍了，為何不見交戰？」李景隆道：「我軍正在布陣，燕軍卻在收縮兵力。待各營吃飽喝足，準備完畢後，我們即可殲敵。」鐵平沉吟道：「大將軍，你得當心朱棣突然攻擊啊。」李景隆不屑一顧：「我三十萬大軍在此，他敢麼？我唯一的擔心是他逃跑。」鐵平想了一想：「也許逃跑，也許突然攻擊。燕軍既然斷糧了，只能速戰速決。朱棣乘戰亂之時，再退回北平。」李景隆嘴角一撇：「朱棣回不去了。本將已令吳將軍領兵二十萬，攻取北平。這會兒，只怕已經拿下北平城了。」鐵平這才點頭稱道：「就算拿不下北平，朱棣也首尾難顧。」李景隆得意地說：「鐵老將軍只怕累了，請入營歇息吧。」

鐵平明白了，自以為羽翼已成的李景隆，已經視他這樣的老將為障礙了，嘆道：「大將軍勝算在握，看來是用不著我了……末將祝大將軍成功。」他拖著沉重的步伐，哀然離去。

再說吳將軍率領的十八萬南軍，已將北平城團團圍住。陣前，吳將軍翹首觀望片刻，一聲令下：「攻城！」頓時，南軍兵勇揮刀舞槍，潮水般朝城樓衝過去。金水橋上立刻金戈鐵馬，刀光劍影。一排南軍銅炮，轟轟燃放，北平城頭多處爆炸聲起，濃煙沖天，守城兵勇在火光中射下無數利箭，金水橋上的大批南軍兵勇中箭倒地，後繼者踏過屍首，仍然朝城門衝去。先衝到城門下的兵勇合抱一根巨木，狠狠地撞擊城門——血色的城門在巨木的猛烈撞擊下轟轟作響，微微顫動！一架一架的雲梯靠上城頭，一串串南軍兵勇口中叼著戰刀，拼命朝上攀登，當南軍兵勇攀上城頭的一瞬間，只見一支長矛猛然從城上捅下來，刺入這個南軍兵勇胸膛。這個兵勇慘叫掉落，而那個執矛的人正是朱高熾！朱高熾披甲執矛，指揮著守城將士與南軍攻城部隊殊死相抗！終於，有南軍兵勇攻上了城樓，與守城將士拼殺，攻上城樓的南軍越來越多，攻防之戰愈加險惡，到處是刀槍閃爍，血肉四濺！地上的屍體也越來越多。城門處，撞擊城門的南軍換了一批又一批，城門吱吱作響，眼看就要被撞開了。裡面的守城將士也用合抱粗的木柱將城門死死頂住。雙方隔著城門相互抵抗。

萬急時刻，徐妃領著一群女人上了城頭，協助兵勇們死戰。她們抱起早已準備多日的一塊塊石頭，朝城下擲去，只聽下面傳來陣陣慘叫，許多南軍兵勇被擊中，墜落。而守城兵勇也是一批批的中箭身亡，身邊將士來不及尋箭，就從死者胸膛上拔下箭支，再彎弓搭箭，朝城下敵人射去……

馬和這一路三千兵馬在正午時分悄悄地逼近了三元河。他們隱蔽在樹林與灌木叢中，看見一座座南軍糧屯赫然就在前面，那裡守衛稀疏。更遠處，一些抓來的差役正在地灶上蒸窩頭、烙大餅。

馬和很興奮，他抬頭望了望刺眼的太陽，太陽在頭頂上方懸著，離天黑還早著呢。他擔心地問劉強：「劉兄，你要在光天化日下偷襲嗎？」劉強低聲道：「看見了嗎，越是光天化日，他們反而越大意。」馬和信任地拍拍劉強：「劉兄下令吧！」劉強一揮手，一個個的將士從灌木叢中冒出來，一步步謹慎地接近大營。有一個守衛好像覺察到了動靜，猛然回頭，正撞見劉強。劉強手起刀落將他砍翻，大喝：「殺！」眾將士如潮水般衝進糧草大營，逢人便砍，刀光一片。幾個南軍兵勇聽見動靜，從帳中奔出，慌忙抵抗，陸續被砍倒在地。激戰中，馬和指揮太監們迅速將袋中的火油澆到糧屯上，點燃火種，火焰立刻騰空燃燒！馬和趁著火光與混亂衝到地灶前，揭開鍋蓋一看，只見剛剛烙好的大餅摞得高高的。他四面張望，發現所有地灶前，竟然都堆放著烙好、蒸熟的大餅和窩頭。馬和大喜，命令手下：「快！把所有乾糧都裝上！」太監們牽著戰馬奔上前，個個喜形於色，將那一摞摞大餅、一籠籠窩頭裝進口袋裡。不遠處，劉強如同猛虎，狂吼怒叫著，手執雙刀左劈右砍，南軍兵勇紛紛倒地。將士們跟著他，奮勇砍殺著。

所有的糧囤都燃起了衝天大火。火光燃紅了本來就熾熱的藍天與大地！這個時候，仍然和將領們在長案上大吃大喝、慷慨論敵的李景隆突然聽見了天空傳來「嗖嗖」的尖鳴聲，他引頸四顧，一片火箭擊中營帳，頓時燃起大火。一支火箭甚至射在一部將的身體上，他帶箭奔跑掙扎，鬼哭狼嚎。緊接著，四面八方都響起炮聲。炮彈落到李景隆身邊，炸翻一片人馬。李景隆立刻起身仰頭看，只見山坡上出現黑鴉鴉的人影，越來越多，如同遮天蔽日的烏雲。他大叫：「朱棣進攻了。接戰，快快迎敵接戰！」眾將跳上馬，四散而去，領兵接戰。

山坡上，無邊無際的燕軍戰騎已經飛馳而下，同時傳來狂風般的怒吼。朱棣騎於雪白戰馬上，揮著長矛，率先飛馳。那面「燕」字大纛緊隨其後。南軍來不及布陣，混亂迎戰。燕軍閃電般衝入南軍陣中，雙方刀槍相擊，鏗鏗鏘鏘。南軍兵士顯得措手不及，被砍倒甚眾。因為失意而在營帳內悶悶不樂的鐵平聽見刀劍聲吶喊聲，奔出營帳，瞇眼看了看正在激戰的場面，哼了一聲：「好好！殺得好！多年沒這麼熱鬧了。」他等在一邊，看見一匹馬奔來，上前一把將騎手扯下來，自己跳上去，揮劍朝激戰處衝去。朱高煦揮刀馳來，迎面碰上鐵平，用劍頭指著鐵平怒叫：「鐵平，你的死期到了！」鐵平快活地笑著：「小子，爺寂寞多年了，快來陪爺樂樂！」兩人策馬衝上前，刀劍相擊，惡戰不已。山野中，四面八方都是兵器的相擊聲，兩軍完全絞合成一片，殺得天昏地暗。張玉緊緊跟隨朱棣，砍倒一個個衝上前的南軍兵勇。朱棣朝前方一指，大喝道：「張玉，那是南軍中軍，李景隆必在那裡！」「末將明白！」張玉應著，策馬掉頭，率領一片騎兵朝那裡衝殺而去。朱棣一手執矛，一手揮劍，勇不可擋，多個南軍兵勇倒在他槍劍之下。突然，他振臂一揮：「弟兄們，跟我抄李景隆後路！」說著率先策馬殺出重圍。眾部將在惡戰中呼應著，那杆「燕」字旗緊隨其後，幾乎所有燕軍都跟隨旗幟衝殺……

此刻，北平的將領民眾都在焦急地盼望著朱棣帶軍隊打回來。攻防戰已到最危險關頭，城門、箭道、敵樓，處處是刀光血影。攻城的南軍一批一批被殺死，然而後繼者仍然無窮無盡。城樓上，男女老幼都已上陣擊敵。連妙雲這樣的孕婦都出現在了城牆上。在一處殘破城牆口，妙雲穿著一條寬大的青色長裙，身子已經十分臃腫，她用盡力氣抱起一塊一塊石頭擲下城去。每抛一塊，她都要停下來喘息片刻。這一次，她抱起一塊特別大的，人就搖搖晃晃地站不穩當，身體一歪，竟然連同那塊石頭栽下城牆，落地處隨之響起一聲撕心裂肺的慘叫……

再說鄭壩村的戰場，鐵平畢竟年老體衰，被朱高煦一刀砍中了臂膀，跌下馬來。朱高煦欲要再加一刀，結果鐵平性命，不料更多南軍衝了上來與朱高煦對抗，並保護鐵平撤退。朱高煦看著踉蹌而去的鐵平，一時感到少了對手，一抬頭，看見那面燕旗，突然大叫：「弟兄們，跟隨王旗衝殺！」說著縱馬朝燕軍大旗靠近，大批燕軍兵士緊緊跟隨，沿途惡戰不止。

鐵平踉蹌地奔至山坡，只見李景隆正在駐馬觀看戰陣。鐵平大聲說：「李將軍，野戰有利於馬軍不利于步軍。現在朱棣已占據上風了。趕緊調整戰陣！」

李景隆微笑道：「不必。我三十萬大軍就算是水，也能淹死他們！看見那面燕旗了嗎？朱棣已經被我團團包圍了！」鐵平朝燕旗望去，只見那裡已成為兩軍交戰的核心，然而殺聲卻有向這邊蔓延的趨勢。鐵平急得叫起來：「朱棣要衝過來了，快令弓駑手放箭！只要射死了朱棣，燕軍必敗！」李景隆卻沉聲道：「不准殺死朱棣，務要生擒！」鐵平驚問：「為何？」李景隆道：「皇上有旨，令我活捉朱棣，解入京城，讓他終生給先帝守墓。以向天下人顯示聖君恩威。」鐵平又氣又急，冷笑道：「活捉？朱棣能讓你活捉？將在外，君命有所不受！都什麼時候了，還……」李景隆生氣地打斷鐵平：「什麼時候？哼，正是本將建功立業的時候！」

鐵平無奈地走到案邊，舉碗喝酒，喝罷摔碗，深深嘆息。其實朱棣已經被南軍包圍，一排彎弓搭箭的弓駑手已經瞄準正在廝殺的朱棣，時刻準備放箭。然而李景隆派南軍一名副將策馬衝到戰陣邊大喊：「皇上有旨，務必生擒朱棣，不准射殺！」弓駑手們只得放下箭。正在這時，一片飛箭射來，反而把他們射得非死即傷。那個副將卻仍在叫著：「不准放箭，務必生擒朱棣！……」趁這個罅隙，渾身是血的朱棣觀察四面，喘息地問：「部騎跟上來了嗎？」朱高煦上前急急稟報：「父王，馬軍們落在外面，我們已被南軍包圍！」朱棣又問：「這裡有多少人？」張玉看看四周：「三十餘騎。」朱棣指著前方，沉聲吩咐：「我率領這三十騎直衝李景隆，吸引南軍主力。你和高煦趁機突到周邊去，帶領各營從側面攻擊！記著，放棄周邊敵人，直撲中軍，只要消滅李景隆，南軍就會崩潰。」張玉高喊「遵命」，朱高煦則擔心地說：「父王，李景隆身邊足有上萬步軍，你只帶三十騎衝擊，太危險了！」

朱棣咧嘴冷笑：「我看到了。但他們奉有嚴旨，一直不敢朝我放箭。所以，我可以無所畏懼，放手攻殺！你倆快去！」話音未落，朱棣已經狠狠鞭馬，領著三十騎甲士直衝敵陣。朱高煦與張玉則掉頭殺出重圍。

朱棣衝入敵陣，大片步軍圍上來，卻被朱棣與騎士們殺得東倒西歪！周圍的南軍礙於嚴令，手執兵器進退兩難，戰又不敢戰，擋又擋不住，眼睜睜望著朱棣橫衝直撞，手起刀落，如入無人之境。他們著急地紛紛叫著：「放箭，快放箭！」那個副將還是騎在馬上大叫：「不准放箭，務必生擒朱棣！」

姚廣孝此刻盤腿坐在不遠處的一座小山上，他合掌默誦著什麼，就在山腳下，南北兩軍正在進行著殊死惡戰。姚廣孝看上去身如菩提，紊絲不動，其實心裡是沸騰的油鍋，備受煎熬。南北兩軍這一日是同時在三地決戰。一是鄭村壩，燕王率領八萬燕軍迎擊三十萬南軍；二是北平城，世子朱高熾率領兩萬守城將士抵抗二十萬敵軍；三是三元河，馬和帶著手下的三千兵勇奇襲南軍糧草大營。無論在哪一處，敵軍都占絕對優勢。朱棣的軍隊在哪里都不能失敗，如果一處失敗，就會處處失敗，接下來只能是滅亡！

他來這裡是等待馬和的，這座小山是馬和的必經之道，他已經看到三元河方向冒起了濃濃的黑煙，斷定南軍糧草已被焚毀，這只能是馬和所為！那麼，馬和就是過河的卒子了。過河的卒子，作用更大，馬和應該再創驚人之舉……終於，有了動靜！姚廣孝睜開眼睛，天哪，果然是馬和劉強等人！一個個黑不溜秋的，滿頭滿身的塵埃碳屑！馬和也看見了師傅，驚喜交集，奔到近前，劇喘地叫道：「師傅！」

姚廣孝拍拍馬和：「老衲正在念叨你哪，你來得正好哇！」

馬和急問燕王如何了？

姚廣孝示意山下：「死戰而未死，將亡而未亡。」

馬和立刻就要去救燕王，姚廣孝點撥他：「不必救，你如果能引一支騎兵，直衝李景隆，那就可以收四兩撥千斤之效。」

劉強打量著山下道：「大師說得對，只要斬了李景隆，南軍必然大亂。」

馬和果斷道：「仍請劉兄統領全軍，在下跟著劉兄作戰。」劉強笑著轉身向部下布置：「卸下全部乾糧，上馬出擊！」

三千騎兵，像三千支脫弦利箭，射向正在酣戰的沙場。鼓號聲響起來了，如此激越，如此清曠……立刻，正在交戰的雙方都驚呆了，無數雙眼睛朝鼓號方向望去。山坡上的李景隆也聽見鼓號聲，驚訝地問：「哪裡來的？哪裡來的？」

一個副將奔來稟報：「大將軍，後方突然殺進數千騎兵，我軍抵敵不住！」李景隆驚慌道：「怎麼，朱棣暗藏了援軍？」又一部將狼狽奔來，慌亂地說：「大將軍，不好了！三元河大營被襲，糧草全給燒了。」李景隆怒叫：「胡說，百萬擔糧草，怎可能被燒盡？」部將恐懼地指著天邊，「大將軍您看，那是三元河的黑煙。」

李景隆抬眼一看，只見遠處天際，滾滾濃煙直衝九霄！李景隆跺足痛叫：「完了，完了，大軍要斷糧了！」

所有部下都看著天邊，不禁驚慌失措，交頭接耳。眼看軍心就要大亂。李景隆一疊聲怒叫：「鎮定！傳命！守住陣角，全軍出擊！」一個部將不解地問：「請大將軍詳示，到底是堅守陣角，還是全軍出擊？」

李景隆一愣，惱羞成怒：「出擊！全軍出擊！」

一陣陣清冽的鼓號聲也傳進了朱棣的耳朵，他不禁停止攻殺，問邊上將領：「怎麼回事？」張玉心下也在疑惑，無把握地說：「燕王，恐怕是李景隆的援軍！」

朱棣大驚，身體一軟，喘息無語。部下們紛紛靠攏過來，所有的眼睛都盯著朱棣，有人不安地問：「燕王，咱們怎麼辦？」

朱棣絕望了，一嘆：「張玉……率領弟兄們突圍吧！」

張玉聲音打著抖：「王爺，您呢？」

朱棣搖搖頭，把劍往地面一插：「我累了，你們不必管我了。」

張玉大聲道：「王爺，末將護著您衝出去。」

朱棣道：「不必。你們只管突圍。李景隆是衝我來的，顧不上追殺你們！快走！」

「不！」張玉的叫聲已經含著哭腔。

這時候，鼓號與殺聲越來越響，突然朱高煦單騎衝至，嘶聲大叫：「父王，馬和帶兵殺進來了！」

「馬和?!」朱棣驚疑地問。

朱高煦激動得語無倫次：「是，是馬和，還、還有劉總兵！」

所有人都被這個突如其來的喜訊弄昏了頭腦，就像茫茫沙漠中瀕臨絕望的跋涉者，突然發現了前方有一片傲然千年的胡楊林，人人眼睛裡都陡然有了活氣。張玉睜眼朝戰鬥酷烈處望去，大喜道：「王爺，沒錯，是我們的兵馬！」這時，馬和與劉強已經飛騎衝到朱棣面前，雙雙跳下馬，泣叩道：「王爺，奴才（末將）來遲了！」

朱棣大喜過望，聲音止不住地顫慄：「你們……怎麼才來呀！！」

馬和泣道：「稟王爺，奴才失職，被鐵平焚了糧草。隨後，奴才和劉將軍以眼還眼、以牙還牙，領兵繞到三元河，也焚燒了南軍上百萬擔糧草！」

朱棣大聲叫好！張玉等部將也興奮得手舞足蹈。馬和笑道：「奴才還搶了南軍幾千斤大餅、窩頭和肉乾，也全部帶來了！」朱棣爽朗地大笑起來：「好好！弟兄們苦戰竟日，正餓著肚子哪！對了，你們所屬兵馬呢，還有多少？」

劉強道：「稟燕王，末將所屬的三千兵馬，全部到來！」朱棣長長鬆了口氣，眼淚嘩嘩往下落，顫聲道：「好哇，好哇！……你倆知道麼？南北兩軍殺到這會，已到了生死攸關的時刻！三千生力軍——足以決定勝敗！」

劉強大叫：「請燕王令下！」

朱棣豪情大發，拔劍喝道：「高煦、張玉、劉強，令你們率領這三千騎兵，直衝南軍中路，擊殺李景隆！」

三人齊聲應命而去。

朱棣指著倒在屍體上的那面燕字大纛：「馬和啊，令你親掌王旗，隨我來！」

馬和應聲執起那杆大旗，高舉著。所有人都騎上戰馬，瘋狂地吶喊著，朝南軍衝殺而去。

馬和的到來，居然發揮了中流砥柱的作用，燕軍士氣大振，從四面八方合擊而來，南軍紛紛潰敗。李景隆看著那杆越來越近的燕字大旗，這才想起鐵平，驚慌道：「鐵將軍，怎麼辦？怎麼辦呢？」

鐵平哼了一聲：「李公子啊，兵敗如山倒。如果還不放箭的話，連你都難逃一死了！」李景隆慌忙朝左右大叫：「放箭，快放箭！射死朱棣！」然而無人回答他，四周是遍地屍體，活著的人自顧不暇。鐵平哈哈大笑，抬腳把地面上一把戰刀直踢到李景隆面前：「李公子，弓弩手死乾淨了，請你親自迎敵吧。」

李景隆呆愣片刻，一隻手顫抖地拾起那把長刀。左看右看，不知如何是好。鐵平冷冷地譏嘲：「上馬，跟著你鐵爺爺衝吧！」鐵平說著跳上戰馬，直朝戰陣衝去。李景隆伏在馬背上，緊跟著鐵平。鐵平狂喊著，左劈右砍，終於殺開一條血路……

血紅的夕陽西下。遠近山野中，到處是屍首縱橫，殘刀、斷槍、死馬、焦旗、黑血……幾乎掩蓋了全部野草和土色！天空中，已有寒鴉盤旋，發出陣陣淒厲的叫聲。朱棣與部下們在戰地巡視，他邁過一具具屍體，終於看見馬和正壓在一匹死馬底下，一動不動。朱棣彎下腰去，欲搬動死馬，部下趕緊上前，搬開死馬，拖出負傷的馬和。馬和掙扎著說：「王爺……」朱棣含淚道：「你別動。抬下去。」幾個部下匆匆抬走馬和。朱棣又看見旁邊那面殘破的大旗，它像一隻刺蝟，渾身扎滿密密麻麻的箭！朱棣關照高煦：「收好王旗。日後懸掛到大堂上，讓子孫後代都看看。」朱高煦立刻示意部下，幾個兵勇上前，小心翼翼捲起那面大旗——連帶著上面的一支支利箭。張玉走過來稟報：李景隆領著幾萬殘餘，已經逃遠了。朱棣駐足望去，道：「殘兵敗將，又無糧草，不足為慮。」張玉便問朱棣，是否令各營收兵休息？朱棣沉吟片刻道：「只准休息兩個時辰。兩個時辰之後，集中四萬健騎，跟我連夜回援北平。」張玉與朱高煦聞言俱驚，燕軍兵士死的死，傷的傷，剩下也都已經筋疲力盡，何以再戰？朱高煦不安地問道：「父王，這……是不是太倉促了？」朱棣肅容厲聲道：「不！北平如果還沒有失守，也到了萬急時刻！我們如能在破城之前趕到，四萬精兵，足以徹底擊潰攻城的南軍。高煦啊，我們和朝廷不同，朱允炆富有天下，他可以一敗再敗。我們則不行，我們必須一勝再勝，連戰連捷，才能贏得最後勝利！」

兩個時辰以後，朱棣率領無數健騎，直撲北平城，他們悄悄從南軍後圍殺入，彷彿尖刀插入南軍心臟。正在攻城的南軍兵勇措手不及，被打得紛紛抱頭鼠竄。朱棣引兵衝向金水橋——橋面已堆滿屍首，他在衝擊的同時不時抬頭往城牆上張望，希望那裡出現兒子朱高熾的身影。然而城牆上人影晃動，看不真切。

朱高熾其實也在邊戰邊往遠方看，處於山重水復之中的守城燕軍望眼欲穿地等待著援兵。這時候，突然響起了一陣震天的鼓號聲，朱高熾展眼望去，突然看見了正在馬上奮力砍殺的父親朱棣，激動地狂叫著：「父王來了！父王來了！」所有守城將士都舉著兵器歡呼起來：「燕王回來了！燕王回來了！」早有兵勇拉開城門，朱高熾徒步領著守城的兵勇衝殺出來，金水橋上的南軍受到前後夾擊，被殺得東倒西歪，沒有戰死的也逃得遠遠的不見了蹤影。朱棣砍倒最後一個敵兵，抬頭尋找兒子朱高熾，朱高熾也在往父親這兒看，他幾乎是從屍體中跳過來的。父子倆終於在金水橋上會合了。朱高熾跪地，泣道：「兒臣拜見父王！……」朱棣一把摟起朱高熾，含淚顫聲道：「好好！……本王有這樣的世子，無懼於天下了！」北平的婦女老幼們，早已相擁相抱，悲喜交集地哭成一團。朱棣忽然東張西望，滿臉焦慮，高熾知道父親是在尋找母親，回首指著高高的城樓道：「母妃在城牆上面！」

朱棣舉首望去，只見整座北平城頭，此時只剩一個孤獨的身影，那是正在拭淚的徐妃！她看上去是那樣的虛弱，似乎已經挪不動一步。朱棣立刻離開眾人，向城牆上走去。

金水橋及城下廣場，充滿歡呼聲。馬和默默地注視著朱棣走向徐妃，心中一動，悄悄離開熱鬧的人群，朝偏僻的城牆腳下走去。走著走著，他在一堆靜靜的廢墟面前站住了。廢墟下面有人！他驚駭地看見，廢墟上的破磚動了一下，又動一下，接著碎磚滾落，廢墟裂開。渾身傷血的妙雲掙扎著從廢墟中鑽出，吃力地朝外爬。她的身下以及身後，拖著濃濃的鮮血。馬和看得心驚肉跳，猛然從背後將妙雲抱住，扶正。妙雲轉臉一看，馬和身纏繃帶，蹲在她的面前！她喃喃地道出一句：「我們這是在哪裡？」她是那樣的迷離恍惚，真的以為自己是在另外一個世界，馬和已經在這裡等她。

馬和哽咽著說不出話，只把妙雲輕輕攬入懷中。幾近虛脫的妙雲緊貼著馬和胸口，身心再支撐不住，失去了知覺。

翌日，朱棣立在燕王府的大堂上，默默觀看著懸掛在大堂上的那面布滿箭創的殘破王旗。馬和輕步走到朱棣身後，也看著那面王旗，在心裡感慨自己又一次九死一生！朱棣回頭看看馬和，說：「就在這兩日，本王要在這面旗下召集眾將，論功行賞。馬和啊，其他人的功名和賞賜我都想好了。就是你，不知道該怎麼賞賜才合適。」

馬和一時揣摸不透燕王說的話，只能低聲道：「奴才明白，奴才是個太監……」

朱棣立刻搖搖頭：「不是這個意思。太監也是人。」他兩眼炯炯地望著馬和，親切地說：「而且，你這個太監，還是個不一般的人！一個屢建奇功的人！我是說，你在鄭村壩立下了蓋世奇功，一般的賞賜已經不能表達我的心意……我、我想賜你一個姓——鄭！鄭者，正也！你是這世上堂堂正正的英雄漢！馬和啊，你願意更名為鄭和嗎？」

朱棣的口氣裡，飽含著對馬和的欣賞和信任！要想檢驗一個人對你真不真，這兩樣是試金石。馬和需要的就是這個！他感激涕零，激動得一拜：「奴才鄭和，叩謝王爺！」在這樣一個時刻，他不可抑制地想到了妙雲，他多麼希望，他的一切都與她息息相關。只有在她的親切注視下，套在他身上的光環才會熠熠生輝！

朱棣高興地說：「我還要把胡誠的府邸賞給你，再封你一個爵位！」

馬和趁著朱棣高興，說：「謝王爺。但奴才不要其他賞賜了，奴才想、想……」馬和說著又猶豫了。

朱棣爽快地說：「只管說，你想要什麼，本王賞什麼。」

馬和的聲音有些異樣：「奴才想要一個人……要她做奴才的親人。」

「誰？」

馬和不敢望朱棣，跪地長叩：「妙雲。」

朱棣大驚：「妙雲?!」這是一個有性格的丫頭，清純、美麗，侍候過他，也曾經救過他的命，他心裡挺喜歡她。但這樣的事情，王府是不允許的。畢竟馬和是一個太監，王府還是有王府的規矩。他看著叩頭不起的馬和，一時竟不知說什麼。違心訓斥道：「好哇，你這狗奴才，早就跟妙雲暗通私情，是不是?!」

鄭和老老實實回答：「是。」

朱棣見馬和不僅不求饒，似乎還有點強勁，不知此事如何收場才好，氣得罵道：「你們這兩個罪孽，連本王都蒙在鼓裡！王府豈容這等醜事？……」

徐妃已經進門聽了一會兒，此時笑著走來：「王爺呀，照貧妾看來，只要他倆有真情，那就是一樁幸事，是天賜的緣分！」這些日子，本來就見多識廣的她又增添了許多驚心動魄的體驗，掂量人和事的標準也同以往大不一樣了。

馬和聽了一喜，好像被關在密不透風的地窖裡，頭頂處突然射進一線光亮，他的心裡有了希望，但他伏在地上未敢抬頭，低聲道：「奴才請……請王爺王妃賜罪。」

朱棣雖然剛才虛張聲勢地訓斥著馬和，心裡其實也在心疼忠心耿耿的他。太監也是人，這話自己剛對馬和說過。是人都有情欲，難道一個堂堂正正、立下豐功偉績的英雄太監就該一輩子沒個親人心疼他，關心他？現在見夫人出來為馬和妙雲說話，正好借個臺階下，順水推舟地說：「好好好！本王祝你們這對癡男怨女，成百年好合，圓你們的天賜緣分！」

徐妃對馬和笑道：「恭喜！恭喜呀！」

馬和長吁一口氣，重重叩首向王爺徐妃謝恩。

馬和從此改名為鄭和，他和妙雲也搬到一起住了。此事自然不宜聲張，但王爺王妃都送了厚禮，張玉香草等人私下也送了禮物。過了一些日子，最初的心理彆扭過去了，就像馬和變鄭和，當大家不再覺得叫鄭和拗口的時候，鄭和與妙雲的關係也變得順理成章，名正言順。妙雲經過細心調養，身體一天天復原，終於到了臨產的日子。

鄭和被穩婆請出了屋子。妙雲痛苦的呻吟聲從屋子裡面傳出來，起先還壓抑著，後來一聲比一聲響，聲音傳進鄭和耳中，守候在門外的他像被碎玻璃渣刺著，心疼得不行。背著手走到這頭，又搓著手走到那頭。突然一聲撕心裂肺的尖叫，鄭和撲到房門口，就要推門，邊上的下人有意無意叫了一聲：「大人！」他猛然意識到不該進去，又抽手退下，焦灼地蹲在門前臺階上，抱頭發呆。突然，屋裡傳出尖細的嬰兒啼叫聲，哇哇不絕！鄭和跳起身，正要推門，門卻自動展開，一個穩婆喜滋滋地出來道喜：「老爺大喜啊，生下來啦，母子平安！」

鄭和結結巴巴地道了一聲謝，慌忙衝了進去。妙雲昏睡在榻上，旁邊，一個初生嬰兒裹在襁褓中，啼哭不止。鄭和先擔心地看看妙雲。穩婆輕聲說：「夫人沒事兒，老爺放心吧。」鄭和又俯下身，仔細地打量著那個嬰兒，嬰兒閉著眼，好像感覺到了鄭和的目光，突然不哭了。穩婆湊趣地說：「老爺真是有福哇，小少爺沒睜眼就認得您了！」鄭和多日來焦躁的心情突然像受了佛法感應一樣，一下子風平浪靜了。他不敢相信似的輕聲問：「是……是男孩？」穩婆立刻把襁褓拉開一條縫，展開嬰兒的小雞雞，炫耀地道：「老爺您看，您好好看看吧，是個兒子！」

鄭和的情緒像風和日麗的春日碧澄的湖水，熨貼而溫馨。他甜津津地看著，看著，突然小心翼翼地用手碰了碰嬰兒的小雞雞，嘴裡喃喃地說：「我有兒子了！我有兒子了！天哪……我、我的兒子！」

這時候，妙雲也睜開了眼睛，剛才她是一時的虛脫。她的眼睛裡湧出了眼淚，喃喃地說：「是個兒子。」

鄭和見妙雲醒來，急忙奔她的身邊，傻笑道：「現在好了，現在好了……嘿嘿，快把我急死了。我們，有兒子了……」

妙雲呆呆地望著鄭和，蒼涼地說：「那不是你的兒子，是胡誠的兒子。是那個奸臣的孽種！」

鄭和像被暗器擊中，痛得一縮，人突然矮了一截似的。好半天，他回過神來，看著妙雲，堅定地說：「不，他是我的兒子。我的兒子！」

# 【第十四章】

鄭和成家之後顯得更沉靜了，他的內心時時充溢著一種滿足感。這種滿足感使他特別依戀每一天的日子，太幸福了，便產生了一種警惕甚或擔心，總覺得眼下的幸福不太踏實，就怕走在花樹間，突然一腳踩個空掉到了陷阱裡。於是他拿出久違的洞簫，那悠揚婉曼的樂曲在屋子裡飄起來的時候，往昔便會走過來同他約會，這時候，他的心裡又酸又甜，充滿了對命運的敬畏和溫情。這一天午後，他看著妙雲沉浸在夢鄉中，小嬰兒甜甜地安睡在她身邊的時候，他又生出了使他安靜同時令他害怕的幸福感，於是，他拿出洞簫低低地吹奏起那支熟悉的美妙哀婉的怨曲。妙雲在簫聲中醒來，她被簫聲寂寞幽鬱的韻律打動，情不自禁淌下了眼淚。

妙雲伸手拉住鄭和的臂膀，靜靜地望著他。鄭和放下洞簫，也溫情地望著妙雲，說：「妙雲啊，兒子的名字，在下已經想好了。姓鄭名餘——鄭餘！你看如何？」

「鄭餘？」妙雲沉吟著。「名字倒不錯，是什麼意思呢？」妙雲問。

鄭和憂慮地說：「在下是個太監，你是丫頭，咱倆都是門檻外的人！這兒子更是這樣啊。」這也正是鄭和覺得幸福不夠踏實的原因。妙雲卻更擔心鄭和想到這是胡誠的兒子會心生嫌憎。她說：「鄭和啊，你可得想好嘍。鄭餘不是你親骨肉，你、你能好好地待他嗎？」

鄭和笑了：「妙雲啊，你還是不了解我，對於我來說，我需要一個兒子。這個兒子是天賜於我，而且，他是你生的，我愛你，就會愛他。孩子是無辜的！他知道什麼？別說他在娘肚子裡什麼也不知道，就是現在他在搖籃裡，對世間的一切也還是一無所知呀。從今往後，鄭餘就是我的親骨肉！現在，在下常常覺得自己是在夢中，不但有了你，還有了家，有了功名，連兒子都有了！嘿嘿嘿。真想不到哇，太監能過上這樣的日子，我幸福得都有點害怕了！」

妙雲的眼睛裡隱含著感激與欣慰，她嬌嗔地說：「你怎麼還是『在下在下』的？我是你女人，不是你主子！」鄭和一窘，笑著說：「在妙雲姐面前，鄭和就是個在下，永遠是在下。在下只想一輩子敬奉著你！」妙雲一撇嘴：「自家人這樣，多彆扭！」心裡卻滿足著，撒嬌地說：「你也是個堂堂的總管了，大總管在我面前在下在下的，奴婢可擔當不起啊。」鄭和將妙雲摟入懷中，道：「以前咱們是寄生在主子家裡，不管王府多麼尊榮，多麼富貴，那都是王爺的，不是咱的。」妙雲輕輕地補充道：「也不管你有多能幹，多受重用，也不過是一個得寵家奴。」鄭和抒了一口氣，說：「有了你就不一樣了，有了你就有了家，就有了自個的日子。老婆孩子懷裡摟，粗茶淡飯賽神仙！嘿嘿嘿……」妙雲也吱吱地笑了，忽然她止住笑，帶著憂戚的神情說：「鄭和，我還是有點提心吊膽。總覺得……這日子像是偷來的，一不當心就會灰飛煙滅。」

鄭和心裡一動，這種心照不宣的同感令他震撼，他安慰妙雲：「不會！有我在，你就只管過太平日子吧。」妙雲憂悒地說：「我就怕沒太平！在世人眼裡，你是個太監，我是個丫頭，鄭餘是個奸臣孽子。咱仨湊成一個家，外頭能沒有閒言蜚語嗎？」鄭和皺著眉頭：「甭管它！過我們自己的日子。」妙雲關切地說：「還有你。你現在是王爺的心腹功臣了，連命都牽在王爺身上，這打打殺殺的，何日是頭啊？」

鄭和不是沒有想過這個問題，如今從妙雲嘴裡說出，心下感動，只是對此他無話可說。妙雲便央求他：「鄭和啊，咱們能不能遠走它鄉，住到一個誰也不認識咱的地方去？從今往後，咱倆夫耕妻織，相夫教子，白頭到老，那該有多好啊！」

鄭和更動情了，他低了頭，輕吻著妙雲的面頰，陷入沉思，終於嘆道：「妙雲啊，眼下，王爺的大業正在要緊關頭，在下離不開啊！你看這麼著行不？容我再跟隨王爺幾年，等王爺進了京城，帝業成功之後，我也算報了王爺大恩了。那時，咱就放棄一切榮華富貴，到一個山清水秀、誰也不認識咱的地方住下來，好好地過自己的日子！行不？」

妙雲無可奈何一嘆，笑嗔：「我就知道你會這麼說！雖然你一口一個『在下』，可還是這家的主子，我又能怎麼樣呢。」

鄭和尷尬地嘿嘿笑著：「多謝夫人。」

三年後的一個秋日，朱棣與姚廣孝一立一坐，正在花園裡交談。涼風陣陣，湖中已飄滿落葉，花園裡一片凋零。歲月無情，兩人都顯得蒼老多了。朱棣的兩鬢隱約已見白髮。他望著四周惆悵道：「秋寒驟起，寒冬將至，滿園肅殺之色。」

姚廣孝笑道：「王爺是在傷秋，還是在憤世哪？」

朱棣感慨：「都有！唉，靖難之役持續快三年了。這期間，我打過大大小小五十多仗，一次又一次擊敗朝廷的北伐大軍——加起來不下於三百餘萬！可是打到現在，燕軍仍只有數十萬，燕地仍然只有北平附近的地盤。朝廷呢，卻可以不斷的從江南各省廣徵兵員稅賦。朝廷失敗了一次，可以糾集軍隊再來一次；我們勝利了一次，仍不得不應付下一次進攻。朝廷百戰百敗，卻敗而不亡；我雖百戰百勝，卻仍局限於北平一隅。如此這般『靖難』，真可謂苦難無邊！」

姚廣孝點頭道：「燕王說得痛徹。靖難三年，已成僵局。朝廷奈何不得燕王，燕王也奈何不了朝廷。」朱棣便問姚廣孝有何良策。姚廣孝其實早已心有所思，他說自己眼下並無善策，卻有一劑險方。朱棣露出急切的神情請教。姚廣孝說：「三年以來，都是朝廷進攻，燕王拒守。朝廷屢屢北伐，燕王卻從不南征。」朱棣一愣，咀嚼著這句話，慢慢道：「是啊……」姚廣孝為他分析人心：「據貧僧所知，各地文武官員和天下百姓，其實都對燕王又敬又畏。為什麼呢？就因為您百戰百勝！朝廷屢戰屢敗。可是他們為何不敢背反朝廷呢？只因在世人眼裡，朱允炆是皇帝，而燕王您是逆臣。如果背反朝廷而倒向你，那就成了『附逆』！貧僧以為，要想徹底結束這種苦戰不休、南北交兵的局面，只有一個辦法，那就是置中原一帶的各路敵軍於不顧，長驅直入，直取京城，奪取皇位！燕王只要攻下了京城，做上了皇帝，天下就可以傳檄而定，各省的文武官員呢——聰明著哪，都會順時應變。別看他們現在忠於朱允炆，到那時就會像忠於朱允炆一樣忠於燕王您！」

朱棣先大喜，接著又陷入沉思：「從北平到京城，兩千三百餘里，中原守軍層層布防啊。」

姚廣孝接著分析形勢：「從歷年交兵情況來看，朝廷是越打越弱，軍心厭戰。中原的層層布防，幾乎就是層層珠網。珠網能擋得住蚊蟲，卻擋不住利箭。」

朱棣點頭道：「朝廷在中原一帶的駐防，多為步軍，他們絕非我燕北健騎的對手。」姚廣孝道：「還有一事也對燕王十分有利，那就是，朝廷絕對想不到燕軍竟敢空巢南下，長驅千里，直取京城！」朱棣微笑：「在他們眼裡，這太不合兵法了。孤注一擲，深入險地，自陷重圍，都是用兵之大忌。」姚廣孝斷然道：「大忌者大利！這些年來，正是由於燕王孤處北平一隅，中原南軍才得以高枕無憂。如果他們一覺醒來，發現燕王遠遠地插到自己身後去了，那會怎樣呢？大亂！不但陣腳大亂，軍心也要大亂！而人一旦亂了心思啊，那麼一匹馬看上去也有八條腿，一個燕軍看上去也成了兩三個！風聲鶴唳，草木皆兵。」

朱棣與姚廣孝相視而笑。這時鄭和匆匆走來，告訴王爺和師傅，內廷太監王景弘，給他回信了。信中說，朝廷把可堪使用的兵馬全部調到淮河以北，用於圍剿燕軍。駐守京城的有三千御林軍，加上九門護衛，共約一萬餘人。

只有一萬餘人？朱棣心中一喜，又怕消息有訛，問：「可靠嗎？」鄭和點頭：「王景弘說，自從開戰以來，京城一直就留駐這麼些兵馬，始終沒有變化。」朱棣氣得衝姚廣孝一攤手：「你聽聽，朱允炆一直是外強中乾哪！」姚廣孝微笑道：「為了剿滅燕王，朝廷不得不把拳頭伸到千里之外，京城當然空虛。」朱棣奮然：「如果我提十萬精兵，南下千里，直取京城，朝廷肯定是猝不及防！」

姚廣孝一拳擊在自己大腿上：「燕王鼎定天下，在此一舉！」

朱棣道：「有大師這一句話，本王決心就下定了。」

十天之後，雄偉的午門城樓上，部將排立，戈甲閃亮，旌旗迎風。城下金水橋，也布滿各路兵勇，軍容振奮。朱棣身著戰甲，佇立在城樓點將臺上，背後懸掛著那面百孔千瘡的燕旗。他高聲道：「燕軍將士們，本王奉天靖難，已經起兵二十八個月了。這二十八個月裡，都是朝廷攻伐我們，我們防禦朝廷。朝廷的北伐大軍前前後後來過三百餘萬，都被我們徹底擊潰！為此，朝廷膽寒，天下側目。而我燕軍將士，越戰越強，無往不勝！」

城下的燕軍發出洶湧呼聲：「燕軍鐵騎，天下無敵！」

朱棣忽然肅穆悲傷地說：「昨天，是父皇殯天三周年忌日。夜裡，本王又夢見父皇了。父皇說，『朱棣啊，你是我兒，朱允炆是我孫。兒孫之間刀兵相向，為父心痛欲裂啊！』我稟報父皇說，『朝廷奸臣當道，屠戮皇親骨肉。兒臣秉承祖訓起兵靖難，卻被朝廷視為賊寇，連年北伐，必欲置我於死地。』父皇怒道，『既然朝廷窮兵北伐，你為何不南征呢？你趕緊率燕軍將士攻取京城，鼎定天下！那時候，你不就是朝廷了嗎？朕把大明江山交給你了！』」

將士們凝神傾聽。而姚廣孝會意地微笑。朱棣猛然喝道：「將士們，你們都聽見了！先帝在天之靈親頒聖旨，令我們千里南征，直取京城，鼎定天下！到了那時候，我們就再也不是賊寇，我們就是朝廷！」

燕軍將士激動不已，發出山呼海嘯般歡呼：「我們就是朝廷！燕王萬歲，萬萬歲！」

朱棣開始發布命令：「將士們聽令。朝廷大部分軍隊都駐守淮河以北，京城空虛。本王決定，親率燕軍十五萬鐵騎，日夜兼程，甩掉圍追堵截的南軍，以迅雷不及掩耳之勢直襲京城，急攻而下！此役的關鍵，不在於與沿途南軍交戰，而在於突破重圍。我們不是用戰刀取勝，而是勝在馬蹄子上！只要把中原敵軍全部甩開，我們就勝券在握！因此，所有鐵騎必須日行五百里，七天七夜之內，飲馬長江，直下京城。此役，乃燕軍取天下的最後一戰。本王與弟兄們的禍福榮辱、勝敗存亡，盡在此戰！」

燕軍將士齊聲高呼著：「遵命！」而朱棣則轉身看了鄭和一眼，低聲喚他跟隨。朱棣步進城樓，鄭和緊隨其後。這時，外面的歡呼聲仍然在繼續，隱隱約約還能感受到氣吞山河的壯闊。朱棣諦聽片刻，笑道：「聽見了吧？軍心如火，士氣如虹啊。」鄭和也笑了，說：「王爺以天下相許，弟兄們自然願意拼命。」朱棣卻突然變得傷感：「戰後，這些弟兄們，只怕有一半人不能生還。」鄭和的心猛然一沉，半晌無語。朱棣沉聲道：「跟你說實話吧，南征之凶險，遠比我剛才說的，要多得多！……鄭和，你猜猜看，燕軍如要攻取京城，最困難的是什麼？」鄭和凝神片刻，突然悟道：「揚子江！」

「對了！」朱棣兩手在胸口相握，憂心道：「本王不擔心兩千里征途，也不怕三丈高的京城城關。我最擔心的就是這條天塹哪——萬里長江！燕軍鐵騎只能橫跨中原，卻越不過浩瀚江面。鄭和啊，你再猜猜，本王為何叫你來？」鄭和思索片刻，猜測道：「王爺……怕是想叫奴才去謀取渡船了。」朱棣哈哈笑著稱讚：「我們主僕二人，可真是心心相印啊！」其實鄭和並不熟悉船隻，但他知道船隻在這次南征中的作用卻是非同尋常，如今燕王將這個重任單獨交付與他，可見對他的信任。士為知己者死，鄭和凜然道：「請王爺示下，奴才赴湯蹈火，萬死無悔。」朱棣近前，低語著：「聽著，你帶上五十萬兩銀子，即刻出發，日夜兼程趕赴浦口鎮，密訪水師總兵吳宣……」

鄭和領命之後，一路急步往家趕。快到家門口的時候，他又放緩了腳步。走進家門，與妙雲打個招呼，就有丫頭打了水來，鄭和先立於高几前，就著一隻銅盆唏唏嘩嘩地洗面。熱氣騰騰的飯菜已在桌上布置整齊，妙雲聽見兒子哭聲，見他摔倒在地，上去攙扶起他，一面關切地對鄭和說：「你一定餓了，先吃飯吧。」

鄭和指淨臉，急匆匆走到兩人面前，抱起兒子就親，嘴裡說：「鄭餘，快叫爹。」鄭餘乖乖叫爹，稚嫩甜糯的嗓音讓鄭和心曠神怡，「兒子，來，再親一口……」這一口卻冷不防親到了妙雲臉上。妙雲輕輕拍過去：「沒正經！還不快吃飯。」鄭和不肯先吃，邀請妙雲一塊吃。妙雲搖搖頭：「我不餓。」鄭和趕緊道：「那在下也不餓。」妙雲嗔：「你吃你的嘛！」鄭和涎皮賴臉地說：「在下等夫人餓了一塊吃，兩口子好說說話……」妙雲覺得鄭和今日不同往常的黏人，仔細打量他一番：問：「今天怎麼了？你心裡掖著什麼事吧？」鄭和吶吶地說：「嘿嘿，正想稟報夫人呢，王爺剛交下來一樁差使，令在下出一趟遠門。」妙雲臉色白了一下，不安地問是去哪裡，鄭和支支吾吾道：「不遠，平北察哈爾。」妙雲這才放下些心，問什麼時候走，鄭和賠笑著說飯後就走。妙雲沒想到這麼快就要走，想想大軍正要北上，此時出門必是危險差使，不由心中憂傷，道：「鄭和啊，南征在即，現在出門，你我又得生離死別了，只怕連你自個都說不清楚能不能平安回來，是麼？」鄭和強笑：「夫人多慮了。在下只是奉命籌點糧餉，去去就回，頂多十天半個月吧。」妙雲隱忍無言。這時一個小丫頭急急入內，叫著：「老爺、夫人，王妃來了！」

妙雲與鄭和急忙起身恭迎，徐妃已笑盈盈入內。妙雲鄭和同時折腰：「奴婢（奴才）拜見夫人。」

徐妃親切地問候了妙雲，接下來就拉過妙雲的兒子仔細瞧。妙雲心中略有不安，這畢竟是胡誠的兒子啊，徐妃難道不會心生嫌惡？她擔心地看著徐妃和兒子，徐妃拍著鄭餘的臉，「喲，小乖崽，真招人疼……瞧啊，這眉眼多像妙雲。妙雲哪，你好福氣！」妙雲羞澀地說：「奴婢託夫人的福。」鄭和在邊上恭敬地笑請夫人用茶。徐妃卻看了一眼飯桌，說：「擱著那一桌飯菜，為何只請我喝茶，不請我用飯呢？」鄭和妙雲互視一眼，大為驚訝。妙雲窘道：「粗茶淡飯的，奴婢實在不敢……」徐妃一手逗著孩子，嘴裡說：「怎麼著，拿我當外人？」妙雲幾乎不敢相信地問：「夫人，您真要在奴婢這吃飯？」徐妃咯咯笑了起來：「今兒，我只當是進了自個家。噯？……還不請我上桌！」

鄭和受寵若驚，欣喜地說：「夫人如肯賞光，這可是天大的恩典！夫人請，請！」徐妃口稱「多謝」，便至餐桌前坐下了。妙雲連忙為徐妃盛飯布菜。徐妃見兩人都站在那裡，嗔道：「為何站著，都坐下吃。」妙雲不安，說：「奴婢侍候著夫人……」徐妃揮手道：「今兒你二位是主，我只是客。哪有主人站著的道理？快坐。」

妙雲鄭和在兩邊落座。徐妃吃了兩口，便稱讚魚做得鮮美，眼睛四下一轉，見屋子裡也布置得井然雅致，由衷地說：「鄭和，你倆的小日子，叫人羨慕啊！」這話說在鄭和心坎上，他感激地說：「如果不是主子的恩典，奴才哪有這日子！」

徐妃也聽得舒心，滿意地說：「這也是你自個掙出來的！鄭和啊，你只管替王爺盡忠，更好的日子，還在後頭呢。」

鄭和恭敬地說：「奴才記住了。」

徐妃這才轉臉向著妙雲：「妙雲哪，鄭和要遠赴京城了，十天半月回不來，你……」徐妃突然看見妙雲驚訝的表情，頓止，心下也有些奇怪，鄭和就要走了，還沒同妙雲說麼？便問：「怎麼，他沒告訴你？」

妙雲強忍不安，狠盯鄭和一眼，遮掩道：「鄭和說過了……說是王爺看重他，賞他一樁要緊差事！」徐妃吮了下嘴唇，說：「這差事是蠻要緊的，非他莫屬。妙雲哪，我的意思——鄭和走後，你娘倆還是住回王府來吧？我撥出一座院子，外加四個丫頭，兩個奶媽，專門照料你娘倆。閒下來，還可以陪我說說話。鄭和啊，我這樣安排你夫人和兒子，你放心嗎？」鄭和喜上眉梢，說：「奴才叩謝主子大恩！」妙雲也謝了夫人。徐妃則有些得意，說：「我說過的，我要把妙雲當做自個的親生女兒！鄭和，你放心辦差去吧。日落之前，自有王府大轎，來接你家妻兒呢！」

徐妃走後，妙雲就心神不定地為鄭和打點行裝。鄭和對妙雲和兒子也是戀戀不捨。妙雲彎腰整理衣服的時候，他抱著鄭餘親個不停，隔一會兒又忍不住騰出一隻手，扳過妙雲，忘情地親著。有時候，就三個人親在了一處。妙雲欲推還就，心裡被離愁別緒籠罩，怎麼也快活不起來。出發的時候眼看到了，妙雲接過兒子，放到地上，攙著他送鄭和走出院門。兩人走著說話，鄭和還在感激著：「想不到在我臨走之前，王妃會親自光臨寒舍，喝了咱家茶，吃了咱家飯，看了咱兒子，還要把你娘倆接進王府，讓人像侍候主子那樣侍候著你！嘿嘿，這等恩典，自古罕見哪。」妙雲淡淡地說：「主子麼，一喜一怒都是法，一顰一笑都是恩！」鄭和不解：「你好像並不高興。」妙雲撇撇嘴：「天高地厚之恩，我敢不高興麼……我只是有點怕。」鄭和略驚：「怕什麼？」妙雲憂慮地說：「鄭和啊，主子的恩典可不是白給的，他們指望你捨生忘死地去報恩呢！所以，主子的恩典越厚，奴才的性命也就越薄。到最後，奴才為了向主子盡忠，把自個的性命都拼了出去，也難報主子的恩典！」鄭和沒想到妙雲會有這般見識，心中又痛又甜，勉強笑著：「夫人此語，真乃過人之見。」妙雲又是淡笑著，眼中卻露出痛楚：「過去我也不懂，直到主子把我送給胡誠做小妾，才明白了些。唉……現在，主子越是對你恩寵交加，我越是替你擔心。鄭和啊，咱已有了自個的家了呀！」鄭和竭力寬慰著妙雲：「夫人放心，在下一定平平安安地回來。」妙雲又有了更長遠的擔心：「就算這一次平安了，還會不會有下一次呢？」

鄭和沉默半晌，正聲道：「等主子得了天下，我們就會永享太平。」妙雲卻像潑冷水似的：「即使王爺取勝，那天下也是主子的。你所能有的，不就是個家麼？」鄭和長嘆一聲：「人無忠義，便是禽獸。妙雲哪，主子大恩未報，我不能不對主子盡忠啊。」

說話到了這兒，妙雲知道再說就要不愉快了，便知趣地打住，轉了話題，對鄭和說：「我有個親弟弟，名叫韓玉，我們姐弟從小就失散了……」

鄭和知道這事，插言道：「我剛進王府的時候，你還回南邊尋找過他。」

妙雲告訴鄭和：「前兩年我聽到個信兒，說有個叫韓玉的窮書生——年齡和我弟弟差不多大，入京赴考，沒中榜，乞討街頭，後來就不知下落了。我不知道他是不是我弟弟？」

鄭和說：「這樣吧，在下進京後，即刻託各路朋友詳加查訪，務必查明此人下落。」妙雲含淚關照：「找著了，是我們姐弟的緣分。找不著，你可別冒險！」

鄭和點點頭：「夫人放心，在下謹記了。」分手的時候到了，鄭和蹲下身，將孩子擁入懷中動情地撫摸著，他的眼睛卻一直在望著妙雲，嘴裡不捨地說：「你回去吧。我走了。」他果斷起身，快步走向前面等候在那裡的坐騎，上馬而馳。妙雲抱起兒子駐足遠望。不料，鄭和上馬馳出一段路後，竟又策馬奔回，他停在妙雲身邊，從妙雲懷中要過兒子，又狂親了一陣，望著妙雲深情低語：「在下身在天邊，心在家裡！」

鄭和走後第三天，燕軍就南征出師了。巨大的城門轟隆隆拉開，一股鐵流鏗鏘而出。朱棣騎馬率先行馳在前面，身後齊頭並進地跟隨著浩蕩騎兵。無數鐵蹄擊起的巨響在城門道中迴盪。城樓上站著朱高熾和徐妃，兩人憑牆而望，目送著南征大軍。

浩蕩鐵騎馳過金水橋，整個橋面戰甲閃亮，刀戈映日！朱棣回首，揮鞭向城上的徐妃與高熾告別。同時對身旁的朱高煦道：「高煦，令你率前軍先行。進入南軍防區後，務必晝伏夜行，儘量不使之覺察。遇有城鎮守軍，不准交戰。繞道甩掉他們，疾速南下。」朱高煦問：「如果南軍出城追趕呢？」朱棣道：「小股敵軍，你速戰速決。大股敵軍，則留給張玉對付。張玉率兩萬馬軍，就在你後面五十里處跟進。本王自領大軍，又在張玉後面五十里處跟進。南軍見我後方的大軍，源源不斷，便不敢輕舉妄動，只能據城固守。」

朱高煦與張玉遵命而去。朱棣策馬前行，心中升起一團疑雲，道衍師傅昨天說好為自己送行，怎麼不見蹤影?在他身邊，大軍正洪流般行進著，直奔南方。他還在不時四顧。

朱棣馭馬馳至一處三岔路口，一眼瞥見一株枝葉茂密的老樹下，身影消瘦的姚廣孝正孤獨地跪在那裡，已不知跪了多久。他急忙策馬過去，跳下馬驚詫詢問：「大師啊，我還以為你在廟裡參禪呢，為何獨自跪在這裡？」

姚廣孝深深一揖：「貧僧給燕王送行。」朱棣埋怨道：「送行也不必下跪呀！你我知遇多年了，你從來都是登堂不拜、入宮不朝，今兒是怎麼了？快請起來！」

姚廣孝仍跪在地上，高聳的眉骨深鎖著，一副心事重重的樣子：「今兒嘛，貧僧心中惶恐，有事相求，因而不能不跪。」他說得極慢，似乎著意要引起朱棣的重視。

朱棣呵呵笑道：「大師這般莊重，倒令本王惶恐不安了！快請起來，無論什麼事，本王都答應你！」

姚廣孝由朱棣扶持著起身，拍了拍膝蓋上的塵土，聲音格外的鄭重其事：「燕王此次南征，八成能夠拿下京城，繼而君臨天下。到了那一天，燕王不再是燕王了，貧僧卻仍然是貧僧。因此，貧僧想趁著燕王稱帝之前，求燕王一個事。」

朱棣聽得心花怒放：「本王剛剛出師，勝敗未卜，大師就這麼肯定？哈哈哈。」

姚廣孝卻沒有笑：「請問，當初燕王起兵靖難的旗號是什麼？」

朱棣略一思索，果斷地說：「清君側。」

姚廣孝點頭，白花花的腦袋卻點得沉重，「也就是說，燕王一旦攻下京城，那些君側之臣，必定人人自危。而那些曾經主張削藩的臣子，更是難得善終？」

這下是朱棣點頭，這頭也點得不太輕鬆：「不錯！」

姚廣孝沉鬱地說：「貧僧懇求燕王，大開殺戒時，請赦免一個人。」

「誰？」

姚廣孝沉重地說：「當朝帝師，翰林院大學士——方孝孺！」

正如姚廣孝預料的那樣，朱棣仇視方孝孺。他濃眉一挑，面色嚴峻起來，說：「首倡削藩者是他，篡改先皇祖制的也是他，幫助朱允炆運籌帷幄的還是他！正如你是本王的師傅一樣，他就是朱允炆的師傅。朱允炆對他言聽計從，朝廷所有罪過都與他有關！大師啊，你為何要本王寬容他？而且是獨獨寬容他一人？」

姚廣孝提醒朱棣：「燕王還記得嗎，是方孝孺力主放歸兩位公子的……」

朱棣沉下臉來打斷道：「那是由於他的迂腐而不是因為他正直！如果他知道本王佯瘋，必定置我兒子於死地。」

姚廣孝只能嘆氣了：「燕王啊，方孝孺雖然置身於朝政，但他其實是顆讀書種子，遍覽古今，學通天人，他是天下書生們心目中的偶像啊。燕王如果殺了他，只怕會身背殘暴之名，喪盡仕子之心，不利於您日後執政。」

成就萬世功名是朱棣的最終目的。他做夢都想成為一個偉大的帝王，成為一代聖君，名垂史冊，令萬世景仰。姚廣孝的話到底打動了他，他猶豫著說：「他和齊泰都是首惡。首惡不除，那我如何處治其他奸臣？」姚廣孝見朱棣的態度有了轉變，露出笑容道：「因此，貧僧才說他力主放歸兩位公子，燕王如果用此作為赦免他的理由，便可以塞其他臣工之口了。」朱棣終於點頭道：「好，本王答應你了！」姚廣孝還是不放心，一揖逼問：「天子無戲言！」朱棣快活地笑著：「瞧你說的，本王還不是天子呢！」姚廣孝也笑，說：「燕王暫借天子之身，以立天子之言。」

朱棣南征的消息很快傳到了朝廷。齊泰與方孝孺一前一後地匆匆步進皇宮。兩人快到內宮門口時相遇，走在前頭的齊泰放慢步子，最終站住不動了，微微瞇了眼，佯裝客氣地笑道：「方先生，您先請。」

方孝孺往裡走著，猛想起什麼，扭頭道：「咦，回回都是齊大人搶在頭裡，老朽跟在您身後。今兒為何這麼客氣？」

齊泰有些窘迫道：「方先生乃當朝帝師，自然應當位居尊長，請，請。」方孝孺譏諷道：「知道了，齊大人指揮北伐，屢伐屢敗。伐到現在，朱棣反倒南征了，危及京城。這種時候，老朽就又成為『尊長』了！」齊泰則沒有了往日裡的機鋒，賠笑道：「在下恭敬相請，方先生何必多心？」方孝孺一甩袖口：「多謝齊大人的恭敬！假如，齊大人不好意思跟皇上稟報禍事，老朽稟報就是。」齊泰油潤的臉上沁出了汗珠：「哪裡，哪裡！……在下自然要向皇上請罪。」方孝孺白他一眼：「老朽說的是『假如』。」齊泰還是一疊聲地：「請，請！」方孝孺沉重地說：「承齊大人抬愛，老朽走在前頭就是嘍。唉，老朽雖然不配首當其衝，卻也不該迴避首當其罪呀。」說著方孝孺昂首進宮，齊泰哼哼唧唧，跟在後頭。

兩人進入上書房的時候，朱允炆顯然剛剛暴怒過。屋裡到處都扔著奏摺，遍地狼籍。兩個宮女跪在地上，慌亂地收拾著。朱允炆面色發白，坐在亂糟糟的龍案邊上發呆。

方孝孺沉重地步上，深深折腰：「皇上，朱棣親率十多萬精騎，已經越過了淮河，日夜兼程南下。其目標，只怕是京城……」朱允炆打斷方孝孺的話，憤怒地說：「朕已經知道了！德州、濟南、徐州，三道封鎖線竟然都沒能擋住他，數十萬官軍跟在燕軍後頭，亦步亦趨，像是給他送行呢！」方孝孺吶吶地說：「稟皇上，各地守軍多為步軍，而朱棣所率全都是北方健騎，日行百里，確實難以追趕。」朱允炆恨恨地看著齊泰，冷冷地說：「齊愛卿一直是滿腹韜略的，今日就沒什麼話要說麼？」齊泰躬身不敢抬頭：「北伐失利，致使朱棣脫逃……臣罪該萬死。」朱允炆譏諷：「哦？朱棣竟然是脫逃南下的！」齊泰額上也冒出汗來：「這……稟皇上。臣以為朱棣雖然突破了封鎖，但仍然無傷大局。因為，朱棣深入中原以後，四面八方都是朝廷的地面，朱棣也就落入前後受敵的險境。朝廷如能趕緊籌措兵馬，重重圍剿，就能趁他孤軍深入時，將其徹底殲滅！」朱允炆嗔道：「可是兵馬何在？不都叫你派到前方去了嗎？眼下，京都幾乎成了座空城！」

齊泰道：「臣請皇上即刻下旨，責成各地官員速速招募新軍，並令浙江、安徽兩省總兵急率所部馳援京城。」朱允炆心有所動，起身在書房裡走著，說：「好是好。但是，如果新軍勤王之前，朱棣先到了京城，那朕可怎麼辦？」齊泰沉吟著，一時沒了主意。方孝孺亦步亦趨地跟在朱允炆後面，泰然道：「朱棣膽敢如此的話，那他就是自取滅亡！須知，朝廷還有百萬大軍環城而待呢，那就萬里長江！朱棣的燕軍只能做亂於陸地，沒有水師戰船，他萬萬過不了浩浩蕩蕩的揚子江。」

齊泰一下子開了竅似的，喜道：「正是！當初，先帝之所以定都於此，就是因為京城倚山臨江，固若金湯。朱棣如敢犯險，那他就會陷入前有天塹、後有追兵的絕境，必然葬身魚腹！」正像籠牢裡的獅子一樣煩躁地走來走去的朱允炆聽了此話立定下來：「既然如此，朕為何不把他引入絕境呢？他不是想取京城麼，朕讓他來，等他到揚子江邊，朕集重兵四面合圍，讓他插翅難飛！」

齊泰立馬恭維：「皇上聖斷。」朱允炆卻還是沉著臉，問：「朱棣距江北浦口鎮，還有多遠？」齊泰回答：「據報，朱棣目前仍在八百里之外，到浦口最快也要半個月。」朱允炆道：「那就趕緊籌措兵馬，調集新軍，務必在揚子江邊，將他徹底剿滅！」齊泰道：「臣遵旨。」方孝孺慎重地說：「為確保萬全，老臣建議，長江水師即刻備戰，並把所有戰船全部由北岸調往南岸。即使朱棣到了江邊，也得不到一艘戰船。」

朱允炆這才稍稍安定，重新坐下，對齊泰道：「傳旨。令水師總兵吳宣，集結所有戰船，由北岸改泊南岸！」齊泰支吾著說：「遵旨……只是，吳宣尚在牢裡待罪，水師暫缺統領。」朱允炆詫異道：「吳宣何罪呀？」齊泰說：「御史彈劾他克扣軍餉五千兩，皇上擲下嚴旨，將其奪職查辦。部議，擬將其秋後問斬。後因戰事驟起，此事也就拖下了。」

朱允炆「哦」了一聲，緩緩道：「朕想起來了，此人貪贓舞弊，著實可恨。」

方孝孺瞪著眼：「身為總兵而貪污軍餉，無德無行。這等人，斷無可恕！」齊泰卻為難地說：「但……長江水師都是吳宣舊部，他統領多年，本領嫻熟，一時……苦無良將可以取代。」

朱允炆皺著眉頭沉思半晌，說：「戰事迫在眉睫，國家正處用人之際。朕雖然不喜歡他，卻可以人盡其才，物盡其用。這麼著，朕特賜恩旨，將罪員吳宣即刻開釋，令他戴罪領軍。待退敵後，朕再論功行賞！」齊泰展眉喜道：「如此，吳宣必然殊死效忠，以報皇恩。」

朱允炆道聲：「速辦！」甩手步出上書房。方孝孺冷蔑地望著齊泰，痛心疾首地嘆息：「唉，足見大明無人哪，連鼠竊狗偷之徒也用！」

吳宣開釋後統領長江水師，又回到了揚子江碼頭。這一天，總兵吳宣在幾個副將陪同下沿江巡視著，望著泊靠在沿岸的一排大小戰船，突然沉下臉來問道：「為何就這些戰船？其他船隊都到哪去了？」一位副總兵笑道：「稟將軍，各號船隊仍泊於下江各處，一時收不回來。」吳宣怒視幾位副手，咯咯咯冷笑了：「我看哪，自從本官落難之後，你們越發放肆了！」副總兵急道：「在下豈敢……」

吳宣斜睨他一眼：「是嘛？那我問你，各船都泊於何處？奉何人所命？辦何差使？何時歸隊？」副總兵滿面賠笑著支吾：「嘿嘿……將軍知道的。朝廷已經半年不發軍餉了，弟兄們只好自行設法，籌措些糧餉。」吳宣嗔怒：「所以你就私派戰船，外出載貨營利！哦，也許我說得太客氣了，照你的脾氣，說不定還要授意幾條船假扮成海盜，趁夜黑風高時，外出搶劫商船。哼，本官不在位，你們可是賺飽了！」副總兵怯笑：「將軍言過了，末將萬萬不敢違法。」吳宣突然意義不明地笑了，果斷地說：「過去的事，我不再追究。我只令你，水師所有戰船，明天晚上要全部歸港。違者，拿你是問！」副總兵驚詫地說：「將軍，明晚上可萬萬來不及，最早也要兩天之後啊！」吳宣兩眼死盯著他：「來不及？」副總兵苦著臉說：「就是砍了在下腦袋，在下也辦不到哇！」萬沒料到吳宣一擺手，不輕不重地說：「砍了！」

眾部將正在驚愕之時，已經衝上幾個甲士，把驚叫著的副總兵拖到不遠處的一堵矮牆後。部將們驚恐不已，噤若寒蟬。不一會，那堵矮牆後傳來一聲淒厲的慘叫。顯然，那個副將已被砍頭。吳宣微側身子，掃了幾位部將一眼：「我再問一遍，明晚之前，所有戰船全部歸港，你們辦得到嗎？」眾部將爭先恐後地叫著：「辦得到！辦得到！」吳宣爽朗地說：「這才像我兄弟嘛！聽著，皇上已擲下嚴旨，水師所有戰船，均由北岸改泊南岸，期限三天。你們趕緊騎上快馬，分頭召集外出戰船。明晚歸港集結，後天一早，我就要在此點驗！」

眾部將齊應「遵命！」接著分頭奔去。吳宣一人踱到矮牆後面，幾個甲士仍橫刀挺立在那裡。吳宣朝著一座小門內道：「劉老弟受驚了。」那個副總兵笑嘻嘻地從門內走出，佩服地說：「大哥聊施小計，就令他們俯首聽令，嘻嘻嘻……」

吳宣一嘆：「我也是無奈呀。眼下大敵壓境，軍心鬆弛。再不痛下手段整治一下，長江水師就要垮了。」副總兵小心地說：「請將軍示下。在下既然已經『正法』，是否可以離開水師了？」吳宣淡淡地問：「準備上哪去呀？」副總兵說：「歲數大了，回家享福唄。」吳宣還是淡淡地：「你到底賺了多少銀兩？」副總兵笑笑：「不多，兩三萬。」吳宣不悅：「兩萬還是三萬？」副總兵支支吾吾地說：「三萬。」吳宣隨意地說：「這三萬兩銀子，夠兄弟使半輩子的了。」副總兵便說：「謝將軍恩典。」

吳宣頓了一頓，背著手來回踏了幾步，兩眼望著地上的塵沙，突然道：「不過，我剛才想了一下，覺得咱哥倆這麼私了了，可對不起水師弟兄啊。」副總兵詫異地問：「大哥的意思是？」吳宣剎那間沉了臉，低低地說：「銀子你可以留下，但人麼——還是砍了乾淨！」副總兵驚怒萬分，聲嘶力竭地大叫起來：「吳宣，你背信棄義，不得好死！你狼心狗肺！你……」吳宣瞇著眼平靜地說：「何必氣急敗壞的！你死後，我會把你載入陣亡將士名冊，讓你妻兒享受撫恤。」吳宣說到此處大喝一聲「砍嘍」！然後掉頭大步而去。

矮牆後面，這時候傳出了真正垂死的淒厲喊叫。

吳宣走入將軍帳，一個幕僚上前低聲稟報說，有一位匿名客人求見。匿名客人？吳宣皺皺眉，謹慎地問道：「從何處來的？」幕僚的聲音更低了：「北邊。」

吳宣微怔，同幕僚說讓來人進帳。

走進來的人是鄭和。他兩眼炯炯，面含微笑，朝吳宣一揖：「燕王府總管鄭和，奉王命拜見吳將軍。」吳宣大驚，沉默片刻，冷笑道：「好嘛，今兒真是手順。剛砍了一顆腦袋，又送上來一顆！」鄭和不動聲色，仍然面含笑意，緩緩道：「據在下所知，吳將軍也是死裡逃生，剛從刑部大牢裡出來。」吳宣面露恚忿：「消息倒是靈通！說吧，朱棣派你來幹什麼？」鄭和沉默片刻，平靜地說：「借長江水師一用。」吳宣問：「做什麼？」鄭和居然理直氣壯地回答：「橫渡大江，攻取京城。」吳宣冷冷一笑：「朝廷已有嚴旨，令我三天之內，把水師戰船全部移駐長江南岸。」鄭和說：「只怕太晚了，明天日落前，八萬燕軍鐵騎就能趕到這兒。」吳宣驚疑：「什麼?!」鄭和沉著地說：「假如我估計錯了的話，那麼明天一早就能趕到。燕軍鐵騎，往往比人預料得更快！」吳宣虎著臉：「我可以立刻把你送交朝廷。」鄭和不動聲色：「當然可以。不過，我見到皇上以後，就會供認吳將軍早有舉義之心，準備率長江水師棄暗投明，歸順燕王……」吳宣怒叫：「我和朱棣從無任何來往！」鄭和打斷他：「我還要供認，在下此次來，只是履行燕王與吳將軍所約，送五十萬兩銀子罷了。吳將軍想想，朝廷即使殺了我，還會不會相信你呢？你本來就是戴罪就職的，朝廷對你疑信參半，既用，且防。更何況，那五十萬兩銀子，更成了吳將軍通敵鐵證。」

「五十萬？」吳宣情不自禁地重覆了一遍，他有點動心了。鄭和豪爽地說：「這只是燕王稍示恩典哪！燕王渡江進京之後，還要對吳將軍另做升賞。」吳宣沉吟不語，心裡卻是翻江倒海地上下振盪著。鄭和近前，誠懇地說：「吳將軍，燕王身為先帝親子，天賜聖君，其智勇韜略，更非朱允炆能比！別的不說，靖難之役以來，朝廷就屢戰屢敗，燕軍卻縱橫天下，所向無敵。明兒一早，燕王就要親率大軍到此，投鞭斷流，攻取京城。吳將軍知道的，此刻城中守軍不足萬人，豈能阻擋燕軍兵鋒？因而改朝換代，指日可待！吳將軍是個明白人，為何要替柔弱昏君朱允炆殉葬？吳將軍何不順應時勢，棄暗投明，輔助燕王君臨天下？那樣的話，非但大明國重歸於聖主聖君，吳將軍也由此建不世之功，成為開國元勛，千古留名呀！」

吳宣沉默片刻，終於朝鄭和一揖，道：「請稟報燕王，在下決定，率長江水師舉義，歸順燕王。」鄭和一臉的燦爛，道：「請吳將軍迅速集中水師戰船，靜候燕王號令。」吳宣馴服地說：「遵命。」

吳宣率領長江水師投奔燕軍的消息傳來，勤政殿裡一片混亂。朱允炆在龍座上拭淚哽咽，悲憤不已。群臣則惶恐萬狀，他們亂糟糟地跪在丹陛前，此起彼伏地叩道：

——皇上啊，齊泰誤國，罪無可赦！臣建議立刻將齊泰斬首，降旨安撫朱棣，與之言和，以阻其過江，保全社稷。

——皇上，朱棣狼子野心，意在取皇位以自代，絕不肯受撫。他既然已得到長江水師，那就肯定會殺過江來，京城危在旦夕。臣請求皇上立刻離城，暫避兵鋒，召天下義軍勤王……

——皇上，臣冒死進言。當下之計，朝廷可與朱棣劃江而治，成南北朝之局，日後再圖光復！

……

方孝孺跺足大怒，吼道：「皇上絕不會棄京而逃，有悖聖君大義！更不會自甘屈辱，與賊劃江而治！老臣斗膽，請皇上御駕親征，提天子劍，登金川門，召集京城軍民，血戰退敵！皇上哪，朝廷只要堅守數日，各路大軍就會源源而至，合力圍剿朱棣……」朱允炆淚流滿面，直搖頭，痛聲泣道：「列位愛卿，朕不怪你們，朕只怨自個庸弱，是朕誤了國家啊……現在，朕唯有一法可安朱棣，那就是——引罪遜位。」眾臣齊聲悲叫：「萬萬不可！……皇上萬不可遜位！」朱允炆的聲音裡充滿絕望：「朱棣名為靖難，其實不就是要爭這個皇位麼，朕讓給他！朕與朱棣都是先帝骨肉，論其輩分，他還是朕的四叔呢。無論誰坐皇位，都是朱明王朝。」方孝孺跪地長泣：「皇上為君，乃乾坤大義。朱棣逼宮，則是奸賊篡逆！正邪冰炭，水火不容，兩者萬不可並論啊……」朱允炆仰天悲泣長嘆：「朕輕視了這個四叔呀！朕心太善，手太軟……現在想來，朕最少有五次機會可以殺他！頭一回，太祖爺歸天時候，朕就可以將他賺入京城，在靈前拿下！二一回，朕削藩時不必剪除什麼『支幹羽翼』，而應置眾藩王於不顧，首先逮捕朱棣！那時他還不敢作亂……」方孝孺羞愧地垂首，無言。朱允炆繼續感慨著：「三一回，朕萬不該放歸他的兩個兒子，使朱棣無後顧之憂，悍然起兵；四一回，鄭村壩大戰時，朕不必要求生擒朱棣，而應該令將士萬箭齊發，生生的射殺他；五一回，朕早就該集全國軍力，御駕親征，以泰山壓頂之勢，掃平北平！唉，一次次機會，朕都放過了。此恨千古！朕糊塗啊，朕是自作自受。如今天意已盡，朕復何言？」朱允炆悲傷痛泣，眾臣也悲泣不止，滿朝淒慘。方孝孺泣叩：「皇上說的都對，都對！但是現在，萬般道理，不如一劍在手！老臣輔政無方，死罪！但老臣不想在此撫今追昔了，老臣自去召集家丁，上城抵敵！」方孝孺說罷重叩，之後起身，踉踉蹌蹌步出宮門，不料在臺階處一絆，竟然栽倒在地，昏迷了。

眾臣呆了片刻，接二連三地表態：

——臣即刻出城招募義軍，報效皇上！

——臣也去招募義軍！

——臣回家收拾一下，即刻上城退敵……

一個個的大臣紛紛托辭，不等朱允炆答應，就惶然跑開了。朱允炆望著所剩無幾的臣工，絕望令他變得虛弱：「瞧人家多聰明，都逃命去了！你們還不跑嗎？都滾，退朝！」臣工們狼狽地謝恩，然後拔腿就跑。朱允炆顫巍巍起身，忍了半天，終於嘶聲嚷出一句：「來人！來人呀！」喊聲中，竄出來兩個老太監，顫聲應道：「皇上？」朱允炆欲哭無淚：「朕……朕要出宮。」太監趕緊扶朱允炆往裡走。

朱棣在鄭和同吳宣見面的第二天就到了長江邊，在渡江以前，朱棣令人設一座高聳的祭壇，朱棣焚香跪叩，拜祭江神。身後，朱高煦、鄭和、吳宣等眾將士隨祭。

朱棣跪地泣叩：「皇祖之靈在上，兒臣朱棣竭誠拜祭。三年前，父皇馭天而去，兒臣千里奔喪，竟被奸臣阻於江邊，未能至父皇靈前盡孝。三年來，兒臣所受的奇恥大辱，即使以大江為墨，也難以盡書！兒臣泣血叩告先祖，庸君無道，朝廷昏昧，兒臣承天意、遵祖訓，決意揮師過江，攻取京城。澄清山河，鼎定天下！」朱棣祈罷，三叩。然後起身朝眾將士厲聲喝道：「聽令，全軍登船，橫渡長江，直下京城！」眾將齊齊喝應：「遵命。」朱高煦率領著將士們紛紛奔向戰船。朱棣則憑高遠望，自豪地打量著洶湧的江面。陪侍身邊的鄭和笑揖道：「自從南征以來，有件大事，王爺一直不肯明示，奴才和部下們都懸著一顆心，想問也不敢問……」朱棣沒有收回目光，隨意問：「什麼事？」鄭和靜了須臾，說：「王爺起兵靖難，名為『清君側』而不是『清君』。那麼王爺入城後，如何處置建文皇帝朱允炆呀？」朱棣笑了起來：「這個問題應該問他，不必問本王！」鄭和順著朱棣的目光望著江面，然後又望著朱棣，笑著說：「就奴才所知，自從起兵那一天起，將士們就朝思夜想，盼著王爺登大位，做皇上。那樣，他們也就成了開國功勛了。」

朱棣目光閃亮，心有所思卻一言不發。

朱棣的軍隊勢如破竹，幾無阻擋地渡過了長江。消息傳來，朱允炆與兩位后、妃正在抱頭痛哭。朱允炆已經準備帶著他們上路了。旁邊，一個小太監扶著另一個老太監登上小凳，顫巍巍地往梁上拴絞索。繫好一隻，再繫一隻。三條絲絛絞索垂掛下來，兩隻大紅，一隻金黃！兩種原本最吉利的色彩此刻看上去異樣得驚心動魄！朱允炆一手拉著皇后一手拉著王妃，泣道：「愛妃呀，朕對不起你們！朕領你們到天上去，見皇祖爺爺，他會替咱們報仇、伸冤！」

皇后滿面是淚，垂淚道：「貧妾最大恨事，就是沒替皇上生個皇子，延續龍脈。」生死關頭，朱允炆顯然已經沒法理智地對待任何事了，他鬱悒地叫道：「沒兒子好啊、好啊、好得沒法再好了！省得今日一塊絞死在這……你想啊，先帝爺生過這麼多兒子，不是個個要爭位麼，不是生出了個逆賊朱棣麼！」王妃淒慘地乞求：「皇上，貧妾不想死，求皇上快點帶著貧妾離開這裡。」朱允炆氣急地說：「糊塗！難道你想被亂兵糟踐？愛妃呀，如今，活著只是受辱，死了才能盡節！朱棣他怎麼著也是個皇家血脈，朕料他，會按照皇家禮法厚葬我們的……」三個人正悲痛欲絕地說著話，王景弘又匆匆奔進來：「啟稟皇上，燕軍已經攻破金川門，正朝內城衝來。後林軍四散奔逃，文武大臣都……」王景弘不忍心說下去，朱允炆卻催逼他快快說，王景弘膽怯地說：「都在焚香更衣，看樣子，準備出城請降。」朱允炆膽肝如焚，痛心地怒罵：「畜生！叛逆！滿朝都是奸臣，滿城盡為逆黨！……」王景弘戰戰兢兢地說：「內廷奴才們，願為皇上護駕。」朱允炆聽而不聞，繼續在怒火裡焚燒著自己：「王景弘，朕一向待你不薄，是不是？」王景弘聲音打著顫：「是。……奴才一直受皇上厚恩。」朱允炆咬牙切齒地說：「朕要你做一件事——務必照辦！」王景弘聲音細細地說：「請皇上吩咐。」朱允炆用仇恨的聲音叫著：「燒！把這座皇宮燒得乾乾淨淨，不要留給逆賊！」王景弘大驚失色：「皇上？……」朱允炆聲嘶力竭地怒叫著：「燒！燒！燒！立刻舉火，連朕的屍首也燒得乾乾淨淨！朕不要這個逆賊厚葬朕了，朕情願化作土沫兒！和這座奉天殿一道灰飛煙滅！」王景弘應聲「遵旨」，匆匆離去。片刻之後，只聽外面聲聲喊叫著「舉火！舉火！……」便見陣陣火光跳躍，映進宮來。朱允炆悲傷地說：「愛妃們，咱們上路吧。」后妃互視一眼，艱難地起身，兩人一左一右扶持著朱允炆，走向那三隻絞索。走到絞索跟前，三人抬頭仰望，早已心碎腸斷，神迷魂離！……接著，皇后與貴妃各自走向旁邊的兩隻絞索，踩上小凳，把頭套進絞索，顫聲說句：「皇上，貧妾先去了。」朱允炆點點頭，道：「愛妃，奈何橋上候著朕！」言罷，他閉上了眼睛。

后、妃蹬翻小凳，略作掙扎，窒息而死。

朱允炆仍閉著眼，他還是不敢看，伸著兩手向前摸索屬於自己的那條絞索。老太監急忙上前扶住朱允炆。他手把手地引導著朱允炆踏上小凳，之後將那隻絞索套向朱允炆的脖子。含淚慘然道：「皇上……妥了。」

臨終前的朱允炆忽然微微睜開眼——只睜開一條縫兒，戀戀不捨地望了望這座宮殿，也倉促地留戀著自己的人生。他畢竟只有二十歲！這時候，宮外火光沖天，火借風勢，混雜著隱約的喊叫，蔓延過來。朱允炆又緊緊閉上了眼。突然，一個年近百歲的老太監拄杖氣喘吁吁地奔進宮，沙啞地叫著：「皇上！請慢！皇上！慢！慢！……」朱允炆睜眼望望他，疑惑地問道：「你是誰？」身邊的老太監也睜大了眼睛，看著來人道：「他是侍候先帝爺的李公公啊！」朱允炆恍悟：「哦，……朕想起來了，李長丁！」李公公說：「正是老奴。」朱允炆好生奇怪：「怎麼，你還活著？」李公公費力地直起腰，沙啞地說：「老奴愚年九十九。」朱允炆苦笑著一嘆：「好好。九九長丁啊！朝代興亡，你可是看夠了！今兒讓你再看一回。朕要走了，朕要殉國。」朱允炆說著再次將頭伸進絞索，李公公大叫：「皇上且慢。太祖皇上有遺旨！」朱允炆再次睜眼：「什麼？」李公公跪倒在朱允炆腳下，泣叩：「皇上啊，您忘記了嗎？先太祖歸天時，曾經留下了一隻銀盒，內中藏著一幀密旨。先太祖說過，『大難臨頭時，可打開銀盒，按旨行事。』」朱允炆迫不及待地說：「銀盒在何處，朕怎麼從來不知道！」李公公說：「請隨老奴來。」兩個老太監扶下朱允炆，匆忙進入偏宮。

大殿內，只剩后、妃的懸梁屍首，微微晃動著。

朱允炆在兩個老太監的扶持下跟著李公公鑽進一間密室。老太監點上蠟燭，秉燭照亮這間密不透風的暗室。李公公顫巍巍拉開簾子，裡面出現了一扇密門。李公公掏出鑰匙，抖抖索索地打開密門，取出一隻銀盒。撫摸著：「就是它。」

朱允炆像是進入了陰曹地府，膝蓋骨都是軟的，他懵懵懂懂地問：「莫非裡面有十萬雄兵？打開！」李公公雙手捧上：「老奴不敢，請皇上親手打開。」朱允炆接過，輕輕一掀，銀蓋開了，他慌促地翻看內中物品。口中喃喃地說：「這是什麼？」李公公指點著裡面的物件道：「皇上請看，這是三張度牘，一套袈裟，另有白銀二十兩……」朱允炆驚惶地問：「度牘？念念。」

李公公取過度牒，瞇著眼睛沙啞地念道：「持牒之僧，即是皇覺寺和尚應文。雲遊四海，宣揚佛法，普渡眾生。著各地官府、路卡、寺庵、民鎮，遵奉佛意，予以方便是荷……」朱允炆立刻明白了，驚叫著：「這是皇祖爺爺四十年前用過的度牒呀！」李公公泣叩：「皇上啊，老奴猜想，先帝爺早就料到今日劇變了，因此才特意留下此牒。遺旨明明白白，皇上不可殉國，只能遜國。只需改動一個字。」

「什麼字？」朱允炆昏惑地問。

在這個似幻似真、撲朔迷離的時刻，李公公這個百歲老人卻顯得少有的清醒：「將殉葬的『殉』，改為遜退的『遜』。殉國就成了遜國！先帝爺要皇上在大難臨頭時，遜國避難，效仿先帝爺年青時入寺為僧的故事，雲遊四海，做一個普渡眾生的和尚。」

如果說剛才朱允炆被從絞索中拉下來時是溺水被救的話，那麼此刻他已經從休克中甦醒過來，他撲地跪下，痛哭失聲：「皇爺爺！……孫兒遵旨。」李公公在邊上催促皇上剃度更衣，朱允炆哽咽點頭。老太監扶起朱允炆，坐到小凳上匆匆替他穿上袈裟。李公公則從銀盒中又取出一把剪子，迅速剪去朱允炆的滿頭黑髮。

這時候朱棣的軍隊已到了雄偉的金川門下。燕軍在城下列陣，刀槍映日！陣前，朱棣高跨戰馬，注視著城門，默默等待著。張玉策馬在城下來回奔馳，同時朝城上高喊：「燕王有令，你們即刻開城歸降！否則，大軍就要攻城。兵鋒驟起，玉石皆焚！」燕軍陣中，所有兵勇個個執兵器，躍躍欲鬥！巨大的城門威嚴地緊閉著，拒絕城外的軍隊。而密室中三個太監仍在緊鑼密鼓地修理朱允炆。朱允炆呆如木偶，渾然不覺地任三個老太監擺布。終於，一個老太監伸過來一面銅鏡，讓朱允炆照照鏡子中的自己。朱允炆往鏡子裡一看，知道這個世界上已經沒有了建文帝，自己須臾間就從帝王變成僧人了。老太監放回鏡子的時候，李公公上前，費勁地躬著身子道：「應文師傅，請上路吧。」

變故來得如此突兀決絕，朱允炆搖搖晃晃起身，道：「朕，哦不！……我的法名是『應文』。」他突然覺得無話可說了。已經過去的帝王生涯，就像飄拂在蘆葦上的風，似曾柔軟襲身，如今卻已成不可挽留的昨夜幻景。他兩眼空洞地望著李公公，李公公趕緊走向屋角，使勁推一堵牆，兩位老太監也上前幫著推，那堵牆竟然吱吱地打開了，原來是一扇密門。門內現出一條無盡頭的暗道。李公公說：「這條暗道名叫『生門』，也是先帝爺建築宮殿時，密令建造的。應文師傅，請上路。」

朱允炆在兩個老太監伴隨下，鑽進暗道。李公公一人留在了密室中。

建文四年（西元一四〇二年），建文帝朱允炆於破城之際消失，生死下落不明，成為明史一大懸案。

李公公將「生門」閉上的時候，南京城的城門打開了。朱棣聽見一聲轟響，心情一緊一鬆，只見城門慢慢地、沉重地拉開。一隊文武大臣身穿朝服，衣冠楚楚，從城門中步出。另有幾個官吏則推動著一條長長的紅地毯，他們推著，推著，一直推到朱棣的戰馬前。於是，這條天子紅毯便從金川門下一直鋪到朱棣腳邊！與此同時，鼓號聲嘹亮地奏響了。

鄭和跟在朱棣身後，默默地注視著眼前的一切。他驚訝地發現，在這些獻關迎降的人當中，竟然有好幾位當朝一品大臣！先前，他們那麼地忠於朱允炆，如今卻對燕王萬般恭敬。他看見文武大臣們在地毯兩邊跪下，齊齊朝朱棣拜叩，滿面堆笑，謙恭地說：「臣等叩迎燕王！請燕王入城！」朱棣跳下馬，一隻腳踩上紅地毯端頭，站住了，他微微發抖，抬頭遠望城樓。鄭和也下馬，激動地隨之望去。那條紅地毯在陽光下閃射著耀眼的光輝！在這個輝煌的瞬間，他看見主子呆定在那裡，一動不動。原來一向天不怕、地不怕的燕王，此時竟也感到一絲惶恐！他似乎有些猶豫不定，要不要把雙腳踏上這條血紅的天子之道！

# 第十五章

朱棣的腳已經踩上了紅地毯，他望著它，彷彿它是一條火道，他的心裡龍騰虎躍，翻江倒海，一時竟然不能舉步。抬頭望著威武的城樓，豪氣萬丈的他止不住想流淚。終於回來了！京都呵，燕王回來了！父皇啊，您的兒子回來了！

四周寂靜無聲，似乎只有默默承受著改朝換代的大地在微微地顫動！朱棣在期待的目光中昂首闊步，踏上血紅的天子之道，走向雄偉的城門。地毯兩旁，文武大臣爭先恐後地叩拜著：

——臣，文華殿大學士劉正榮，拜見燕王！

——臣，太常寺卿朱平玉，拜見燕王！

——奴才翳子正，叩祝燕王萬壽無疆！

……

朱棣且走且微笑：「都請起來，快起來！各位臣工，本王也想念你們啊！瞧啊，本王把頭髮都想白了！哈哈……」朱棣說著大笑，眾降臣也媚顏歡笑。一老臣顫聲道：「老臣聽說燕王率義師過了大江，喜出望外！立刻引著同僚們趕來，斥退守軍，大開城門，以迎聖主！」朱棣矜持地說：「劉老功不可沒，本王多謝了！」另一臣則泣聲道：「蒼天有義，燕王駕到，京城總算是雲破日出了！啟奏燕王，臣飽受建文皇上屈辱，求燕王替臣昭雪。」朱棣得意地道：「胡公啊，這些年來本王與你一樣，也是受盡恥辱！今日，咱們一同昭雪吧！」再一臣奉承道：「稟燕王。今兒玉宇澄清，京城百姓更是翹首相望。臣叩請燕王由御道入宮，好讓百姓們都看看燕王天威，以慰臣民之心哪！」朱棣和藹地笑道：「好，好！請列位臣工與本王一起進城。今後朝廷上……啊不！本王還要多多仰仗列位哪。啊？」

眾降臣喜悅互視，像已經得到許諾一般，他們齊聲叫道：「臣——遵旨！」

朱棣急忙擺手：「哎，本王不敢。請，請！」朱棣當先而行。朱高煦與鄭和左右相陪。眾降臣隨後。朱棣走進了昏暗幽深的城門道。這時，他歡笑盡去，面色頓時沉下來，低聲問左右：「你們有何感想？」情緒亢奮的朱高煦伸展手臂，快意地說：「父王大功告成，臣民們傾心歸降，京城從此就是咱們的了！」朱棣嘴一抿嗔道：「高煦，你一踏上紅地毯，就頭重腳輕了吧？聽著，得京城絕不等於定天下。靖難之役雖然結束了，但是更艱難的日子才剛剛開始！」朱高煦只得收斂笑容，敷衍父親：「兒臣知道了。」

鄭和卻已經看出名堂，道：「稟王爺，奴才剛才估算了一下，前來歸降的大臣不到三分之一。而且，齊泰、方孝孺、黃子澄等輔政大臣一個都沒有來。」朱棣點點頭說：「我已經知道。來的這些也只是些庸臣，正人君子不會到這來的。鄭和啊，告示準備好了嗎？」

鄭和從袖中取出一隻卷軸。朱棣指著城門壁吩咐：「就懸掛在這。讓所有臣民好好看看！」鄭和掛告示的時候，朱棣與朱高煦步出城門道，進入了京城御道。原本繁華的京城街道如今行人稀少，只見燕軍兵勇執刀槍沿街而立，而百姓們正在慌裡慌張地關門閉戶，躲避朱棣的軍隊。朱棣一面沉思一面漫步，突然一眼看見前方一個千總從民戶中破門而出，匆匆掩藏著懷中財物，朱棣喝聲「站下」，千總立了下來，見是燕王，臉上露出怯意，叫了一聲「燕王」。朱棣早已板下臉來，沉聲道：『解開衣扣！』千總眼睛望著高煦，無奈地解開了鼓鼓的胸懷，立刻掉下一雙皮靴。朱棣臉上冷若冰霜：「本王三令五申，不准進入民宅。你身為千總，竟敢帶頭違令！」千總可憐兮兮地說：「王爺您瞧，下官千里南征，靴子都穿破了……」

朱棣看看千戶腳下的靴子，果然破了大口子。朱棣沉默片刻，不禁嘆息：「兄弟，雖然你情有可原，但是軍法無情啊。」朱棣扭頭看朱高煦一眼：「斬！」

朱高煦渾身一顫，低聲懇求：「父王，此人立下許多戰功，還救過兒臣的命……」

朱棣目光如炬，盯住高煦，訓斥道：「現在不是戰場，是深不可測的京城！臣民們都在邊上看著，你不懂麼？斬！」

朱高煦雖然感到父親有點小題大做，究竟不敢抗命，只得慢慢拔出劍來。周圍，眾降臣都在屏息觀看。街道兩旁，許多百姓也微微開啟門戶，探首望來。千總驚恐地哀求：「燕王！……大將軍，小的再不敢了！」朱高煦無言，卻閃電般地一劍刺入千總胸口。千總倒地死去。朱高煦扭過頭去走開，卻又被父親喚回，面無表情地吩咐：「高煦，令你親自將靴子送還那戶人家。還有，將這位弟兄暴屍三日，用以警示三軍。之後……厚葬！」朱高煦垂著頭悲痛地道了「遵命」。眾降臣紛紛讚嘆：「燕王真是聖君哪！燕軍無愧為正義之師！……」朱棣昂首向著沿街民居大聲道：「本王敬告列位臣工及全城軍民，三年多來的戰亂，所導致的家國不幸，俱為朝廷之過。而從本王進城始，所有禍亂都將徹底結束！」

這時候的城門道中，鄭和已將一份《奸臣榜》懸掛在門內黃牆上。上面大字書寫著一個個的人名。《奸臣榜》剛剛掛出，立刻圍上許多臣民觀看。一個降臣顫聲念道：「本王奉皇明《祖訓》，舉兵清君側，正朝綱，除奸誅惡，安邦定國。凡本榜所示，均為悖祖亂制、禍國殃民之罪臣。責令該罪臣即刻自赴宮廷，俯首待罪。……原兵部尚書齊泰，原太常寺卿黃子澄，原禮部尚書吳進，原工部尚書楊子強……」正念著，一個降臣哇地一聲哭叫起來，捶胸頓足：「天哪，我怎會名登奸臣榜呢？我可是清白無罪呀！」又一降臣緊張地上下觀看，終於長出一口氣：「果然沒有本人……燕王明見哪！」

鄭和站在人圈之外，冷眼觀看，面無表情。

一個降臣忽然指著罪榜詫異地說：「咦，為何不見方孝孺的大名呢？」

眾人聞聲細看，果然沒有方孝孺名字，他們頓感奇怪，低聲議論道：

——怪了。方孝孺原是燕王《靖難檄書》上首指的奸臣哪，為何他無罪了？

——既然方先生無罪，那麼在下何罪之有？在下更是無辜啊！

鄭和的聲音從後面傳過來：「各位大人，請看仔細了。」

所有降臣都回首望著鄭和。鄭和上前一步，指著罪榜上首道：「這兒——正虛席以待。」降臣們再隨之看去，只見《奸臣榜》上在齊、黃的姓名之前，還留下了一塊空白。鄭和穩練地說：

「各位大人，燕王已經為某公留下了位置。此公的鼎鼎大名嘛，可謂如雷貫耳，天下皆知。但是，燕王以恩義為懷，不忍直書。燕王的意思是——此公是忠是奸？要請他自己決定。」

降臣們俱怔，之後感嘆不已。

再說朱棣留下朱高煦處理千總的事情，自己急步朝禁宮走去。走走抬頭，禁宮就在眼前了。張玉看見朱棣，匆匆奔來稟報，禁宮各門已被燕軍團團圍住，連一隻鳥也飛不出去了。朱棣只問朱允炆。「看見朱允炆了嗎？」張玉說沒有。朱棣便催張玉快走，他絕不能放走朱允炆！他們緊趕慢趕，須臾間就到了宮門前，朱棣一眼看去，不由得怔住。

宮外燕軍甲士們密布，宮門已然洞開。但是玉階下，卻站著一個布衣老人，他橫劍怒目，巍然如山，正是鐵平。身後，是鐵平的兩個兒子，也是各執兵器。

朱棣先笑著招呼：「鐵大將軍，久違了！我聽說，鄭村壩一戰後，你引罪退休了。怎麼又拿起兵器來了？」

鐵平橫眉冷對：「稟燕王，鐵平只要一息尚存，就不准你犯宮！」朱棣微笑笑：「滿朝大臣都已歸降，你何必固執？如果你看得起本王，本王會讓你子子孫孫，都安享尊榮富貴……」鐵平卻打斷朱棣的話：「哼，燕王何不問問先帝爺在天之靈？他會提醒你，鐵平固執了一輩子，改不了脾氣了！」

鐵平如此出言無忌，朱棣不由勃然大怒：「就你們父子三人，還想如何？」鐵平一字一字道：「想殺你。」熱血往朱棣的頭上湧，但他不許自己衝動，他也實在不想現在就殺大將，而且是曾為父皇打過江山的鐵平。沉默了片刻，竟然道：「鐵平，有件事，本王一直想告訴你。」鐵平微怔：「什麼事？」朱棣道：「忠義！不論朝中有多少奸臣，你一直是個忠義之人。我父皇沒看錯你，我也要多謝你！」鐵平吁了一口氣，也有些動情：「多謝燕王了……但你休想勸說我。」朱棣道：「我根本不是勸說，只想先向你道聲謝，然後再殺掉你！而且，我還要給你個面子，本王父子兩人，迎戰你父子三人！」鐵平彷彿被鼓了士氣一般，振劍喝道：「來吧。」朱棣手一抖，劍鞘順勢落地，他手執長劍，呼喚高煦，朱高煦在一邊早已看不下去，怒叫：「父王歇著，兒臣獨自砍了他們！」朱棣制止了他：「不，鐵平是個義士。本王親自成全他！」鐵平叫聲：「多謝燕王。」他就猛虎般撲上來。朱棣揮劍迎上去，朱高煦則迎戰鐵平的兩個兒子，兩對父子五人，立刻惡戰成一團。張玉與眾侍衛各執兵器在手，緊張觀看，卻遵命不動。突然，鄭和大叫：「王爺，宮中起火了！」激戰中的朱棣抬頭一看，果然，宮中火光衝天，濃煙滾滾！朱棣怒叫：「上當了！朱允炆要跑。張玉，快衝進宮去。」張玉應聲而動，領著眾甲士飛奔入宮。鐵平哈哈大笑：「燕王，來不及了。你見不到皇上了……」朱棣憤怒地一劍刺去。鐵平倒地斃命。幾乎是同時，朱高煦也將鐵平的兩個兒子殺死。朱棣提著劍連叫著：「快！快！」與朱高煦急步進入宮中。

朱棣衝進宮中，只見四周煙火熊熊，太監與宮女到處奔走驚叫。燕軍兵勇們則在撲打火焰。

張玉氣喘吁吁地奔過來告訴朱棣，是宮人想製造混亂放的火。而朱棣此時最想知道的是朱允炆找到了沒有。張玉很沮喪，他們已經內外都搜遍了，就是沒找到。朱棣急了，道：「傳命，生要見人，死要見屍。挖地三尺，也要找到他！」張玉與朱高煦應聲跑開再去找，朱棣繼續朝深宮走去，跟在邊上的鄭和不安地說：「王爺，萬一朱允炆跑掉了……」話說了一半就被朱棣喝斷：「那就後患無窮！因此，絕不能讓他跑掉。」鄭和也急了，道：「王爺，奴才立刻進去查看。」朱棣說：「去！」話音未落，鄭和已經衝進濃煙滾滾的深宮。

奉天殿裡，大火熊熊燃燒著，劈劈啪啪亂響。懸掛在梁上的屍首已被烈焰纏繞，燒著燒著，兩具屍體撲通落地，掉在火海中繼續燃燒。朱棣走進來的時候，奉天殿內一片廢墟，大火已經撲滅，餘煙裊裊未盡。牆角處躺著兩個蒙著黃布的屍體，幾個甲士在邊上護守。朱棣打量著地上的屍體，張玉湊近稟報道：「末將進來搜查時，發現了兩具燒焦的死屍，屍身上有皇家玉佩。估計，這兩人一個是皇上，一個是皇后。」說著將兩隻燒黑的玉佩呈給朱棣。朱棣接過，撩起衣襟用力擦去玉佩上面的灰燼，果然現出帝王專有的龍鳳式樣。朱棣沉吟不語。這時，鄭和領著兩個老太監、一個老宮女走來。他向朱棣道：「稟王爺，奴才找來幾個老年宮人，他們侍候皇上多年了，或許能夠辨認出來。」朱棣將手中的玉佩遞給鄭和，說：「好。令他們辨認。」鄭和招手讓三位宮人過來。三位宮人之中，有一位便是為朱允炆剃度的老太監。鄭和柔聲說：「聽著，你們仔細看看，這兩個屍首究竟是什麼人。辨認清楚了，本官有賞。如敢胡言亂語，重懲不貸！明白了嗎？」

三個宮人唯唯諾諾，鄭和慢慢揭開黃布，現出那兩具遺骸。三位宮人顫抖著，探首觀看。立刻，兩位宮人恐懼地後退，唯獨那老年太監沉著不驚。鄭和問：「是不是皇上？」老太監點頭，回答：「是。」鄭和厲聲問：「哪一個？」

老太監指著右邊一具大些的屍體：「這個。」鄭和更加嚴厲地問：「你怎麼知道的？」老太監道：「奴才親眼看見、看見皇上自焚的。」鄭和讓其退下，又問另外一個太監，太監顯得很恐懼，抖抖索索地說：「奴才看不出來。」

鄭和沉下臉來：「再看看。仔細看看！」太監猶豫地說：「是。……不是……是。」鄭和厲聲問：「到底是不是？」太監嚇得連聲道：「好像……是。是。是！」鄭和說：「退下吧。……那位嬤嬤，你上來辨認。此人是不是皇上？」

老宮女縮身不前，只遠遠望了一眼，便斷然道：「不是。」鄭和厲聲問為何不是？老宮女嘶啞著聲音道：「不是，就不是！皇上不會死的！……皇上遍體綾羅、披金掛玉，怎能成了這個樣子？不是，就不是！」

鄭和沉默片刻，取出那只玉佩，舉到三位宮人面前，讓他們好生看看，這玉佩是不是皇上之物。三人呆呆地看著，不約而同地點頭稱是。鄭和示意部下將三個宮人帶走。這之間，朱棣一直凝神傾聽，沉默無語。鄭和走到朱棣面前稟道：「王爺，據這三人所言，朱允炆恐怕是自焚身亡了。」朱棣還是不放心：「那個宮女說了，屍首不是朱允炆。」鄭和為難道：「可是，他們三人都肯定，這玉佩是皇上之物。」

在這件事情上，朱棣少有的固執：「玉佩並不會說話，我要看見真人。」

他鷹隼般的眸子依舊盯著那具大的屍首，人卻對著鄭和，道：「我這麼跟你說吧，即使朱允炆真的死了，也會有人硬說他還活著，何況他生死未定?!因此，朱允炆的生死，必須確實無誤，絕不能輕言輕信！」鄭和顫聲道：「遵命……容奴才再做詳查。」朱棣卻沉聲追問：「怎麼查？」

鄭和一時哪裡拿得出好法子來，正窘迫著，一個侍衛入內稟報：「鄭大人，有一個內廷太監要求見你，那人自稱是王景弘。」這下正好解了鄭和的圍，他歡喜地對朱棣說：「王爺，景弘兄來了！」朱棣立刻說「請」，侍衛就將王景弘帶了進來，朱棣持重地打量著他。鄭和急忙上前示意：「景弘兄，快請拜見燕王！」

王景弘轉向朱棣，深深一揖：「奴才叩見燕王。」

朱棣像面對一個熟稔的舊部，笑道：「王景弘，這些年來，你功勛卓著，本王會好好謝你。」

王景弘恭敬地說：「奴才久慕燕王，今日有幸見主。」朱棣又想起了錐心的事：「我問你。皇上的生死下落，你知道嗎？」王景弘平和地說：「奴才知道！皇上還活著，他已經離宮遠去了……」

朱棣大驚失色。

王景弘靜靜地等待著朱棣恢復平靜，然後將他們帶入密室。朱棣打量著四周，只見牆角敞著一個暗道，地上扔著朱允炆的皇袍，以及剃落的黑髮，還有一面銅鏡等，朱棣大為驚駭。王景弘在邊上說：「燕王請看，皇上就在密室更衣扮裝，然後從這個暗道裡脫身的。」

朱棣鐵青著臉朝鄭和怒喝：「馬上帶人追捕，就是追到天涯海角，也要抓到朱允炆！」鄭和應聲鑽進暗道，幾個侍衛隨之進入。朱棣怒氣未消，隨即喝令朱高煦：「即刻封鎖消息，絕對不許洩露一點風聲！另外，把凡是知道這事的宮人，全部斬盡殺絕！哦，王景弘不在此例。」朱棣特意朝驚恐的王景弘補充了一句。

朱高煦也應聲離去了。這時張玉匆匆趕進來稟報，降臣們進宮來了。朱棣不耐煩地問：「來幹什麼？」張玉道：「說是給燕王請安。」朱棣嘴角一撇笑笑：「哼，恐怕是來打探朱允炆下落吧！這樣，稍過片刻，請他們前去奉天殿，本王在那裡賜見。」

張玉就去把降臣們引向奉天殿。一撥人戰戰兢兢地走著，沿途，他們看見遍地狼籍，禁不住長吁短嘆。到了奉天殿門口，張玉客氣地說：「列位大人請入內，請！」劉大學士晃著鬆鬆垮垮的大腦袋，不安地問：「敢問燕王在麼？」

張玉微笑著回答：「燕王在殿內恭候。」劉大學士顫聲又問：「敢、敢……敢問……」張玉忍住笑道：「大人只管問！」劉大學士壯起膽又問：「敢問皇上、哦不！在下意思是建文……安否？」張玉朝降臣們的臉上一掃，狡黠地笑著：「哦，建文皇上嘛，也在殿內恭候。」降臣們驚訝互視，膽怯地步上玉階。這時，殿內突然傳出一陣撕心裂肺地哭喊：「皇上啊！侄兒！你這是何苦哇！……」

降臣們聞聲大懼，禁不住全部跪下，膝行而入。

奉天殿內，朱棣已是一身素服，半跪在那具焦屍前，捶胸頓足，號啕痛哭：「允炆哪，可憐的侄兒啊，你可真是無知啊！臣叔只想替你清君側，除奸臣，拱衛祖宗江山。臣叔萬無逼宮的意思啊！可是你……為何要引罪自盡啊？我的傻侄兒呀！……」降臣們呆呆地看著那具焦屍，立刻明白了，他們頓時撲地，跟著朱棣腔調號啕痛哭：「皇上啊，您為何引罪自盡哪！燕王是為您拱衛江山來啦。皇上為何自盡哪！……」劉大學士哽咽著膝行向前，至朱棣面前，斷斷續續泣道：「啟稟燕王……事已至此，無可挽回。老臣叩請燕王節哀自重……以天下臣民為念，速速重整朝綱。」

朱棣仍在悲泣，他斷聲答道：「劉公哇，皇上馭天而去了，本王真是始料未及，痛不欲生呀！……唉，現在可怎麼辦哪？朝廷大位空虛，何以重整朝綱？」

劉大學士滿面悲壯，毅然高聲道：「稟燕王，朝廷不可一日無君。建文帝既然馭天而去了，老臣斗膽向燕王勸進……」

朱棣驚駭地大叫：「萬萬不可，本王絕沒有做皇上的意思！」

劉大學士的聲音彷彿後浪推前浪，一浪比一浪有力：「燕王貴為親王，原本就是皇家龍脈。當此萬急時刻，唯有燕王能夠定朝綱、安天下！老臣叩請燕王以大明江山為重，立刻承即大位，登基改元，以慰臣民之望！」

朱棣聲音沉痛：「本王何德何能，萬萬不敢哪！」劉大學士也是痛心疾首的嗓音：「燕王如是不願順應民心，老臣就一頭碰死在這！」說著，大學士頭朝地上直撞，叩得嗵嗵響。立刻，所有的降臣都把頭叩得嗵嗵響，一片聲叫道：「臣叩請燕王即位，君臨天下！」朱棣悲傷地一嘆：「唉，前輩們都這麼逼本王！……本王就應命吧。」所有降臣立刻喜形於色，再拜道：「臣拜見皇上。吾皇萬歲！萬歲！萬萬歲！」

朱棣保持著滿面戚容，道：「劉公啊，著你擬個摺子，把朱允炆引罪自焚的事告知天下。此外，把他的屍首，依皇子例妥為安葬。」劉大學士正聲：「臣遵旨。」

朱棣臉上的表情這才放鬆，長嘆起身：「列位臣工，本王擬在三天後大祭太祖皇陵，將靖難之變稟告祖宗。之後，登基改元，以慰天下臣民之望。至時還要請所有臣工一同隨祭。」眾臣齊聲道：「臣等遵旨！」朱棣臉上微微露出了笑意：「這兩天讓你們受驚了，快回去歇息吧。今後哇，咱君臣之間的好日子長著哪！」眾降臣歡笑道：「謝皇上天恩！」之後他們起身陸續退下。

朱棣微笑著目送降臣們出宮，待他們走盡，禁不住得意道：「瞧啊，朝廷上滿是這種庸臣，足見朱允炆自個也是個庸君，豈能不丟江山！」張玉在旁憤激地說：「這幫人都是趨炎附勢之徒，燕王為何還要用他們？」朱棣笑了：「人盡其才，物盡其用嘛。就像剛才，他們多有用啊！本王心裡想什麼，他們就說什麼。嘿嘿，在這方面，庸臣要比正臣還好用呢！」張玉低聲道：

「末將可不喜歡他們。」朱棣嗔道：「沒讓你喜歡他們，只讓你用。鄭和回來沒有？」

張玉說，「仍在追拿朱允炆。」朱棣露出不安的神色：「已經出去大半天了，看來不妙哇！」

鄭和等人沿著昏暗狹窄的地道往前竄行，提燈籠的人在前面照著，鄭和緊跟著他，不時催促後面的人：「快！快！」走著走著，地道變得寬敞了，終於，前頭豁然一亮！拿燈籠的兵勇收起燈籠，叫著：「鄭大人，到頭了！」鄭和加快腳步，興奮地衝出地道。

誰也沒有想到，地道外面竟然是浩浩蕩蕩的長江！兵勇們驚嘆著：「我的天哪，怎麼到這來了！」鄭和順著寬闊的江面望去，一片帆影都不見。正焦急間，他遠遠看見了一列馬隊沿江奔馳。為首者正是吳宣。鄭和大叫：「吳將軍，吳將軍！」吳宣聽見喊聲，策馬而來，見是鄭和，好生奇怪：「鄭大人，你怎麼來這兒了？」鄭和就近跳上一匹戰馬，道：「吳將軍，燕王嚴命，令在下追捕一個要緊人物。請將軍相助。」吳宣問：「那人是誰？」鄭和猶豫著半晌未語。吳宣不悅：「鄭大人不肯明示，末將斷不敢奉命。」鄭和不看吳宣，清晰地說出那人名字：「朱允炆！」吳宣果然大驚：「皇上？」鄭和說：「現在，他只是個逃亡的廢帝。燕王嚴命，就是追到天涯海角也要帶回他來。吳將軍願意相助麼？」吳宣猶豫片刻，手動韁繩，道：「末將遵命。」鄭和鞭馬大叫：「快！」眾騎順著長江急馳而去。

鄭和與吳宣等人，發瘋般衝過草原，衝過野地，衝過松林，衝上一座又一座山坡。又來到一座崖畔時，奔馳的戰馬猛然駐足，立起長嘶，幾乎將鄭和摔下馬來。鄭和勒馬一望，腳下直到天邊，出現了一望無際的浩瀚海洋！這片藍色的世界即刻征服了鄭和的身心，他蹦地跳下馬，驚駭地展望波濤閃亮的藍色海面，深受震撼，顫聲問道：「這、這是什麼地方?!怎麼會有這麼大的水？」吳宣不屑地一笑：「鄭大人難道沒見過？」鄭和直率地說：「沒見過。」吳宣與部下驚訝互視，忍不住無聲地、輕蔑地笑了。吳宣笑道：「鄭大人，這不叫大水，叫大海！」

鄭和肅穆地望著，喃喃道：「大海？這就是大海！天哪，世上竟然有這麼大的地方！」吳宣好像受了鄭和感染，此時也靜靜地望著無邊無際的海面，深深嘆了一口氣，半晌才開口說話：「看來，朱允炆乘船下海了，我們回去覆命吧。」鄭和如癡如醉，仍然呆呆地望著大海，彷彿被大海攝取了魂魄，忘記了身外的一切。吳宣奇怪地湊近喚他一聲：「鄭大人？」鄭和這才驚醒過來：「哦……吳將軍哪，大海有多大？」吳宣沒料到鄭和會問這個問題，一時竟有點結巴，道：「這、這個嘛……從沒人知道。只有海神才知道大海有多大。」鄭和又問：「聽說，海水是鹹的？」吳宣的部下再也忍不住，放聲哈哈大笑。吳宣忍住笑，故作正經：「可能吧。鄭大人如有興趣，何不親自嘗嘗。」

鄭和對大家的嘲笑置若罔聞，他被大海迷住了。彷彿有一個神秘的聲音在召喚他，那個聲音來自大海的深處。他不由自主地、一步步地朝那個聲音走去，一直走進了大海。

吳宣開始不安了，大聲叫著：「鄭大人，海水不但無邊，也沒底，深不可測！」

鄭和繼續朝海裡走。他一邊走一邊喜悅地看著清涼的海水正在淹沒自己的腳、腿、膝，越淹越深。他彎下腰去，掬起一捧海水嘗了嘗，臉上的表情像個浪漫天真的孩子：「真是鹹的呀！海水真是鹹的！天哪，這可得多少鹽哪！」他又抬起頭來，迷戀地望著遠方的大海。此刻，藍色海水和壯麗的夕陽交相輝映，天空飛過雪白的海鷗，浪花激濺，潮聲陣陣，無邊無際的大海正顯示出驚人的輝煌！

吳宣在岸上頻頻催促：「鄭大人，我們回去吧！鄭大人……」

鄭和沒有聽見，他在晚霞映照下的海水中佇立不動。偉大，他親眼目睹了偉大！世界上竟會有這麼偉大的地方。它就是大海！和大海相比，皇宮是多麼渺小，人間是多麼狹隘呀！

鄭和再不提追趕朱允炆一事。在他的心底，既然朱允炆已經隨大海去了，那就讓他去吧。大海的彼岸必是仙境，大海的深處定然是世界上最靜謐奇妙的安樂園。這實在是一個失去了江山的皇帝能夠去的最好地方了。他回到宮中的時候，朱棣已經坐在上書房裡看案卷了。案上堆積著高高的奏摺，都是朱允炆未及閱辦的。朱棣頗感興趣地打量著上面的朱批。

鄭和立在案前細細稟報：「……那條暗道，長達數里，直達江邊。據王景弘說，暗道是先帝爺築造皇宮時，令匠人們秘密挖掘的，並親自定名『生門』，以防備宮中不測。」朱棣略微不滿地說：「父皇這輩子就是多疑，總擔心小人們謀害他！沒想到，這『生門』便宜了朱允炆。」鄭和繼續說：「奴才出了暗道，沿江直下五百多里，一直追到大海邊上。可仍然不見朱允炆蹤跡。奴才估計，朱允炆要麼投海自盡了，要麼蹈海遠去，遠離中土。」朱棣鬱悶地說：「朱允炆肯定還活著！不但活著，他還會聚集餘黨，圖謀光復。」鄭和賠笑道：「奴才想，朱允炆即使活著也是個廢君，沒那個本事了……」話未說完就被朱棣打斷：「有！我說過，就算他死了，還會有不軌之徒打著他的旗號作亂，何況他還沒死。這事要是傳出去，滿世上都會謠言沸騰，前朝臣工也會蠢蠢欲動。朱允炆啊，是個絕大的隱患。非消除掉不可！」

看來，王爺對於朱允炆，非欲置之死地而後快了。鄭和只得問：「請王爺示下，奴才怎麼辦？」

朱棣沉吟一會，說：「看來，這事不是一時半會能了結的。你暫時擱下，立刻準備一份厚禮，代我拜訪方孝孺。告訴他，明日本王將率領群臣大祭皇陵，我擬請他出任司儀，主持祭奠。」鄭和驚訝極了：「燕王！……」後面的話隱忍著，沒有說出口。朱棣抿嘴，目光炯炯地說：「方孝孺一聽就會明白，本王是特意給他一個極大的尊榮啊！」鄭和也明白了，道：「奴才遵命！」朱棣對鄭和示意案上堆積如山的奏摺：「瞧，都是朱允炆沒辦完的奏摺，積下這麼多了。現在，該本王接著批閱了。」朱棣取過案上一支朱筆，埋頭閱摺、批示。鄭和注視片刻，恭敬地默默退下。

鄭和帶著幾個隨從來到方孝孺家中的時候，方孝孺的客廳內正聚坐著夏元吉、解縉等臣。不過個個都是面色愁苦，惶然不安。方孝孺在他們中間沉重地來回踱步。夏元吉痛苦地告訴他，朝廷一百二十八位大臣，已有三十多個順燕，三十多人殉節。剩下的人都在觀望，生死未決，進退兩難，終日惶惶不安。解縉跟著說：「方先生既有帝師之尊，又是飽學大儒，威重於朝，名滿天下。臣工們都看著方先生，想以方先生馬首是瞻。」方孝孺聽了不為所動，卻問：「聽說，朱棣的《奸臣榜》上沒有老夫的名字，只留下一塊空白之處？」大家都點頭說正是這樣。方孝孺譏諷道：「這叫引而不發，恩威未定，給老夫留著一條若有若無的生路！呵呵……從什麼時候開始，一介武夫也變得如此風雅了！」夏元吉在旁支吾：「在下以為，燕王此舉，也是對先生寄予厚望。」方孝孺橫了夏元吉一眼，嗔道：「厚望？老夫連朱棣《奸臣榜》都上不了，可為奇恥大辱！」夏元吉一揖：「請方先生原諒。在下以為，他們叔侄之間，無論誰做皇上，仍是朱明王朝。而我等，仍是大明的臣子。」解縉也說：「叔侄之間爭位，乃皇家內部爭奪，換代而並未改朝。做臣子的可擇賢而事，繼續為國家效力。」方孝孺漲紅了臉：「聽兩位大人的意思，是想順燕了？」夏元吉正聲道：「容在下斗膽直言。靖難戰爭的勝負表明，燕王比先帝更具備雄才大略。如果燕王繼位為君，大明將會更加強盛！做臣子的，誰不希望國富民強啊？」方孝孺憤怒地說：「朱棣悖父悖君，逆天篡位！凡正人君子，都與他義不兩立。二位也曾受先帝厚恩，豈能不守人臣大義？老夫以為，屈膝降賊者，連做人都不配，何以為臣?!」

夏元吉解縉互視，無奈嘆息。

鄭和與幾個隨從站在方府的門口，只見府門大敞，竟無一人看守。鄭和朝隨從道聲：「你們在此守候。」自己隻身進入大門。他朝門內四望，見整個方府空蕩無人，唯有旁邊廂房傳出朗朗讀書聲：「……小知不及大知，小年不及大年。朝菌不知晦朔，蟪蛄不知春秋。」鄭和趕緊整衣正冠，朝那廂房高聲道：「打擾了。在下鄭和，奉王命拜見方先生。」

讀書聲止，一個清秀的年輕學子出來，微笑道：「方先生正在陪客，請閣下稍候。」鄭和看著這個年輕人，竟有種似曾相識的感覺，笑著說：「外頭兵荒馬亂的，府上卻門戶大開，只聽得朗朗讀書聲，在下十分敬佩。」學子也笑了：「方府從不閉門，客人們來去自便。特別是現在——朱棣如果派部下來抓人，豈不更方便嗎？」鄭和一窘，問：「這……敢問先生是？」年輕學子道：「方府門生，韓玉。」口氣頗自豪。鄭和怔住了，「韓玉！」他小心翼翼地問：「啊呀，請問您可認識一個叫妙雲的人？」韓玉詫異地說：「咦？我姐姐就叫妙雲，不過，我們已經失散多年了。」鄭和驚喜地大叫：「妙雲一直苦苦尋找你，沒想到你竟然成了方府門生。啊呀，真是天意吉祥啊！」韓玉清澈的眼睛晶晶亮，急問：「我姐好麼？她現在何處？」鄭和笑道：「好好！你姐現在北平燕府，平安著哪。」韓玉的笑容卻僵在了臉上：「我姐為何在朱棣的府上？」鄭和支吾道：「哦，妙雲曾經是王妃的侍女，後來……哦，一言難盡。」韓玉疑心自語：「侍女?!」鄭和道：「兄弟不必多心，主子待她極厚！」韓玉一哂：「主子？」鄭和賠笑道：「就是燕王和王妃。」韓玉怔在那裡，悲愴地道：「她、她……她既然拜在朱棣府上，把弒君篡位的國賊認作為主子，在下……也就不敢認這個姐姐了！」鄭和驚愕而痛苦：「韓玉呀，妙雲一直想念著你！」韓玉更加痛苦：「還有，我姐既然身為侍女，也難免被朱棣收用過……」鄭和大叫：「沒有，絕對沒有！妙雲從未失身！」韓玉疑惑地問：「你怎會知道？」鄭和吶吶地說：「因為，因為我、我和妙雲心心相印，我倆已經結為夫妻了。」韓玉驚詫不已，上下打量鄭和，冷冷地說：「夫妻？……如果我沒有看錯，閣下是太監之身吧？」

鄭和垂下頭，百感交集，半晌說不出話。終於，他沉聲迸出一字：「是！」

韓玉滿面鄙夷地注視著鄭和，慢慢抬手一揖：「公公稍候，韓玉替您稟報方先生。」鄭和盯著韓玉背影，痛苦地自語著：「公——公?!」這個稱呼對於尚年輕的他，是一種侮辱。似乎時時在提醒著他：你是個太監！你是個太監！你天生就低人一等！

韓玉再次出來時，招呼鄭和跟他進去。鄭和一人隨著韓玉邁向客廳的臺階。客廳內，方孝孺仍在與夏元吉、解縉等座談。鄭和入門，折腰恭敬地說：「在下鄭和，奉命拜見方先生……」言未盡，猛聽方孝孺一聲低喝：「退下去！」鄭和驚訝不解：「怎麼？」方孝孺道：「老夫令你退下臺階，站到屋外說話。」

鄭和顫聲問：「為什麼？」方孝孺冷冷地說：「書房淨地，豬狗牛馬以及閹人，概不准入內！退下去！」

夏元吉、解縉見狀，也驚嘆無語。

鄭和直起腰正視著方孝孺，他看不清方孝孺的面容，因為眼睛裡已經溢滿了淚水。但他看見了大海，不知為什麼，那片一望無際的深藍色大海突然在他眼前晃了一晃。於是，心裡的虛空大了，增了容量。他頓了頓，忍氣吞聲道：「在下……遵命。」

他退至階下，站在泥地裡，挺起了胸脯：「燕王府總管鄭和，奉王命拜見方先生。」方孝孺巍然不動，不屑一顧地：「說吧。」鄭和用平靜的聲音說：「燕王明日將率領群臣大祭皇陵，擬請方先生出任司儀，主持祭奠。」方孝孺仰天大笑：「哈哈哈，盛情無限哪！」

笑聲中，夏元吉謹慎進言：「燕王請方先生出任司儀，主持祭奠，可謂極大的尊榮啊！請先生三思。」

方孝孺仍笑。笑罷說：「燕王是天下第一號悖祖之人，居然也有臉祭祖？……好好好，老夫奉陪就是。老夫正想當著皇祖之靈、當著文武百官的面，問一問燕王，「人臣之道何在？古今大義何在?!」

翌日，一排大漢在孝陵御道上鼓吹著巨大號角，四面八方立刻震盪起雄渾的號角聲：嗚嗚！雄壯的孝陵在霞光中如同橫臥的雄獅，肅穆而深邃地俯視大地，俯視遠方，俯視大千世界。陵前，祭台高聳，旗幡迎風，號角震耳欲聾，香煙遮天蔽日。孝陵御道兩旁，聳立著一座座巨大的文武、異獸的石像。朱棣身著素服，率領著浩浩蕩蕩的隊伍沿著御道走向孝陵。他的左右是朱高煦與鄭和，後面跟著文武百官。傘蓋、靈幡、旗幛，與刀槍、劍戟、銀甲交相輝映。不知何時，方孝孺率領的隊伍也出現了。方孝孺昂首挺胸，身後跟著大片門生學子。他與朱棣近在咫尺，但相互不看一眼！

朱棣步上那條長長的紅地毯，一直走向高高的祭台。方孝孺與眾臣則行進在紅地毯的兩旁。祭台前，朱棣站定，頓時號角靜止，寂靜無聲。朱棣微側首，威嚴地看了方孝孺一眼。方孝孺昂然佇立，一言不發，一動不動。所有臣工都在等待司儀發話，卻久不見動靜。他們戰戰兢兢地望向方孝孺。

方孝孺仍然一言不發，一動不動。朱棣沉聲：「方先生！」

方孝孺這才上前半步，高聲喝道：「奉天祭祖！」

號角重新嗚嗚奏響，朱棣也不禁鬆了口氣。他登上了前面那座高高的祭台，在祭臺上莊重地跪下。身後，無邊無際的臣民也跟著跪下。朱棣莊嚴地三叩，慟聲道：「兒臣朱棣，敬拜皇太祖之靈於天。太祖手創大明，傳承於今。孰料建文帝朱允炆，為奸臣蠱惑，悖祖亂制，禍國殃民。兒臣遵先皇《祖訓》，『朝無正臣，訓兵討之。』……」在朱棣肅穆祭頌的時候，方孝孺突然步出了隊伍。他走到紅地毯上，撲地而跪，聲淚俱下地開口了。他的祭辭震驚全場：「臣方孝孺叩拜皇太祖在天之靈！……」

祭臺上，朱棣聞聲一震，卻克制著自己，不回頭，繼續拜頌著：「兒臣靖難三年，百折不撓，蒙太祖天恩，終獲成功。如今，朱允炆引罪自焚，兒臣決定繼承祖業，登基改元……」

方孝孺在後面狂聲大呼：「太祖爺啊，燕王朱棣，悖父悖君，起兵篡位，禍國殃民！……」

百官們大驚失色，隊伍亂了。

此刻，方孝孺的頌辭與朱棣的頌辭一起一落，交相襯托，使得全場充滿恐怖的氣氛！

朱高煦早已怒不可遏，他起身，撲上前，俯在朱棣耳後，恨恨地說：「父王，我劈了這老賊！」朱棣頭也不回地低聲訓示：「祭祖大典，百官都在看著。千萬克制！退下去。」

朱高煦只得懷恨怏怏退回原處跪下。

方孝孺越說越動情，他號啕痛哭：「臣稟告太祖爺。朱棣悖祖篡位，圖謀弒君自代。但建文皇上安危無恙！皇上已經從太祖留下的『生門』，逸出宮廷，星夜南下……」

方孝孺此言令所有臣工們大驚，他們惶然議論：「什麼生門，宮中竟然有地道？……皇上沒死？……皇上還活著？……這是怎麼回事?!……」方孝孺竟回頭罵那些降臣：「爾等折腰附逆，就不怕千古罵名麼？你們有何面目在這兒祭祖？皇上返京之後，你們又有何面目見君?!」降臣們羞愧得無地自容，場面開始大亂。朱棣再也無法忍受，他步下祭台，一步步走近方孝孺，鷹瞵鶚視地對著他道：「方先生，本王早已布告天下，朱允炆引罪自焚了。有屍首為證。」方孝孺怒指朱棣：「那是你掩耳盜鈴！你為了自個做皇上，欺騙百官，硬說皇上歸天了。列位臣工聽著，皇上沒死！正召集天下忠義王師，不日即可剿平叛逆，光復祖業，再造乾坤！……」

朱棣怒喝：「住口！」

方孝孺朝皇陵長叩，泣道：「老臣已經說完了，太祖爺也都知道了！」

朱棣憤怒得渾身發抖，臉色蒼白，好容易漸漸冷靜下來，他沉聲喝道：「方先生，朱允炆的那篇伐燕檄文，就是你寫的吧？」方孝孺凜然道：「正是。但它不叫伐燕檄文，而叫討賊檄書！」朱棣臉上的表情冷若冰霜：「先生如椽巨筆，驚天地泣鬼神，佩服！」方孝孺冷蔑一嘆：「可惜筆墨不如刀槍凶狠，因而家國禍亂，京城淪落。」朱棣冷森森地說：「本王想拜託先生，替我擬一道登基詔書。布告中外。」方孝孺冷笑了：「燕王果然要做皇上了——恭喜！敢問如此重任，為何要我承擔？」朱棣冷眼瞥向方孝孺道：「因為先生寫過伐燕檄書，慷慨激昂啊！只可惜朱允炆太昏庸了，伐燕不成，反而被燕所伐！」方孝孺面露譏笑：「朱棣，你以為老夫會寫麼？」朱棣高聲道：「會！」方孝孺的聲音更高：「為什麼？」朱棣頓一頓，斷然道：「因為，如果先生不寫，本王就不得不滅先生的九族！」方孝孺似乎早有準備，面不改色，極其冷蔑地笑著：「九族？嘿嘿，朱棣呀，你就是滅我十族又當如何！」朱棣臉色剎那漲紅發熱，他怒不可遏地說：「好、好、好……好得很哪！感謝方先生提醒——本王就滅你的十族！！」對話過程中，眾臣驚心動魄，不敢舉首。

朱棣大喝一聲：「鄭和。」

朱棣的這聲「鄭和」，不啻一箭射中鄭和腦袋。剛才聽著方孝孺與朱棣的對話，他已經淡漠了對方孝孺侮辱他的仇恨，是的，他從來沒有聽到過如此精采的對話，這幾乎不是對話，這是肉搏。這樣的對話對他精神上的滋養是無法言說的。朱棣和方孝孺，不是兩個人，從某種意義上來說，是兩個神，各居自己的山頭。他們的勝負，並不在眼前，甚至並不在於誰比誰先死，或者誰殺死了誰。這一點，方孝孺其實已經說了出來。鄭和不禁腦子裡紛亂著，機械地上前道：「臣在。」

朱棣肅然下令：「站到祭臺上去，傳命天下，誅殺方孝孺十族！」

鄭和不想殺死方孝孺，更別說是他的全家，九族。他敬重文化人，儘管這個文化人不把他當人。氣量，或者說心胸，他已經逐漸練出來了。他敬重方孝孺的堂堂正氣，他的儒生氣質，還有他的耿耿衷情。但自己是燕王的人，也許，這就是命。他無法抗命，無法違抗天命。在朱棣登臨天子之位之時，方孝孺必死，此時，這已成為神秘的天命。況且，朱棣眼下已經成了天！他穩住自己，遵命步上高高的祭台，竭力不打顫地大喝：「奉王命，誅方孝孺十族！上起其父、其祖、其曾祖、其太祖；下至其兒、其孫、其曾孫、其玄孫。以及方孝孺同輩親族……」

喝令聲中，朱棣打量著方孝孺以及跪他身後的門生們，冷笑說：「鄭和啊，你只說了九族。還有一族沒點到。」

鄭和盡力沉著氣道：「請燕王示下。」

朱棣道：「這第十族，就是方孝孺的門生弟子，也全部逮捕問斬！」

鄭和微微加大了聲音：「遵命！」他清楚，此刻站在這裡傳聲，是自己的命運。

朱高煦朝四周兵勇一揮手，那些兵勇凶猛地撲上來，將方孝孺及其在場陪祭的門生學子統統逮捕。

鄭和靜靜地望著這個場面，臉上沒有絲毫的表情。而朱棣，冷眼看著這一幕的結束，在沸沸揚揚的聲浪中，再一次走上了高高的祭台。他跪下了，孤獨地朝太祖陵寢深深一拜，淚水湧滿眼眶。此刻，他感到了深深地孤獨與怨艾：「父皇啊，您都看見了，兒臣這是叫他們逼的，不……是叫父皇您逼的！當初，您為何不立我為太子，而要讓那個懦弱無能的孫兒登基？如今，您逼得我冒天下之大不韙，逼我殺盡一切敢於反對我的人！」

當日下午，城門道中，懸掛著那具《奸臣榜》的地方，一個燕軍官員雙手高舉著一張紙片，貼到榜首空白處。那紙片上面大書：方孝孺十族！城道中，鄭和帶著一撥人走來走去，朝聚集過來的百姓們高喝著：「奉命誅殺方孝孺十族，上起其父、其祖、其曾祖、其太祖；……」走到岔路口，遇上另一撥人，鑼敲得哐哐急響，一個千總橫劍高喝：「……下至其兒、其孫、其曾孫、其玄孫以及方孝孺門生弟子！」他們滿街地砸門破戶，不時從房內抓出一個個年輕學子。鄭和注視著眼前的一切，進一步了解了他的主子朱棣——要麼不殺，要殺就是驚天動地，斬盡殺絕！

# 【第十六章】

整個京城籠罩在血腥的恐怖之中。

一塊大匾高懸，上書金色大字：古賢書院。一支利矛猛然戳上去，將這匾捅下落地，兵勇再用腳踩裂。眾多兵勇衝進書院，抓捕裡面的青年學子。

街道上，捆綁著長長一列的前朝官員；接著，一列學子加入進去；再接著，又一列僧人道士加入進去……兵勇們吆喝著將他們押赴大牢。

鄭和奉命指揮清查抓捕，此刻，他沒有跟著官兵走進府第院落，只在當街站著，默默注視著這些被拉進隊伍的人，表情複雜。

一個官員喝叱著兩個十五六歲的少年走來，近前低聲對鄭和道：「鄭大人，這倆小子竟然主動請死。下官把他們帶來了！」

鄭和一怔，打量眼前兩個眉清目秀的少年，兩人穿著整齊，臉上稚氣未脫，卻自信地表現出什麼都懂的神態，他沉聲斥問：「娃兒，你們是幹什麼的？從哪兒來？」

顯得文弱些的一個說：「晚輩方小木，安徽廬洲人氏。」

個子高的說：「晚輩洪紫星，浙江寧波人氏。」

鄭和和藹了一些：「為何到這來？」

方小木激昂地說：「我等都是方先生門生，聽說燕王要滅先生十族，我等特地從家鄉趕來，與恩師一同受死！」

鄭和大為驚訝，臉上表情急遽變化著，感慨、憐惜、痛切，他盡力克制著自己，板起臉低聲喝叱：「你、你倆才多大歲數！千萬別胡言亂語，閉上嘴回家去……」

洪紫星真誠而倔強地說：「我等自幼受教，恪守綱常大義。你可以告訴朱棣，頭可斷，血可流，士子之心不可屈！」方小木則怒氣沖沖：「禽獸聽著！方先生門生遍天下，你們是斬不盡殺不絕的！」

對這樣兩個孩子，鄭和只有皺眉忍耐：「娃兒……說話可要想好嘍？」

兩位少年同聲道：「當然！」

鄭和仍想挽回：「真想一同赴死？」

兩位圓睜雙眼，斬釘截鐵道：「是！」

鄭和心中無限惋惜，背過身向那位軍官擺擺手：「帶走吧。」言罷，他沉重地走開去。軍官將兩個少年學子押進罪犯隊伍。這一天的傍晚，鄭和來到關押罪犯的監牢。各路罪犯都匯集在這個地方，他沒有走進森嚴的牢門，而是對著手下人如此這般吩咐了幾句。手下人找到管牢房的軍官傳達了鄭和的意思，軍官進了牢門，對著裡面叫：「哪個叫韓玉的？出來！」

眾人的眼光都尋向韓玉，韓玉戴著鐵鐐走出來，臉上是無畏的凜然。軍官一揮手說聲「跟我來」，就在頭裡走了出去。韓玉跟著軍官，走到一個小巷口，看見鄭和肅然佇立在那兒，朝他這邊望著。軍官把韓玉領到鄭和面前，鄭和讓軍官打開韓玉手上的鐐銬，然後示意他離去。

韓玉冷冷地開口：「公公不必開恩……」

鄭和怒容打斷：「我有名有姓。上鄭，下和！」

韓玉意義不明地一笑：「敢問鄭和大人，有何見教？」

鄭和盯著韓玉看了一會，心裡挺喜歡這個單純的年輕人，嘆氣道：「韓玉呀，你就不想和你姐見一面嗎？」

韓玉心裡猶豫著，痛苦著，掙扎著，終於低聲道：「想……想啊。」「那就跟我走。」鄭和說著掉頭而去。韓玉跟隨鄭和走進一條長長的小巷。鄭和邊走邊問：「韓玉，方孝孺有多少門生？」韓玉自豪地說：「恩師執教三十餘年，各省門生不下於千人。門生之下，還有門生。」鄭和心裡感慨，嘆息道：「我就不懂！他們為何這樣糊塗？遠遠地跑來送死。」韓玉卻憐憫著鄭和的無知，傲睨著他：「士子之心——鄭大人既然不懂，就不必懂了。」

鄭和聽出了韓玉話中的挖苦之意，但他已經漸漸養就了面對屈辱時的鎮定，心中不悅，卻能夠不露聲色，何況韓玉又是妙雲的弟弟，現在要緊的是救他，自然不能同他計較。於是就循著自己的既定思路說下去：「剛才，我到方府去了，看到書房裡那些書堆得山那麼高，令人驚嘆哪！那都是珍貴的經、史、子、集呀。當時，官兵們正要舉火焚燒……」

韓玉驚叫：「天哪，萬萬不可！」

鄭和馬上道：「被我攔下了！」

韓玉鬆了口氣：「多謝鄭大人。」

鄭和沉思著說：「可我想，雖然救下了書，但要是學子們都死絕了，那些書還有什麼用呢？誰來繼承方孝孺的學問呢？這可是份千古大業呀，一旦灰飛煙滅，豈不可惜?!」

韓玉愣在那裡，難受地喃喃著：「是呵……」鄭和站住，情深意切地望著韓玉道：「韓玉呀，你和我不同，我只是個──奴才，而你是塊玉！我讀的書不算多，但我喜歡看書，更羨慕你們讀書人，個個都是聖賢子弟，比我們做奴才的──強天上去了！韓玉呀，我勸你一句──活著！無論怎麼難過，你也得活下來！繼承方孝孺的畢生所學，做一個通古博今的大儒，就像……哦，就像司馬遷那樣，他不也受過奇恥大辱麼?!」

韓玉感動了，呆呆地望著鄭和：「司馬公……那可是光照千古啊！」

鄭和見韓玉被說動，多日灰濛濛的臉上有了光澤，興奮地說：「對啊，光照千古。可總得人來做啊，是不是？」

北平的燕府家眷一路風塵往南京來了。自從朱棣鄭和他們來了南京，徐妃妙雲這些家眷可謂提心吊膽，朝思暮想。一輛闊大的龍輦承載著她們，行進在京郊驛道上，旁邊有眾多兵馬護駕。車內，徐妃和妙雲兩人是一臉的喜氣，你一句我一句的，談得熱火朝天。而姚廣孝卻是心事重重，一言不發。

車子顛簸著，徐妃的身子歪了一下，靠在妙雲身上。妙雲連忙騰出一隻手，扶牢徐妃，徐妃順勢拉著妙雲探首往前看：「嗯。前面就是浦口鎮，過了江就到了！」姚廣孝睜開眼，含笑道：「貧僧恭喜夫人，進京後必定冊封為皇后，坐鎮正宮，母儀天下。」

徐妃笑道：「這我可不敢，天天招人跪拜的，拘束死了。」妙雲親了一口坐在腿上的小鄭餘，也笑了：「奴婢想，夫人肯定是古往今來最好的皇后！」徐妃心裡甜津津的，笑道：「謝了！妙雲哪，你也是大喜呀，鄭和幫你找著弟弟了。」妙雲臉上放光，高興地說：「是。這些天奴婢朝思夜想的，恨不得立刻見著他們……」徐妃故意問：「他們，他們是誰呀？」妙雲含嗔：「夫人！」

暖風從開著的車窗口吹進來，徐妃的視線從窗外往裡拉。她見姚廣孝正望著窗外發呆，輕聲問：「大師好像有什麼心事？」姚廣孝彷彿剛從夢中醒來，「哦」了一聲，好半天才道：「夫人明察秋毫，貧僧確有些心事。」徐妃親切地問：「能讓我知道嗎？」姚廣孝嘆氣：「王爺南征前，曾經答應貧僧寬恕方孝孺。但現在，不知為何要誅方孝孺十族。如此一來，貧僧擔心喪失天下士子之心。」

徐妃沉默片刻道：「多年來，只要王爺答應過的事，無不信守。可這次不知為何？」姚廣孝又道：「貧僧又仔細想了一下。燕王雖然答應過貧僧，但也可以說是沒有答應。」徐妃奇怪：「哦？」

姚廣孝回想著：「南征那天，貧僧請求燕王寬恕方孝孺，燕王是答應了。貧僧說：『天子無虛言。』燕王笑道：『可我還不是天子哪。』」

徐妃一聽朱棣曾答應過不殺方孝孺，便覺得此事還有希望，委婉地說：「大師進京後，可再勸勸王爺。」姚廣孝卻搖搖頭：「只怕無用了。」徐妃問為何無用。姚廣孝苦笑笑：「燕王已得天下，貧僧也就隨之貶值了。世上萬物，用則取，無用則棄。」

「大師！」徐妃的口氣裡含著嗔怪。

姚廣孝卻又不介意地微笑著：「人生有始有終，緣分也是有濃有淡。貧僧能夠輔佐燕王鼎定乾坤，這已經成就了貧僧最大的功業！今後，貧僧也應該收心禮佛，回歸淨土，為燕王焚香祈福了。」

徐妃語塞，嘆息無言。車內一時靜了下來，各人好像都懷了心事，只有小鄭餘，耐不得寂寞似的，嘴裡居然哼唱著一隻曲兒，在母親身上爬上爬下的，突然他望著車外的天空叫起來：「燕子！燕子！天上有燕子。」

大家都往窗外看，幾隻很漂亮的燕子，自由歡快地在藍天裡飛翔。

龍輦進入雄偉的金川門之後，徐妃就把另一邊的窗簾也拉開了。龍輦馳進了闊大的城門道，車裡人貪婪地朝外瞧著，只見兩旁甲士戒備森嚴，行人個個戰戰兢兢。徐妃驀然看見了牆上貼著的《奸臣榜》，她讓車夫放慢些，榜上的「方孝孺十族」豁然在目。

龍輦慢慢往前走，繞過街道上的幾具屍體，又見一列罪犯正被兵勇們吆五喝六地押著往西趕，整個京城人心惶惶，陷入鋪天蓋地的恐怖之中！

徐妃心情沉重得說不出話來，妙雲則恐懼地摟著孩子。而姚廣孝參禪守定，視若無睹。

朱棣這些日子一直在上書房忙著。破舊立新，百廢待舉，要辦的事千頭萬緒，他要求自己有條不紊。閱摺間隙，他在屋裡踱步深思，王景弘步入書房，恭聲道：「稟皇上，戶部尚書夏元吉，禮部尚書解縉見駕。」

朱棣轉身，笑道：「來啦，好好，快請進來！」

夏元吉、解縉各捧著一摞厚冊入內。夏元吉躬身道：「稟皇上，這是戶部所造全國戶丁地畝總冊，臣統計無誤，請皇上審閱。」解縉接著呈報：「稟皇上，這是全國四品以上文武官員總冊，臣核實無誤，請皇上審閱。」

朱棣歡喜道：「好好，辦得又快又好！本王、哦不……朕，升用你們真是對了！」

夏元吉、解縉趕緊跪下，同聲道：「臣，叩謝皇恩！」

朱棣和顏悅色道：「噯！你倆早就謝過恩了，不必再謝。朕對你們只有一個期望：做官，就要敢做敢當。議政，可得敢奏敢言哪。啊？」

夏元吉叩首道：「臣記住了。稟皇上，臣今日就想冒死進言。」

「講。」

夏元吉側臉看一下外面。朱棣隨之望去，只見宮外已跪滿了黑鴉鴉一片大臣，個個叩首及地。朱棣臉色立刻沉下來，生氣地說：「朕要是沒猜錯，都是來替方孝孺求情的吧？」

夏元吉低聲道：「是。」

朱棣冷冷訓斥：「哼，我瞧哇，這跟逼宮也差不多了少！隨朕來。」夏元吉與解縉戰戰兢兢地跟著朱棣來到外面。朱棣打量著滿地臣工，忽然滿面堆笑，聲音柔和：「列位，都起來說話吧。」

眾臣竟然沒一個起身。

朱棣仍然面露笑容：「隨你們，跪著說也成，朕反正是洗耳恭聽。說吧！」

劉大學士膝行兩步，聲音沙啞地說：「啟奏皇上，方孝孺雖然有罪，但他乃當朝大儒，門生故舊遍布海內。萬千學子，都視他如心中偶像。臣叩請皇上，為安撫天下士子之心，寬恕方孝孺吧。」一言罷，再叩。眾臣都跟在後面叩首，齊聲求情：「臣等叩請皇上，寬恕方孝孺吧。」

朱棣鷹隼般的眸子越過眾臣脊背，望著前方的宮景，他想了一會兒，沉聲道：「朕先問你們一聲，如果朕非殺他不可，你們會怎樣？是要抗旨？要造反？還是要辭官歸隱？不屑於與朕同朝?!」

眾臣膽戰心虛，噤若寒蟬，無人敢吱聲。

好久，夏元吉顫聲回話：「都不會。」

朱棣追問：「那會怎樣呢？」

夏元吉痛心地說：「臣等……只是會寒心！」

朱棣驚詫道：「寒心？……這話說得重哇！」

夏元吉誠懇地說：「臣說的是實話。」

朱棣再一次望著眾臣，重重一嘆，道：「那，我也跟你們說實話吧。我雖然恨方孝孺，但並不想殺他。並不是我當了皇上就該有多麼寬容，我是兩害在握取其輕呀。我知道方孝孺名滿天下，誰殺他，誰找罵！只要他姓方的給我一點面子——媽的只要一點就夠了，我就不會傷他一根毫毛！可他呢，像是看透了我的心思，偏偏要在太祖靈前辱沒我，口舌鋒利，如劍穿心！如此大辱，是可忍孰不可忍?!……他逼我殺他呀，他想以一死來流芳百世，反把我逼成一個暴君！我想來想去，方孝孺是對的，不殺他反而對不住他了！不殺他就意味著立了一個楷模，只要是讀過幾本書的人，都可以反抗朝廷。不成！無論你是博學鴻儒還是當朝帝師，誰膽敢反抗朝廷——必死！這個理兒，萬世不改，千古不移！！我朱棣，寧肯被人罵作暴君，也絕不當昏君！」朱棣怒斥時痛心疾首，情真意切，言語之中概不稱「朕」，而稱「我」。

眾臣一片懼色，紛紛開口：「皇上聖見……」

朱棣再次重重一嘆，道：「後來，我痛定思痛，越想越覺得，這方孝孺不像是個真正的讀書人嘛！你們看哪，他挑唆朱允炆削藩，罷撤我所有的兄弟親王；他還兩度指揮大軍伐燕，甚至設下奸計離間我父子兄弟；他強征歲賦，逼百姓上城助防……這些惡毒手段是讀書人所為麼？不！我看他愛的不是青燈黃卷，也不是經、史、子、集，而是做宰相夢，當天子師，一門心思的參政議政，他把自個當成諸葛亮了！書哪，早就不讀了。學問哪，早就丟荒了！」

夏元吉若有所悟地說：「皇上說的是。」

朱棣的激憤終於火山一樣爆發：「我知道，多少人在心裡罵我篡逆。好哇，今兒我就說幾句篡逆之言吧！當初，太祖皇上為了把朱允炆扶上皇位，除掉了多少元勛宿將？僅藍玉一案，就誅殺一萬五千多人；大將軍傅友德活得那麼小心，還是被滿門抄斬。在此之前，更有我岳父徐達，竟然死於一隻燒鵝！……你們說說，這些開國元勛真是反臣麼？不，他們一生忠勇，死於冤屈呀！為什麼？就因為當太子的太懦弱了，我父皇為保他這個懦弱之君，只好削除天下強者。說穿了，是時代殺了這些開國功勛，是命運殺了他們！我想問問列位，太祖皇上和朱允炆誅殺那麼多元勛宿將，你們為何不敢怪罪，只會一疊聲歡呼萬歲?!而我被迫起兵靖難，清君側、除奸臣，你們卻要勸我寬恕方孝孺？你們為何不倒過來想一想，假如當初就是我做了太子、我做了皇上，何人敢反？誰敢與我為敵？天下會亂到如此地步嗎？它敢亂到這個地步嗎?!由此可見，亂與不亂在於君。懦弱之君治天下，天下必亂；聖者為君，則天下鼎盛，君臣共榮！」

朱棣威風凜凜的王者之言，令眾臣惶恐拜服。他講話的時候，鄭和從上書房那邊走過來，也恭立在一旁傾聽。朱棣的話在他的心底掀起了波瀾，皇上也是人，也是一個凡人啊。他除了理智這個武器，也還有感情。順我者昌，逆我者亡，他對情感的控馭和超越也是有限度的，是人都有限度。他忍無可忍，而並非濫殺無辜。然而，誅滅九族，十族，那些族人卻多數是無辜者，那麼多的無辜者要在屠刀下死去，那麼多裝著思想學問的腦袋要在鮮血中寂滅，這是多麼殘酷可怕的事情啊！這樣的災難足以驚天地、泣鬼神！鄭和百感交集，感慨萬端！耳邊聽到的卻是朱棣的長嘆：「列位愛卿，方孝孺的事，你們不要再提了。朕既是勸你們……也是求你們了！」眾臣一齊誠惶誠恐地叩道：「臣遵旨。」

「起來吧。」朱棣說著，心情沉重地返回上書房，眾臣在他後面再三叩首。

他進了上書房，重新坐回龍案前，心潮起伏，無法平靜。看看高高的奏摺，伸手去抓那支朱筆，竟然幾次沒抓著，筆倒被他碰落到地上。

鄭和在朱棣稍後也往上書房裡走，在門口見狀，快步入內，將朱筆拾起，呈給朱棣。

朱棣接過朱筆，在奏摺上批示，見鄭和不說話，猜測他也是想說情，一顆心不由得往下一沉。他可以說是三令五申了，他還要違抗他的意志？鄭和是他身邊的人，雖是奴才，卻是他往來最密切並且最信任的人之一，鄭和都不願意理解他的難處，他就格外地受不了！這奴才膽子忒大了！他按捺不住地要發脾氣，聲音像冰塊握在掌心那樣讓人感到冷：「你，是不是也想替方孝孺說情？」

「不。」鄭和的回答出乎意料。

「那你有何事？」朱棣還在批閱。

鄭和深深一揖，顫聲說：「奴才，請皇上趕緊誅殺方孝孺……不要拖到秋天了！」

「咦？」朱棣驚奇地放下朱筆，望著鄭和：「今兒真是怪——那麼多大臣求我別殺他，你倒求我快殺！為什麼？」

鄭和沉重地說：「各省的青年仕子，聽說方孝孺蒙罪，非但不逃避，反而紛紛趕來，要與恩師一同赴死。現在，竟有八百餘人到案。奴才了解過，方孝孺在各省的門生，不下於數千。」

朱棣大驚，憤怒地擲筆，一時竟說不出話。

鄭和跪下，痛楚道：「奴才叩請皇上立刻處置方孝孺，以斷絕各地門生的念頭。」

朱棣默默看著跪在地上的鄭和，感喟道：「你心善哪。唉，那些門生是拿自個命向朕示威，公然挑釁！……鄭和，我問你，捕人捕到現在，難道沒有一個怕死，沒有一個向朕乞求活命麼？」

鄭和沉吟片刻，說：「有！有一個人，奴才請求燕王賜恩，赦免此人。」

朱棣頓時頷首，微微笑了，對鄭和說自己想見見此人。鄭和退出上書房，吩咐下面的人去牢裡帶韓玉。一會兒，韓玉被兩個侍衛押送著，走了過來。看見鄭和在玉階前佇立等他，韓玉走上前急切地問：「鄭大人，我姐在哪兒？」

鄭和道：「妙雲一會就到。現在，我先帶你見皇上。」

韓玉驚訝地問：「哪個皇上？」

鄭和道：「當今皇上。」

韓玉臉色唰的白了。鄭和不知他怎麼了，怕還是恨？他急急地低聲囑咐：「韓玉，你姐她盼望見你，已經盼了許多年了！她多麼希望親人團圓哪。你千萬要活下去，繼承師門學問，薪火相傳，成為一代宗師！」

韓玉點點頭。鄭和鬆了口氣，微笑道：「隨我來吧。皇上和氣著哪。」鄭和領著韓玉進入上書房。他朝朱棣揖道：「稟皇上，此人便是方孝孺門生韓玉，也是妙雲失散多年的親弟弟。他有志於學，滿腹學問，日後必能成為一代鴻儒。韓玉，拜見皇上。」

韓玉折腰，不卑不亢地說：「晚輩韓玉，拜見燕王。」

這稱呼使鄭和一怔，不由得大窘！朱棣臉上的笑容也僵住了，但他立刻不在意地放聲大笑：「哈哈哈……韓玉呀，朕恭喜你與姐姐團聚！好啊，喜事呀！妙雲和鄭和都曾為朕立過大功，朕為你們這家人高興啊！你既然有志於學，那好哇，朕就封你為翰林院學士，正五品。將來為朝廷著書立說，研修史籍，前程不可限量！」

鄭和顫聲催促韓玉：「快快謝恩！」

韓玉道：「謝燕王恩典。晚輩最大的願望，就是為本朝修史。」

朱棣笑道：「好哇，朕就讓你兼一個史館總裁嘛。」

韓玉正聲道：「晚輩撰寫史書，必須字字是實，方為信史。當寫到本朝時，晚輩將秉筆直書，『建文四年六月十五日，燕王朱棣悖君篡逆，攻破京都，建文帝蒙難遜國……』」

朱棣一下子滿面冰霜，怒視著韓玉。

韓玉微笑道：「晚輩敬告燕王——千秋萬代，燕王也難逃青史上的一個『篡』字！……晚輩回牢房了。」韓玉不等朱棣下旨，掉頭而去。

鄭和臉色蒼白，顫慄跪地，恐懼地長叩，顫聲請罪：「奴才死罪，奴才該死……請皇上賜罪！」

朱棣怒視鄭和，片刻後，無力地跌坐到椅子上，嘆道：「連一個乳臭未乾的娃兒，也這麼罵我，可見……朕不拖延了！傳旨，明日午時正刻，誅殺方孝孺十族！」鄭和說聲：「奴才遵旨。」他起身正欲離去，朱棣又叫住他：「慢。刑場設在哪兒？」鄭和道：「江邊燕子磯。」朱棣果決地說：「改到夫子廟去，就在那兒的貢院！」鄭和幾疑自己沒聽清：「貢院？皇上……那可是京城大考的試院哪！」朱棣咬牙切齒道：「朕知道那是什麼地方。朕就是要這些書生死得其所！對了，貢院前頭，不是還有座狀元橋嗎？」鄭和點頭：「有。每屆恩科後，頭甲前三名就在那橋上騎馬掛花，供京城百姓觀看……」朱棣厲聲打斷他：「就在狀元橋上處斬方孝孺，讓天下人觀看！」鄭和顫聲道：「遵旨。」

鄭和出來後看見韓玉被侍衛看守著，默默地上前，押解著韓玉往宮外走。侍衛立刻持刀護行。事與願違，鄭和的心情格外地沉重，對韓玉，他已經無話可說，也不想說話。走了一陣，前面忽然響起一陣歡喜的笑聲，大家都朝笑聲那兒望，只見徐妃、姚廣孝、妙雲穿過宮門，迎面走來。

鄭和一時呆若木雞，醒悟時已經無處可避，只能折腰揖道：「奴才拜見夫人、師傅。」

徐妃笑盈盈地說：「鄭和啊，你怎麼只拜見我們，沒見到別人嗎？」

鄭和向妙雲頷首，顫聲叫：「妙雲。」

妙雲笑著把手裡的孩子遞給鄭和，鄭和一把拉了過來，妙雲正要對鄭和說什麼，忽然看見韓玉。兩人互相望著，望著，終於同時驚喜地大叫：「弟弟！——姐啊！」姐弟兩人上前相聚，泣不能言。徐妃笑著：「好好！恭喜呀，這回，你們全家可是團圓了！」

姚廣孝已看出不祥，他微微搖頭，合掌念誦：「阿彌陀佛。」妙雲突然看見身邊那些執刀侍衛，驚問鄭和：「這是幹什麼？你們怎麼了？」

鄭和垂首無言。韓玉冷笑道：「沒有什麼。姐呀，鄭大人正押我去斬首。」

妙雲驚恐萬分，她看看鄭和，再看看韓玉。身體驀然一軟，昏倒在地。小鄭餘立刻大聲哭叫起來，鄭和將他交給侍衛，自己抱起地上的妙雲，吩咐另一個侍衛領著徐妃和師傅先去上書房。

徐妃和姚廣孝未經通報就走進了上書房。這是徐妃的主意，她要給朱棣——當今的皇上一個驚喜。然而一個意想不到的情景映入了他們的眼睛：朱棣癱在軟椅上，一隻手搭著額頭，淚水正從手下流出來，一副孤獨可憐的樣子。徐妃、姚廣孝大驚。徐妃輕輕上前顫聲道：「臣妾給皇上請安。」

朱棣趕緊拭淚，不好意思地遮掩著：「哦……你們來啦？來了好。累了吧？」

徐妃心疼地說：「臣妾不累。皇上可是太累了。」

朱棣勉強笑笑：「還好。」

徐妃憐恤地說：「臣妾瞧著不好！二十多年了，從沒見您累成這樣。」

朱棣伸手顫抖地指著門外：「他們……那些書生、士子，罵我是弒父弒君之徒！逼我痛下殺手，一誅再誅！」

徐妃含淚勸他：「他們年輕，免不了感情衝動。皇上是天下人主，應該寬容大度。臣妾……也求皇上饒了他們。」

朱棣近乎狂躁：「不！絕不！愛妃呀，我不能犯朱允炆那樣的錯誤。他就是被自個的糊塗和懦弱埋葬掉的！我絕不重蹈他的覆轍，我寧肯冒天下之大不韙，也要除惡務盡！我不但要殺人，還要誅心！誰視我為『篡逆』，我就殺誰！一直殺到他們統統給我安靜下來！」

徐妃膽顫地說：「您今日殺了他們，豈不是幫著他們成名嗎？百年之後，世人會給他們平反昭雪呀。」

朱棣卻咬牙切齒：「寧肯讓後人給他們平反昭雪，寧肯讓文人墨客給他們樹碑立傳，我今天該幹什麼還幹什麼！我就是要把反叛者斬盡殺絕！哼，朕不受天下制，朕要制天下！」

徐妃驚恐無言，她向姚廣孝投去求助的目光。但姚廣孝始終如一尊泥塑，孤坐不語。朱棣也將目光轉向姚廣孝，道：「道衍師傅。朕曾經答應過你不殺方孝孺，恕朕食言。」

姚廣孝平靜地說：「皇上，您雖然答應過貧僧，卻並沒有食言。」

「哦？」

姚廣孝道：「當初，貧僧請燕王放過方孝孺，燕王是答應了。貧僧強調了一句，『天子無戲言』。燕王回答貧僧『我還不是天子呢』。所以，以前的答應是燕王在答應，而今日的誅殺則是天子在誅殺！」

「多謝大師！」朱棣為姚廣孝的體諒感動。

姚廣孝卻發起了感慨：「貧僧覺得，他方孝孺拒不歸順並沒有錯，皇上誅殺方孝孺也沒有錯，唯獨貧僧錯了——既看錯了方孝孺，更看錯了皇上。千百年來，哪個帝王不殺人哪？歷代王朝都是用屍骨堆出來的！後世評價一個帝王，不但看他誅殺了多少，更要看他創造了多少。只要他創造的比毀滅的多得多，後人就會讚頌他雄才大略，對他頂禮膜拜。貧僧覺得，關鍵不在於誅殺，而在於誅殺之後的創造。」

朱棣振作起來：「大師說的是！」

姚廣孝目光炯炯：「皇上啊，您必須創造出一個強大的王朝，才能證明自個是聖君，否則的話你就是暴君，被人世世代代地罵下去。您只有一個辦法能讓後人心服，那就是成為太祖爺那樣偉大的帝王！」

朱棣徹底振作了。他激動地站了起來：「不夠！朕必須成為比父皇更偉大的帝王。比唐宗宋祖更偉大的帝王！」

第二天是歷史上難忘的一個血腥日子，方孝孺十族如期開斬。京城的街道上，一個官吏手執銅鑼哐哐敲擊，同時高叫：「奉旨，將方孝孺十族解赴狀元橋開斬！」吆喝聲中，一隊罪犯被眾多刀斧手押著往狀元橋走。方孝孺頭戴枷鎖，一身素衣，走在最前頭。他面容清癯，神態鎮定，不像赴刑場，倒像赴廟宇去拜佛。他的身後跟著方氏家族老少，以及親友、門生，一眼望不到盡頭。他們面無戚容，個個都大義凜然地昂著頭挺著胸脯。街道兩旁，京城百姓紛紛湧來，駐足翹首觀看，驚駭不已。許多人偷偷飲泣拭淚。兩個強悍的兵勇各掄著一根長達丈餘的皮鞭，一邊走一邊劈啪擊打地面，是為「鳴鞭開道」。兩邊的百姓們紛紛後退著。道路敞開了，鄭和騎在一匹駿馬上過來，在陰風淒慘的街面上，他顯得威風凜然，身後還有兩列刀光閃閃的衛兵跟隨著。沿途有無數百姓的眼光在注視著他，隱隱可以聽到百姓的非議聲：

——瞧哇，這人是個太監，大太監啊。

——聽說他殺人無數，毒著哪！

——唉，正人君子受難，閹宦們倒威風起來了。

……

開道兵勇立刻揮鞭朝那幾個百姓抽去，劈啪刺耳。嘴裡怒喝著：「噤聲！」

鄭和也聽見了百姓的竊議聲，他淡淡地斥責那個兵勇：「不必如此。」那匹棗紅馬將他帶到了一座青瓦白牆的院落前面，他在馬上抬起頭，看著院門上高懸的金匾，上書「貢院」兩字，筆力雋永，聽說是方孝孺的手跡。門前有一座石橋，橋欄上鍥刻著三個大字：「狀元橋」，就不知是哪朝哪代刻上的了。秦淮河水在橋下靜靜流淌，不知從哪個朝代流過來，又要流向哪裡去。同人比起來，流芳千古的反而是它，似乎也只有它。它比人經老哇。它正在默讀人類的苦難呢！鄭和正在感慨冥想，不遠的路卡處忽然傳來一陣騷動。鄭和望去，只見妙雲披頭散髮地奔過來，狂叫著：「讓開！讓我過去！」兵勇們橫刀攔阻，斥罵：「你什麼人？膽敢闖刑場，再不退下，砍嘍！」鄭和急忙跳下馬迎上去，對兵勇擺擺手：「讓她過來！」兵勇趕緊收刀，妙雲踉蹌奔來。鄭和上前扶住她，溫和地勸道：「妙雲，你不該到這來。」

妙雲不顧一切地跪下了，泣道：「鄭和，求你救救韓玉。」

鄭和心如針錐，有口難言：「這……」

妙雲顫慄不已：「鄭和！你，你說話呀！」

鄭和彎腰扶起她：「妙雲呵，該做的我都做了。現在，能夠決定韓玉生死的就是他自己了。」

妙雲急忙問：「他怎麼做才行？」

鄭和道：「他得向皇上悔罪——哪怕是僅僅表示一下同方孝孺斷絕師生關係，我……就能設法挽回。」

妙雲一呆，顫聲問：「如果他不呢？」

鄭和痛苦地搖頭：「那就不成了。」

妙雲心裡倏地蒙上了韓玉必死的預感，她怕人地尖叫起來：「我要見他！」鄭和立刻命令侍衛帶韓玉過來。侍衛朝罪犯隊伍一聲高喝：「帶韓玉！」兩個兵勇解開韓玉身上的繩索，推他過來。韓玉一步一步走近，怒視鄭和一眼，衝妙雲道：「姐啊，別求這條閹狗！」鄭和聞言苦笑一下，對妙雲說：「妙雲哪，你都聽見了。我在他們眼裡不是人——是狗！而且還是條閹割掉的狗！」妙雲急斥韓玉：「弟弟不可胡說。」又對鄭和道：「鄭和啊，你、你千萬別生氣。」鄭和生氣地說：「我不生氣。我早就習慣世人的咒罵了。」妙雲急切地對韓玉說：「韓玉，你聽姐說……」韓玉卻打斷她：「姐啊，這人是朱棣的狗奴才。姐要想說話，就先讓他滾開！」妙雲為難地轉過頭去，顫聲求請：「鄭和……」鄭和忍耐著說：「我可以走開。」他掉頭離去，邊走邊向左右兵勇揮一下手，令他們都退下，讓妙雲和韓玉說話。

韓玉和妙雲兩人面面相覷，兩人都有千言萬語無法說，因為留給他們的時間只能用分秒計算，妙雲悲哀地懇求弟弟：「韓玉，姐想你活著。姐求你了，跟皇上賠個罪吧。」

韓玉也紅了眼睛：「姐呀，朱棣是篡逆之徒，是罪魁禍首，我怎麼反倒向他認罪呢？砍頭事小，失節事大。我受恩師教誨多年了，絕不會向篡逆者屈膝。」

妙雲的眼淚撲簌簌往下落：「姐姐在世上，就只有你一個親人了！你忍心……」

韓玉卻賭氣地說：「姐恐怕不只我一個親人吧。那個鄭和，是姐什麼人？」妙雲支吾道：「他、他……」韓玉嗔怨著：「是我姐夫嗎？」妙雲又窘又痛：「他……韓玉呀，他是個好人。」

韓玉聽不進去，顧自痛心地說：「姐呀，你怎麼能嫁給一個太監呢。他根本就不是男人呀！」妙雲難堪地重覆：「他是個好人。」韓玉怒容滿面：「姐呀！自古以來，太監有一個好東西麼？哪個不是宮廷奴才？下賤者近乎禽獸，乾淨點的也不過是個寵物。姐呀，閹奴連做人都不配，怎麼配做我姐夫?!」妙雲痛楚地嘶聲叫：「韓玉，你別說了。」韓玉仍然怒氣沖沖：「這些閹奴不但閹掉了男根，他們把自個的良心也一塊閹掉了。姐呀，韓玉求你了，離開他，遠遠地離開他！」

妙雲淚如雨下，痛苦地呻吟著：「韓玉，姐求你別說了！」

韓玉跪下，向妙雲叩一個頭，含淚道：「姐呀，你多保重。弟弟對不住你！……姐回去吧。」韓玉掉頭走回罪犯隊伍。妙雲在後面跺足痛叫：「韓玉，你等等！韓玉……」但韓玉再沒有回頭。

在妙雲與韓玉交談時，鄭和又走向秦淮河邊，呆呆望著腳下的潺潺流水，思緒起伏不定。在他很小的時候，老人就一遍遍告訴過他，皇上啊，是天上的太陽；仕子們是天上的星辰；世上所有的讀書人，都是天子門生。他是多麼羨慕那些讀書人呀，儘管在他們眼裡自己只是一條閹狗！但他仍然羨慕他們。可是現在，天子要殺自個的門生了，而且是讓他這條閹狗來監斬！這簡直是命運對他的嘲弄！他無法擺脫自己的命運，多想化為腳下的流水。流水比人乾淨，它能夠沉澱污穢，輕輕鬆鬆去自己想去的地方。行雲流水，多麼令人神往啊！一個部下在他身邊提醒：「鄭大人……」他轉過身去，一個官員已經步上橋面，揭開蒙架上的黃綢，仔細查看下面一具古老的日晷。此時，太陽的投影已接近正午。那個官員揮了揮手。

立刻，十個驃悍的刀斧手步上了橋面，他們同時揮手，揭去蒙在十個矮架上的白布，豁然呈現出十具斷頭臺！上面還沾著斑斑陳血。

官員查看畢，恭立於日晷側，等候著最終時刻。

刀斧手們懷抱著鬼頭刀，昂首挺立在各自的斷頭臺前，等候前來赴死的罪犯。

所有人都在等待。

鄭和走到妙雲面前，扶起絕望地哭泣著的她，勸道：「回去吧。」

妙雲發瘋般地朝他哭叫：「救救韓玉！……我要你救他！……你說話呀！你答應我呀！……」

鄭和低聲下氣地說：「無論你要什麼，我都願意答應你。」

妙雲嘶聲嚷著：「那你快去救他，你去向主子要一道恩旨，寬恕韓玉！主子肯定會答應你的……」

鄭和的眼中閃過令人顫慄的悲哀，他低聲勸：「妙雲哪，你還是回去吧。」他抬起頭，朝邊上掃一眼，立刻上來幾個侍衛，強行將妙雲架離了刑場。被架扶著的妙雲仍然朝鄭和嘶聲叫嚷：

「快呀！你快去求主子寬恕他們！主子會聽你的……」

鄭和站在原地一動不動，直直地注視著近乎瘋狂的妙雲，眼中是令人心悸的哀痛。他太了解他們的主子了。主子肯定要殺掉反對他的人，再在幾十年後寬恕他們。因為那時候，江山已經穩固，主子也成為盛世聖君，他可以盡情的寬恕那些曾經反抗過他的人。那時候的寬恕，不但能展示出聖君胸懷，更能展示盛世氣派……這樣想的時候，他面無表情地走上了橋面，踏上一座高墩。立刻，橋上所有的官員、兵勇、刀斧手都向他微微折腰，以示恭敬。他稍稍舉首，展目四望，只見天色灰蒙，日光隱耀。不遠處，所有的罪犯都已依次列隊，在習習陰風之中默默等待。

那具日晷上的投影，幾乎與正午刻度重疊！

四周一片寂靜，猛聽馬蹄聲急。一個黃袍內臣策馬飛馳而來，衝上橋面，彎腰遞給鄭和一隻黃緞包裹。鄭和解開包裹，黃緞無聲落地，豁然露出一柄天子劍。他右手握住劍柄，顫抖了片刻，猛然拔劍，劍鋒直刺天空，雷霆般大喝：「開斬！」立刻，兵勇們押著頭十名罪犯步上橋面，他們是方孝孺及其父母親人。方孝孺和他的家人從容地走到斷頭臺前，兵勇們把他們面朝下按倒在臺上，讓他們的頭顱伸出台沿外。邊上的監斬官員一聲高喝：「斬！」十個刀斧手同時揮起大砍刀，迅疾砍下！

噗通響，十個人頭落進秦淮河中。河水立刻一片血紅。觀者群中，妙雲觸電般一抖，瘋狂慘叫：「弟弟——」接著倒地昏迷。

又有十個罪犯被押上橋面，兵勇們再將他們按倒在斷頭臺上。監斬官員再一聲令下：「斬！」十個刀斧手再一齊揮刀……

噗通響，又一片人頭掉入河中，橋下的流水更紅了……古老的秦淮河成為一條血染的大河！河水流過貢院，流過一行行柳樹，流過小碼頭，流過歌榭、樓臺、妓院……一個洗衣婦來到河邊，蹲下，她剛把衣服投入水中就猛然驚叫，轉身逃開。被她丟棄的衣服漂在血紅的河水上，漸漸遠去。

一座水閘處，眾多頭顱把水閘堵塞住了。河水漫過閘板，繼續朝下流淌。其中有一個頭顱竟然拖著長達數尺的黑髮，那黑髮像一片烏雲在水中漂動著，既恐怖又淒厲！活脫脫一片冤慘的靈魂。

明建文四年（西元一四〇二年）六月，方孝孺被誅十族，親友門生死亡八百七十三人。與此同時，凡是反對朱棣的建文朝舊臣、宿將、士子、僧道均遭喪身滅門，死者數萬。史稱「壬午殉難」。

燕王朱棣在血泊中登基，改元「永樂」。

這個美好的年號裡，暗含著讓天下子民永享歡樂的意思。

初夏的夜空清朗深邃，一輪明月在雲中移動。鄭和走在深深的巷道中。一陣陣的晚風，吹得樹葉婆娑舞蹈，蛙聲四起，周遭更顯寂靜。自家的院子到了，鄭和站在門前，見院門緊閉，知道妙雲今天對他不會輕易饒恕，猶豫片刻，硬著頭皮嗵嗵地敲門，同時呼喚：「妙雲，妙雲！開門哪，是我。」

院門始終緊閉著！屋內一絲動靜也不傳出來。鄭和見妙雲對他也不能體察、諒解，心中淒涼。等了片刻，繼續敲著門喊：「妙雲，開門哪！是我。我是鄭和！你讓我進來，我對你說……」

院內仍然悄無聲息。其實，屋子裡，妙雲始終沒有停止啜泣，她坐在一盞孤燈下，緊摟著懷中的小鄭餘，院外的陣陣敲門聲和鄭和的急切呼喚聲，她都聽得清清楚楚，但她不理睬他，她已經傷透了心。萬般淒楚之中，她對著懷中熟睡的孩子喃喃低語：「苦命的孩子呀，你生父是個奸賊，你繼父又是一個奴才！唉，人哪……為什麼好好的人不做，要做奴才呢?!」

屋外鄭和長嘆一聲，已經放棄了努力。他突然感到自己筋疲力竭，軟軟地跌坐在院門旁，呆坐了一會，從懷裡掏出小鄭餘的虎頭絨帽兒，戀戀地撫摸著，低頭吻了幾下，又惆悵地放回。接著，抽出那支「陰刀劉」送給他的洞簫，輕輕地吹奏起來。

簫聲無比哀婉淒迷，催人淚下。頭頂上的夜空裡，月亮似乎不忍，悄悄隱入了雲中。

天終於漸漸亮了，酸楚的簫音仍然不絕，但簫聲中已經夾雜著晨鳥的鳴叫。忽然吱嘎一聲，院門拉開了。鄭和趕緊起身，望著門內的妙雲，顫聲叫道：「妙雲！」

妙雲卻冷若冰霜地怒視鄭和，厲聲斥罵：「你們、你們殺了我弟弟，殺了成千上萬的士子，你們喪盡天良！你們不是人！」

鄭和無地自容，吶吶地說不出話：「我、我……」

妙雲憤恨地說：「你、你是主子一條狗。閹奴！」

此話從妙雲嘴裡說出，鄭和痛苦得幾乎要站不牢：「你，你也這樣罵我？……你也恨我是個閹人?!」

妙雲望著鄭和一下子失色的臉，心裡顫動一下，但她無法就此原宥他：「我不恨你是個閹人。我恨的是——韓玉說得對，你不只閹掉了男根，你把自個的良心也一塊閹掉了！我不想見你，你再不要來了！」說著重重地關上門。

鄭和如遭雷殛，他呆呆地望著門板。怔了一會，掉轉身，踉蹌而去。

# 第十七章

鼓號聲中，朱棣高居龍輦，在眾侍衛簇擁中來到奉天殿前。轎側，鄭和昂然隨駕。年屆而立的他，顯得既木訥又灑脫，既歷練又通達。

王景弘立於玉階上高喝：「皇上駕到，眾臣早朝！」吆喝聲中，眾王公、大臣、將軍著華麗朝服，神態坦然地分兩列依次進入奉天殿。

朱棣稱帝後，厲興革除，削廢了前朝許多冗規陋律。同時廣開言路，新制大量規章政策，極力強盛大明帝國。而皇宮裡皇上批閱奏摺的上書房，則成了永樂皇帝朱棣和大臣們經常談天議事的熱鬧場所。

這一天，朱棣在上書房同群臣說話。他身後的龍案上堆著大摞的卷軸，他微笑著目視那堆小山般的卷軸，對眾大臣說：「列位愛卿，朕瞧了你們奏上來的強國之策，高興得是一宵沒合眼哪！好，好，真是好！朕從中挑出了三件大事，決心立為國策，鼎力實現！啊……這頭一條大事，朕要把全國的博學鴻儒都請來，編纂一部囊括百家、統馭萬類的古今書籍總匯，把上古以來所有關於國體、軍政、經濟、道學、民生、天文、地理、名物，以及奇聞逸見、山海異志全部收入其中。編成一部自有文字以來，最大最全的巨典！朕把書名都想好了，就叫它《永樂大典》！」

朱棣說話的時候，群臣個個喜形於色，話音剛落，響起一片歡聲。解縉激動得忘了君臣規矩，大聲叫道：「皇上聖明！《永樂大典》一旦橫空出世，必當驚天地而泣鬼神！」劉大學士也叫著：「自從盤古開天地、三皇五帝到於今，多少聖賢對它朝思暮想哇，卻空成千年浩嘆！從未實現過啊……」

朱棣高聲道：「朕當朝立誓，非實現它不可！啊？……不是有人暗中嘀咕，說朕屠戮學子、戕害儒林麼？朕要天下人都知道，朕只恨那些禍國殃民的偽君子，而對於真正的聖賢，朕比誰都敬重！朕對於祖宗傳下的經、史、子、集，更是視如自個的心肝哪！」

眾臣一片聲歡呼：「我皇萬歲！萬萬歲！」

朱棣笑道：「這第二項大事，就是『懷柔兩翼，掃平漠北』。朕要在數年之內，御駕親征，把大明周邊的前元餘孽徹底剿滅！朕還要出關北進，增設州縣、鎮衛，把淪失在外的幾百萬東北疆土全部收回來！」

夏元吉搶先贊成：「如此，大明國將雄居天下，萬載太平！」

朱棣緊接著說：「這第三項大事嘛，朕想先把北平升為陪都，將來在合適時候，再遷都北平！為何呢？因為大明國的外患都在北邊，軍政萬事也常以北邊為急，朕身為皇上，應該馭北控南，才能開疆擴土，保國安民嘛。」

此語一出，常年身居南京的大臣們謹慎地沉默了。夏元吉倒是躍躍欲試，但他說出話來還是相當謹慎：「啟稟皇上，這三件大事，件件都是古今罕見的大手筆。臣料想，以大明目前國力，皇上只要做成其中一件，足可名垂千古……」

朱棣傲然一笑：「朕，三件都要做！而且要在二十年內全部完成！朕今年都四十一歲了，已是春秋鼎盛。再不抓緊，朕擔心自個老了，不死也要成為一個昏君了！」

眾臣一片歡笑。

解縉上前道：「啟稟皇上，海外列邦列國，聽說大明改元了，紛紛遣使朝賀。」朱棣歡喜道：「哦，好哇。都來了哪些邦國啊？」解縉邊想邊說：「有東洋日本、西洋爪窪、孛尼、占城。」「沒了？」朱棣望著解縉。解縉搖頭。朱棣失望地說：「就這幾個邦國？那談何『紛紛』呢！朕記得，唐宗宋祖那會，海外萬國來朝，堂堂中華何等繁盛哪！遠的不說了，父皇開國時，也有三十八個海外邦國前來朝賀嘛。為何到了永樂開元，只來這幾個彈丸小國？」朱棣打量著眾臣，聲音沉重：「是大明不如以前了？還是朕不如先帝了？」

解縉語塞：「這……」好幾個大臣欲言又止的樣子，其實是說不出個所以然來。這時，一直立在角落的鄭和眼睛亮晶晶的。鄭和常年在身邊侍候，朱棣熟悉他的一舉一動，就像鄭和熟悉他一樣。他知道，這是鄭和有話要說時的表情。朱棣望著鄭和等他開口，然而鄭和卻又持重地沉默了。朱棣發話：「鄭和，有話就說吧。」

鄭和不安地說：「皇上和朝廷大臣議政，按規矩，太監不能說話。」朱棣點點頭：「唔……朝廷是有這個律法。不過，現在是朕讓你說話。」鄭和壯膽道：「奴才認為，海外邦國沒來朝賀，一是因為他們君王寡知，二是由於本朝的恩威未曾播及海外。」

朱棣沉思著說：「是啊。朕沒派使臣去展示天朝恩威，人家怎麼會來朝拜呢？」

鄭和繼續說：「那天，奴才在海邊問過水師將領，『大海有多大？』竟無人知道！連他們都不知道，可見沒人知道了。奴才揣想，沒人知道的地方，多過有人知道的地方。由此可見，海外邦國不可勝數！奴才還聽說，海外也有成千上萬的中華子民，由於得不到天朝的恩典，漸漸成為化外遺民！奴才有個念頭，大明既然是天下宗主，何不派遣海船，恩威四海巡閱萬邦？將大明國的天朝福音，傳遍天涯海角呢？」

朱棣彷彿意識到什麼，突然呆愣住了。海外！朱允炆不就是亡命在海外麼？他突然破顏一笑，問鄭和：「這主意你想了多久了？」

鄭和恭謹地回答：「奴才自從看見大海之後，就有這念頭了。」朱棣聽了，面露欣喜之色，卻用眼睛示意鄭和看案上那堆卷軸，訓斥道：「為何不給朕上摺子？」

鄭和臉紅了，心裡說，哪有太監上摺的？他窘迫地吶吶著：「奴才學淺，雖愛看書，字卻寫得少。一拿筆，寫出來的文字，自己看了都覺得寒磣，因此不敢寫摺子……」

眾臣聽了忍不住哄堂大笑。朱棣瞪眾臣一眼。眾臣立刻寂靜。朱棣一本正經對鄭和說：「從現在起，你必須學會上摺子。寫得不好不要緊，朕不怪罪你，朕給你改！」

眾臣驚訝互視，不勝羨慕。鄭和受寵若驚，折腰顫語：「奴才遵旨。」朱棣則沉思著走向龍座，途中驀然回首，大聲道：「朕剛才講過三件大事。現在，朕再加上一件。那就是，建造海船，巡閱西洋！」

眾臣大驚失色。只見夏元吉長嘆了一聲，恨恨地怒目瞪視鄭和。這時候，王景弘入內稟報，姚廣孝在門外恭候。朱棣連聲說請，高興道：「好久沒與大師殺一盤了。」一邊已經吩咐王景弘拿出自己最鍾愛的那副翡翠象棋。眾臣紛紛告辭。朱棣一見姚廣孝就請他入座。兩人紋枰對弈，不一會，就把棋局擺布得驚濤駭浪。眼見姚廣孝占了上風，朱棣滿面愁容，手拈一子，高高舉著，卻猶豫不定。姚廣孝難免得意，微微含笑望著朱棣。這時解縉在後面叫：「皇上……」原來解縉是個象棋迷，棋藝精湛，剛才聽說皇上要與道衍大師對弈，就留下來觀戰了。姚廣孝不知究底，以為內閣大臣解縉有要事稟報皇上，想就此給朱棣一個下臺的臺階，笑著欲抹亂棋枰：「皇上有事，那就封盤吧。」沒想到朱棣不領情，還伸手急阻：「別別！你是不是輸了想逃哇？」姚廣孝好心不被理解，索性道：「貧僧早在二十手以前，就勝局在握了！」朱棣氣得瞪大眼：「吹牛！」他扭轉腦袋找解縉：「解縉啊，你過來瞧瞧，這棋誰優哇？」

解縉往前靠了靠，他其實早已把棋局看入心中，正為朱棣著急，此時再仔細掃一眼，斷然道：「黑優！」

姚廣孝得意得攏攏袖口，也從棋匣中捏起一顆棋子，大有一舉取勝之意：「怎麼著，皇上？」朱棣急嗔解縉：「大才子，你替朕好生看看！」解縉沉思好一會兒，朱棣姚廣孝都緊張地盯著他。終於，他開口指點道：「不過，白棋也有妙著，只要在這一刺，再一扳。黑白雙方就又是勝負未定了。」

姚廣孝不相信地探頭望了一會，嘆道：「此著果然精妙，佩服！」朱棣得意地哈哈大笑：「大師啊，朕也在二十手之前，就埋伏下此著啦！」姚廣孝不服氣地說：「貧僧斗膽說句話——皇上您是臨急抱佛腳！」朱棣得理不讓人：「怎麼著？好歹朕有佛可抱，你有麼？解大才子就是朕請來的『佛』！」姚廣孝笑起來：「皇上這話，大有禪機呀！」解縉惶恐地揖首道：「臣萬萬不敢。」朱棣卻大大咧咧地說：「沒什麼不敢的！下棋嘛，朕服你，不服他！咦，你怎麼沒走，是不是還有什麼事要找朕啊？」

解縉猶豫著，不敢打擾皇上難得的雅興。朱棣催他：「有事快說！」解縉道：「請皇上示下，何時召見日本、爪窪等國的使臣？」朱棣不假思索地說：「就明日吧，平臺賜宴。」解縉道了「領旨」，卻說：「臣還有一事……」朱棣心裡已有些不耐煩，還是讓他說。

解縉誠惶誠恐，但表面上還是盡力鎮定著：「皇上剛才聽政時，問『為何只有幾個小國前來朝拜』？臣查詢朝廷律法，發現先太祖在洪武十三年下過嚴旨。原話是『大明國萬物具備，無求於人。今秋起，閉關封疆，嚴禁海外貿易，片板不得下海，違者以通敵論處』。」

朱棣略微頓歇，然後恍然大悟的樣子：「怪不得人家不來了呢，原來是大明自個兒封疆鎖國！這樣下去，如同圈地為牢，還吹什麼天朝氣象呢？」解縉沉吟道：「可這是太祖遺旨，臣等不敢不遵。」朱棣沉下臉來，正聲道：「就算是《皇明祖訓》，朕也可以改！」解縉驚訝地說：「皇上開元以來，一直是厲行革除，嚴旨恢復祖宗舊制哪。」朱棣慨然道：祖宗之上還有祖宗，舊制之上還有舊制！千百年來，列祖列宗定的規矩多啦，朕要是都遵行，那還有朕喘氣的地方麼？解縉啊，朕有句話不好意思說給眾臣們聽，你過來，朕單獨說給你聽。」

解縉上前靠近朱棣，側耳等待。朱棣卻雷霆般吼道：「如今，當朝的不是祖宗，是朕！只要合於時，朕奉行不誤；不合時宜的，朕統統改行新政。聽清了麼？」

解縉嚇了一跳，顫慄著回話：「臣謹記。」

朱棣面無表情地說：「退下吧。」

解縉退下。朱棣突然又在他身後嚷：「噯……剛才那一手妙著，朕謝你啦！」

姚廣孝哈哈大笑：「皇上，人家解縉是個文人，您何必這麼嚇他？」朱棣生氣地說：「朕不是嚇他。朕猜想，解縉後頭肯定有人攛掇。這些人只願意陳陳相因，因循守舊。他們早就知道朕要想造海船巡閱西洋，於是就想用太祖爺的舊旨壓朕，逼朕循規蹈矩，不思創樹。朕尊重祖宗，可不怕祖宗！朕讓解縉替朕把話傳給他們去。」

姚廣孝喜道：「好哇！大明真要出一位空前絕後的皇上了。」

朱棣急切要找知音：「大師你說，朕該不該敞開國門，恩威四海，巡閱萬邦？」

姚廣孝肅穆地說：「貧僧只知道，一個國家如果一味地閉關自守，那就如同一個僧人終生打坐，非得早晚把自己坐成一個癱子不可！」

朱棣高興地說：「大師啊，你這話才是大有禪機哪！」

翌日，眾臣上朝，朱棣著帝王盛裝，立於龍座前。解縉領著四個外國使臣，沿著精美遊廊步入奉天殿。

進了殿堂，四個外國使臣好奇地東張西望。解縉引他們往前走，站成一排。為首者是一個仙風道骨的老僧。解縉跨上一步躬身介紹此人道：「稟皇上，這位是日本國正使、天龍寺高僧堅中圭密。」老僧雙手執一軸跪地叩道：「日本國君特遣貧僧拜賀大明皇帝，並呈上國書。」

立於朱棣一側的鄭和上前接過國書。

解縉介紹第二位：「這位是爪窪國特使哈尼拜斯。」哈尼拜斯也跪地道：「爪窪國王拜賀大明皇帝，上表稱臣，願修永世之好。」解縉依次往下介紹：「這位是孛尼國正使、王儲木嘎。」木嘎第三個跪地：「孛尼國王拜賀大明皇帝，上表稱臣，願修永世之好。」解縉再介紹最後一位：「這位是占城國正使，王儲胡哈爾。」胡哈爾跪地：「占城國王拜賀大明皇帝，並親筆致書，願為大明屬國，結永世之好！」

邊上的鄭和一次次接過使臣們的國書，擱到朱棣身邊的銀盤上。

朱棣笑呵呵地說：「各位使臣請起，都請入座。啊呀，朕見了你們真是高興！各位國君都好麼？」眾使臣紛紛笑應：「謝大明皇帝關愛，鄙國國君好。」

朱棣點頭，高興地說：「我國古代聖賢孔子說過，『有朋自遠方來，不亦樂乎』。咱大明國是禮儀之邦，待朋友最重誠意。你們萬里而來，不容易！來了，大明就是你們的家，大夥多住些日子！在京期間，朝廷將賜予你們王公待遇。」

眾使臣齊聲謝恩。

朱棣和氣地望著各國使臣道：「朕是個實在人，有話喜歡直說，也喜歡聽別人說直話。你們就說吧，各位國君對大明有什麼願望？對朕有什麼要求？」

堅中圭密揖道：「稟大明皇帝，鄙君主足利義滿，希望得到大明皇帝敕封，成為日本國王。」

朱棣沉吟道：「足利義滿現為室町幕府的君主，如果他成為日本全國的國王，承當得起王者恩威麼？各地子民們能服他麼？」堅中圭密答：「稟大明皇帝，足利義滿承當得起王者恩威，各地子民對他傾誠拜服。」朱棣又問：「朕如果敕封足利義滿為日本國王，他將如何對待大明？」堅中圭密道：「貴國自漢唐以來，恩威四海，一直為東土萬民所崇敬。足利義滿如成為日本國王，仍將奉大明為上國之尊，遣使定期朝拜，依律通商進貢，以求貴我兩國，共用太平盛世。」

朱棣微笑著望著堅中圭密：「此外，對大明就別無所求了？」堅中圭密眼睛發亮：「請大明皇帝開放海禁，互通有無，允許海上貿易。」朱棣微微頷首：「這才是足利義滿真心想要的東西哇！……好嘛，朕也想跟你要一樣東西。」堅中圭密趕緊道：「請大明皇帝示下。」朱棣肅容正聲：「誠信！敢問『誠信』二字，堅中君有麼？貴君主有麼？」堅中圭密愕然道：「使臣不明白大明皇帝的意思。」朱棣抓起日本國的國書，怒容滿面：「國書是一個國家最神聖的文書。可朕聽說，貴國送來的國書，竟然也有贗品！」堅中圭密聲音發顫：「稟承大明皇帝，萬無此事……」

朱棣看了鄭和一眼。鄭和上前朝朱棣一揖：「稟皇上，日本使臣於五月十三日抵達大明舟山港，是時，靖難之役尚未結束。堅中君觀風使舵，準備了兩份國書，正冊呈朱允炆，副冊呈皇上。誰取勝，就向誰稱臣。這兩份國書，區別只是皇帝的尊諱不同而已。」

排班站立的大臣們議論紛紛，朱棣對堅中圭密譏諷道：「閣下聽見了?哼，如此善變之邦，有何誠信可言？」堅中圭密大驚失語。鄭和嚴肅道：「堅中君哪，自從你們踏上大明國土，身邊的一草一木都向著皇上！如果你還想抵賴的話，就更加不恭了。」堅中圭密沉思片刻，跪地承認：「使臣確實準備了兩份國書，請大明皇帝恕罪。」朱棣嗔怒：「哼。人無誠信，斷無可恕！」堅中卻理直氣壯地說：「當時，大明帝位未定，皇上叔侄二人，無論誰做了天子，都是日本的上尊。使臣無奈之下，只得預先準備兩份國書，這並沒有錯。唯一失當的是，使臣應該將正冊備呈當今皇上，副冊備呈朱允炆。」

朱棣滿意了：「唔，那一份國書呢?」

堅中道：「皇上進京之後，使臣即刻焚毀了。從此，世上唯有此一份日本國呈大明國書。」

朱棣面色由陰轉晴，聲音洪亮地說：「這就好。聽著，你知道我父皇為何要閉關禁海麼?也是由於貴國不講誠信，縱容日本海賊掠奪大明沿海。」堅中昂首正聲：「鄙君主為示誠信，保證一年之內，將本國海賊全部擒拿，嚴懲重辦！」朱棣的聲音又沉了下去：「由誰懲辦哪？」堅中只得說：「呈交給大明朝廷懲辦。」朱棣問：「按照日本規矩，你們是如何罰辦海賊的？」堅中圭密說：「大鍋煮死！」朱棣朝眾使臣道：「大夥要是都聽見了，就做個見證吧。」

眾使臣怵然懼怕，七嘴八舌地表示願意做見證。朱棣對堅中圭密道：「好！朕立刻打造二十口大鍋，等著看你的誠信。哦，海賊剿滅之日，朕就賜封貴君主足利義滿為日本國王！」

堅中圭密大喜道：「使臣遵旨。」

自此，朱棣心中有了新的打算，派海船巡察海外各國的念頭更強烈了。世界的確大，五洲四海都有人。只有交往才能溝通啊。在此期間，他做出了一個大膽的決定，正式啟用鄭和為朝廷大員，參與國事議論。對於這一決定，朝中許多大臣心懷不滿，然而多數官員只敢在心裡嘀咕，背後非議。

這一日，一駕豪華大車，在侍衛前呼後擁中從街道上馳過，百姓們紛紛避讓、觀望。鄭和身著講究的衣飾，端坐車中，顯得矜持而又威風。

夏元吉與解縉正在街道旁的一座茶樓裡臨窗對座，品茗密談。他們看見窗下車騎隆重駛過，不約而同地顯出不屑的神情。解縉摺扇一指：「瞧哇，區區一介宦官，竟然不可一世了！」夏元吉呷一口熱茶，沉鬱地說：「唉，我就是不明白，皇上為何那麼喜歡旁門左道之人。外有姚廣孝，內有鄭和，這一僧一閹哪，說話竟比六部尚書還管用。」解縉低語：「太祖皇上曾經立下嚴旨，『太監及內廷宮妃，干政者死。』此旨，現在誰也不敢提了。長此以往，絕非朝廷吉兆啊。」

夏元吉憤懣地說：「僧閹們干預朝政，不但使我等正臣斯文掃地，更要命的是，他們給皇上出的那些餿主意，也太過虛妄！特別是大造海船巡閱西洋等等，唉……簡直是狂言亂政！」解縉道：「夏大人位居輔政，深受皇上倚重，為何不勸勸皇上呢？」夏元吉沉吟著說：「皇上素來乾坤獨斷，其自信心甚至較太祖皇爺還強啊。」解縉不甘心地說：「那我們就這麼委屈下去？」夏元吉肅容道：「不。臣下既受皇上厚恩，就當不計榮辱，冒死進諫！」解縉喜形於色，拱手道：「在下視夏大人馬首是瞻。」夏元吉笑著擺手：「不必。萬一我這個馬首被皇上一刀砍嘍，你就趕緊縮回去吧——就算是為朝廷保留人才。」

解縉心中哀楚，以喝茶掩飾。

翌日，眾臣在奉天殿早朝，大臣們井然有序地排立著，朱棣立於丹陛，傾聽大臣們上奏，表情明顯不悅。

夏元吉正在上奏：「……靖難之役近四年，不但國庫空虛，民間也是百業凋零。朝廷正該輕徭薄賦，息兵養民，緊縮用度，用十年左右的時間來恢復國力。臣冒死進諫，叩請皇上暫停造船巡洋之舉。」

朱棣勉力強笑著：「大明富有天下，每年稅賦上千萬，怎會連造船的銀子都沒有呢？朕這就下旨，令各省以海船工料頂替部分稅銀，朝廷再貼補一點，不就解決了嗎？」

夏元吉繼續往下說：「稟皇上，稅銀收支俱有定例。如果用海船工料頂替稅銀的話，敢問被頂替的稅銀又由何處頂替呢？臣擔心此例一開，各省便巧立名目增加稅收，朝廷仍將入不敷出，寅用卯糧，此乃治國理財之大忌呀！」

朱棣更加不悅：「你是戶部尚書，算賬朕算不過你。朕只知道，一個國家要想太平，最大的開銷就是大海邊防！朝廷造船巡洋，張揚國威，換來的是咱大明長久太平。這，花多少銀子都是便宜的！」

夏元吉見皇上一意孤行，心知無可挽回，只得長叩道：「臣迂腐無能，實在是理不順朝廷的財政稅賦了。臣叩請皇上將臣免職。」此話一出，眾臣大驚。朱棣怒視夏元吉，厲聲斥責：「你不是迂腐，是固執！」夏元吉伏地抗辯：「臣既然忠於皇上，就不得不固執。」朱棣怒吼：「朕不准你辭職，朕就是要用你！你就是上吊死了，朕也要把你從墳墓裡拖出來，替朕當戶部尚書！」

此話一出，眾臣不禁啞然失笑。

朱棣瞪著解縉他們，訓斥道：「笑什麼？戶部尚書不跟皇上吵架，難道跟老婆孩子吵架嗎？吵得好！」

眾臣更是忍不住大笑。解縉趕緊笑打圓場：「皇上海量，臣等敬服。」

朱棣衝夏元吉道：「夏元吉，你固執，朕比你更固執。聽旨，著戶部尚書夏元吉兼任朝廷船務總監，統管所有造船銀兩、工料，不得有誤！」

夏元吉苦著臉叫：「皇上，臣有一個莫大的疑問，苦思不解。」

朱棣嗔道：「說。」

夏元吉道：「皇上究竟為何要大造海船？如果僅僅是為了張揚國威，巡閱四海，那、那太過虛妄！等於將千萬兩金銀砸進水裡，只為了激起一片浪花而已。這絕對不值啊！」朱棣沉默半晌，他沉默的時候，殿堂內一片悚然的寂靜。過後，他逼視夏元吉：「你非要逼朕把一切都說出來？」

夏元吉重叩首：「臣，斗膽請皇上示下。」朱棣長嘆：「好吧。朕告訴你們。朕之所以要造船巡海，除以前說過的理由外，還有一條……」朱棣欲言又止，顯得十分猶豫。

鄭和緊張地看著朱棣。大殿裡每個人都十分緊張。

朱棣沙啞地說：「朱允炆並沒有死，他還活著，潛藏在海外，糾集遺臣亂黨，圖謀東山再起。唉，朕以前一再聲稱他自焚而死，是為了安定人心。現在朕把這個絕大的秘密說出來了，等於自個打自個的臉。列位臣工，你們想想，這個隱患如果不能消除，本朝能夠太平嗎？他一旦起事，豈不又要舉國戰亂嗎？為此，朕即使搜遍天涯海角，也要找到他，消除隱患。」

眾臣個個目瞪口呆。

解縉上前跪地：「臣以為，關於朱允炆下落，皇上什麼也沒有說，臣等什麼也沒有聽見。朝廷仍然應當堅持先前的定論，即：朱允炆自焚而死了。斷無其他。」朱棣打量著眾臣。所有臣工都折腰齊聲道：「臣等附議！」朱棣感動地輕聲說：「多謝。」

夏元吉立即正聲道：「臣遵旨兼任船務總監，統籌所有造船銀兩。」朱棣大喜：「好！」又喚解縉擬旨：「著戶部、兵部、工部，會同廣東、江蘇、浙江、福建、安徽五省，籌措專款，徵集工料民夫，打造海船巨艦，以備巡使西洋列國之用。」

從這以後，朱棣常常喜歡清晨去海邊。他在海灘上望著無邊的大海遐思，或者聽著波濤拍岸的聲音來來回回地踱步。這一天，朱棣帶著鄭和和一班侍衛又來到海邊，像以往一樣，鄭和及眾侍衛佇候在海堤邊，讓朱棣獨自一人朝大海走去。

黎明時的大海格外壯觀。一輪火紅的朝陽正噴薄欲出，萬道霞光從東方射出，海面閃動一片金光。朱棣站住了，入神地注視著絢麗的海空，想著正在籌備的巡海壯舉，不由心馳神往，他扭頭喚了一聲鄭和，聲音有點異樣。

鄭和急步上前：「奴才在。」

朱棣止不住地心蕩神迷，癡癡地說：「父皇說過，『天地再大，不過一箭之遙。山峰再高，不及一刀之利。』朕現在想來，父皇此話有失偏頗啊。千百年來，所有帝王都只能稱雄大陸，所有的功名霸業都是在陸地上完成的，他們從來沒有君臨大海。朕現在才體會到，什麼叫做『望洋興嘆』！」鄭和感慨道：「皇上此嘆，可謂是千古一嘆。」朱棣雄心勃勃地說：「但是，朕不會一嘆了之！朕一定要打造出古往今來最巨大的海船，組建一支古往今來最強大的艦隊。朕要叩問大海，誰主沉浮！」鄭和激情澎湃地請求：「皇上縱橫天下時，奴才為皇上執鞭。皇上如要君臨大海，奴才請為皇上執槳。」朱棣其實已經考慮成熟，他說：「這幾天，朕興奮之餘，也不免苦惱。那就是，誰來做艦隊的最高統帥？朕想來想去，只有兩個人最為合適。」鄭和道：「請皇上示下。」朱棣微笑：「一個是朕。再一個嘛——就是你！」

鄭和大驚，顫聲道：「皇上竟把奴才與天子並提?!……皇上啊，奴才從來沒下過海，更沒有統率過水師。」

朱棣目光炯炯，真誠地說：「但你從小就跟隨朕出生入死，你是朕最信任的人。你既有義士之忠、又有荊軻之勇，還有諸葛之智。哦，你還受過豬狗之辱！鄭和啊，朕知道，你內心深處，一直為自己的太監之身感到深深的恥辱。」

鄭和的眼淚不聽話地掉了下來，他顫抖著說：「皇上最後這句話，穿透了奴才的心。皇上不但是奴才主子，更是奴才的知音哪！」朱棣的聲音也同樣顫慄著：「別忘了，朕也受過豬狗之辱！朕在泥濘裡爬過，像狗一樣！」

往事在鄭和面前重現，鄭和屈膝跪地，痛心地叫著：「皇上啊！」朱棣卻笑了：「你不但為朕立過汗馬功勞，也為朕受過無限冤屈。朕沒什麼可賞你的，朕就賞你一片汪洋大海吧。朕負責縱橫天下，你負責縱橫四海。朕要你為大明國開疆拓海，巡使萬邦。也為你這個太監之人，贏一份萬世功名！朕相信你。」說著親手將鄭和扶起。鄭和淚流滿面：「皇上，您給了奴才一份再造之恩哪。」

海面上，海風陣陣，光焰如金。朱棣與鄭和都沐浴在光色之中。四周沒有別人，只有侍衛遠遠地站立在海堤邊。朱棣突然高聲道：「鄭和聽旨。朕令你為巡洋正使，統率所有艦船，出使西洋列國。其使命有四。一，張揚天朝恩威，敕封列國君主；二，開通海外貿易，把異國的奇珍物產都帶回來，以備大明所用；三、剿滅沿海盜賊，安定大明海疆；這第四個使命最為重要……」鄭和沉吟不語。

鄭和知道朱棣心思，正聲道：「奴才明白，這第四個使命是，即使巡遍天涯海角，也要找到朱允炆，消除隱患。」

朱棣沉默地點了點頭，接著交代鄭和著手繪製一幅海圖。半年之後，鄭和把海圖拿出來了。看海圖那天，朱棣很興奮，召來眾大臣共同觀賞。在寬闊的奉天殿大堂裡，兩個太監跪在地上，各執一軸，向兩頭推展。於是，一幅寬達數米的巨大海圖在奉天殿上鋪開。呈現出大明本土、臺灣、安南、暹羅、蘇門答臘及其無邊的海域。

朱棣與眾臣都圍著海圖饒有興味地覽閱。鄭和在邊上解釋：「稟皇上，奴才聘請海內各方專才，歷時半年，繪製了這份海圖。它是自有《山海經》以來，最大最全的海圖。記載了歷朝漢人到過的所有海外邦國。」

朱棣聚精會神地端詳海圖：「真大呀，咦，這兒為何要留著這麼多空白之處？」鄭和順著朱棣的手指的地方看去，道：「稟皇上，因為那是未知海域。天下未知之處，比已知之處多得多，也大得多。」朱棣點頭問道：「那麼，天下究竟有多大呢？」鄭和說：「臣不知道天下有多大。臣只知道，在這張海圖上，京城只占這麼一點。」他的手指向海圖的一個小點。眾臣圍上來看京城，驚叫著：「這麼小啊！」鄭和恭敬地向朱棣折腰：「稟皇上，天下之大，不可窮盡。京城雖小，卻統馭天下。猶如天下的心臟。」朱棣笑道：「說得好。」鄭和笑著說：「臣還有一物，要呈皇上御覽。」說著朝宮外喝道：「抬進來！」

兩個兵勇抬進一條數尺長的海船模型，架在大殿上。鄭和指著模型道：「皇上請看，這是寶船模型，它長四十四丈，寬十七丈，上下五層，九桅風帆。並配有炮臺，巨錨、長槳及一百多個大小艙室。僅在這船甲板上，就可容納兩千兵勇。皇上，這是古往今來最大的海船！」

朱棣兩眼放光，興奮之情溢於言表：「光有船還不夠，朕還要給它配備古往今來最強大的遠洋水師。讓它代表大明，縱橫四海，巡使天下！」

眾臣齊聲道：「我皇聖明。」

之後不久，出海的日期就定下來了。臨走前，鄭和去辭別師傅。姚廣孝正在禪房中靜坐。鄭和參禮畢，盤腿坐在師傅對面，憂慮地對師傅說：「徒弟巡使西洋，去國萬里。最擔心的，不是海上的狂風惡浪，而是朝廷大臣們的讒言攻傷啊。」姚廣孝關切地說：「哦？說我聽聽。」鄭和深思地說：「一者，多數大臣，內心並不贊同巡洋，只懼於皇上天威，不敢反對罷了。其次，由於他們不敢反對皇上，便會把巡洋的不滿，轉彎抹角地歸罪到我頭上。其三，皇上雖然任命我為大明正使，卻讓吳宣做我的副使。此人是建文舊將，長江水師總兵。而我從來沒有統領過水師，只怕他內心不會服我。」姚廣孝頷首：「大海雖然深不見底，但人心更加深不可測。你能看穿大臣們的心思，這就很不錯了。但老衲以為，你巡使西洋，最大的風險，既不是大海，也不是人心，而是天意。」

鄭和一臉的茫然：「天意？」姚廣孝說：「皇上的心思，難道不是天意麼？」

鄭和詫異道：「可皇上對我非常信任哪。」姚廣孝說：「你所統率的遠洋水師，是天底下最強大的海上雄師，一去就是好幾年。其間，海天阻隔，不通音信。皇上今日對你視如肝膽，但皇上看不見萬里之外的是非，聽不見萬里之外的忠言。日子一長，能不忐忑不安嗎？」

鄭和默默點頭。姚廣孝再道：「鄭和啊，如此強大的遠洋水師，在海外就是一個飄動的王朝。你哪，就是那王朝上的帝王！你乾坤獨斷，代天子行事，連海外列國君王也會對你又敬又畏。所以，咱大明就好像有了兩個皇上，一個在陸地，一個在大海。但你不要忘了，你只是皇上的影子，即使你遠在天邊，也是皇上的奴才。所以，你做任何事，都得想想皇上的心思，就好像皇上站在你身邊那樣，萬萬不可忘乎所以，一意孤行啊。」

鄭和受到震動，陷入沉思，半天道：「徒弟受益匪淺。」

這次遠海巡遊，動用了國家許多庫藏銀兩，部分大臣以為勞民傷財，另一些反對程度輕些的則心中不以為然，出使西洋，就同當年玄奘取經一般，能否生還還不得而知，有幾個大臣能夠為虛擬的前景真正動心呢？戶部尚書夏元吉尤其心痛，眼看啟程日期日近，他常常搖著摺扇，唉聲嘆氣。這一日，他正無端煩惱時，管家入報：「主子，水師總兵吳宣求見。」夏元吉頗感意外，「哦」了一聲，道：「請他進來。」管家應聲退下。片刻，吳宣入內揖禮：「末將給夏大人請安。」夏元吉請吳宣入座，開門見山道：「吳宣啊，我猜想你是碰到什麼煩惱事了，否則你也不會跑來給我請安哪。」吳宣發窘道：「大人一語中的，末將確實是碰到煩惱事了。」夏元吉道：「既然來了。那我就分享一下你的煩惱吧。」吳宣告訴夏元吉：「皇上已經下旨，令我為遠洋水師副總兵。隨船隊出海巡洋。」夏元吉笑了：「這是喜事啊，恭喜吳將軍榮任。」吳宣卻沮喪地說：「喜什麼呀，總兵官是那個太監鄭和！他一不知兵馬，二不通海事，連海水是鹹的淡的都不知道。卻要率領幾百條戰船巡洋。您想，弟兄們能服氣麼？」夏元吉含笑打量吳宣：「我看哪，心不服口也不服的是你。」吳宣嘆氣訴苦：「夏大人，水師軍紀最為嚴厲，在海上，總兵官乾坤獨斷，令行禁止，違令即斬。而鄭和什麼都不懂，有了功勞是他的，出了差錯是我的。夏大人，末將情願與敵人相拼，卻怕和太監共處。咱們這些前朝的降臣舊將，不受朝廷信任哪……」

夏元吉正色打斷：「吳宣哪，你這話就悖逆了。眼裡只盯著官位，見小不見大！當今皇上雄心萬丈，絕非朱允炆可比。皇上要借巡洋來開創豐功偉業，以此向天下人證明，『朕這個皇位不是奪來的，而是君權神授。朕既然坐了皇位，就要做一個古往今來最偉大的帝王。』你呀，能被皇上選去巡洋，未出海就已經是功臣了。」

吳宣略有所悟，不禁有些自得。

夏元吉又道：「再說，你也應該站在鄭和的位置上，替他想想。如此就會明白，該苦惱的不是你，而是他！為何呢？因為太監統軍，是從未有過的事，他能不戰戰兢兢、如履薄冰嗎？再者，水師大都是你的舊部，他能不對你敬如上賓嗎？我猜啊，他甚至會想『皇上讓吳宣做副總，是不是想用他來制約我呀……』」夏元吉說到此處打住，看著吳宣。這一席話也讓吳宣感到受益匪淺，他頷首不已，拱手道謝。

鄭和臨行前最想做的事是想同妙雲和解。他想她，也想念兒子鄭餘。他獨自一人回家，一路上忐忑不安。妙雲肯不肯寬宥他呢？她能不能理解他呢？到了院門前，他不太有把握地叩門：「妙雲，妙雲，開門哪，是我！我想和你說話……」門板還是緊閉，裡面悄無聲息。

鄭和隔著門瞧不見裡面，急巴巴地說：「妙雲哪，皇上令我統率大明水師，巡使西洋。那是世上最強大的遠洋船隊啊。每條寶船都高如城闕，大如城鎮，寬闊無比。我想領你和鄭餘瞧瞧去。」

這些話妙雲聽得清清楚楚。因為她就坐在院子裡的一隻小木凳上，正在縫紉一件小褂。鄭和的聲音傳進她的耳中，她的心裡，她顫慄不已。她是那麼需要他，在人世間，他幾乎是她的唯一支柱。然而，最傷她心的人居然也是他！她無法原諒他，她不能寬恕他！是他下令殺害了她的弟弟，是他向儒生學子開斬！向千萬無辜者開斬！天哪，開斬的號令，居然是從他的嘴裡喊出來的！那是多麼慘烈的場面啊？天子居然借他手行令！他還是她的他嗎！她緊抿著嘴唇，在心裡強令自己不去理睬外面的聲音。

鄭和的叩門聲再次傳進來，聽得出，那是含悲忍淚的哀求：「妙雲，求你開開門，我實在是想你，想鄭餘。我、我後天就要出海了，離國萬里，不知什麼時候才能回來。我想看你一眼，看兒子一眼。妙雲……」呼喚聲中，妙雲的嘴唇上咬出了齒印，咬出了鮮血。她垂首飲泣，肩胛上下不停地抖動。

門外的鄭和已無奈離去。他蹣跚趔趄，走得十分艱難。走出不遠，忽聽吱吱門響，他幾乎不敢回頭。膽戰心驚地回首一望，果然是院門開了，小鄭餘捧著一隻小碗顛簸著走出來嘴裡叫著：「爸……爸。」鄭和急忙往回奔，蹲在鄭餘面前，抖索的聲音幾乎連不成句：「兒、子啊，兒子啊……爸，爸想死你了！」鄭餘歪著腦袋，一本正經地說：「爸，這是……酒。給你喝的。」

鄭和一把攬過鄭餘，忘情地說：「爸喝，爸喝！爸喝兒子的送行酒！」鄭和捧著鄭餘的小手，就在兒子手中，飲下了兒子拿來的酒。

船隊是今日午時從龍江港啟航的。這真是一年之中少見的晴爽日子，陽光像金子一樣灑落在港口的周圍。平日裡冷清的港口四周甲士林立，皇旗招展，威武森嚴，一片燦爛。

大堤上已搭起一座將台。朱棣端坐龍椅。姚廣孝陪坐於側。兩邊大臣肅然排立，他們的隊伍後面則站著海外各國的使臣。將臺上，鄭和、吳宣、王景弘等官員恭敬肅立著。

夏元吉出班，高聲道：「聖旨，令鄭和為大明國正使兼水師總兵，賜天子劍、紫金印。令吳宣、王景弘為副使兼副總兵，同掌水師。令爾等率船隊巡使西洋，蕩平四海，懷柔遠人，恩威天下。欽此。」

鄭和等跪叩：「臣領旨謝恩。」

朱棣起身，用洪亮的聲音說：「你們將去國萬里，開創古往今來從未有過的功業，朕好生羨慕你們哪！朕盼望你們，身處海外，如在朝廷。秉遵天道，謹守大明律令。現在，朕再為所有將士訂立五禁。一、嚴禁養亂玩蕩；二、嚴禁毀人祖墳；三、嚴禁竊取財物；四、嚴禁姦人妻女；五、嚴禁屠戮百姓。以上五禁，違者立斬！記著，天朝雄師，以戰船巡海，以恩威開道。」

鄭和等再叩：「遵旨。」這時一個內臣上前稟報，日本使臣堅中圭密到了。

朱棣讓內臣把他帶過來。內臣引著堅中步上將台。堅中跪拜道：「日本使臣堅中圭密，拜見大明皇帝。」朱棣矜持地問：「堅中。你答應過朕，限期剿滅日本海盜，這事你做到了嗎？」堅中道：「稟陛下，日本沿海的海盜，我們已經如期剿滅了。除死傷者外，活著的，貧僧全部押赴大明，獻交陛下審辦。」朱棣滿意地微笑：「好。朕也沒有失約。你看，那二十口大鍋，朕給你們準備妥了。」朱棣示意江邊，堅中圭密順著朱棣的目光望去，果見江的那邊架設著一排巨大鐵鍋。一條條搭板直通高高的鍋臺。鍋下，烈火熊熊。堅中也指著不遠處示意朱棣，那裡有一隻小海船停泊岸邊，兵勇們正把一串海賊押解下船。朱棣正要開口詢問，堅中圭密在一邊似乎有話說，他猶豫道：「稟陛下，貧僧還有一事，不得不稟報陛下。」

朱棣道：「說吧。」

堅中說：「這些海盜中間，大約一半出自大明，是漢人。他們原是南洋巨盜陳祖義的部下，後來才流竄到東南沿海。陛下啊，我們日本確有不少海盜，但是最大的海盜不在日本，在大明。是陳祖義！」朱棣聽了一怔，一時難辨此話真偽，轉臉問吳宣：「吳宣，你統領水師多年，見過陳祖義這人嗎？」

吳宣上前回話：「稟皇上，末將沒有見過他，但久聞此賊惡名。此賊自稱『混海龍』，飄忽海上，行蹤不定，無惡不作。」堅中圭密在一邊說：「我也聽說過，陳祖義揚言，『陸地歸皇上管，大海則歸我混海龍！』」

朱棣一聽怒火中燒，片刻後，咯咯地冷笑了：「這個陳祖義還有點氣質嘛，真不愧是大明的海盜！鄭和聽令，朕要你在巡洋途中生擒此人，帶回國，朕要親自會會他。」鄭和高聲答應：「遵旨！」堅中沉吟著又道：「稟陛下，貧僧還有一點難言之隱……」朱棣見堅中欲說還休的樣子，平易地一嗔：「有話就說嘛！」堅中道：「貧僧在赴大明途中，突遇風暴，船快要翻了。萬急之下，貧僧只好從艙底提出這些盜賊，讓他們駕駛海船，這才穿越了狂風惡浪，僥倖再見到陛下。陛下啊，貧僧親眼看見，這些海盜個個是千里挑一的航海高手，唉……不殺可恨，殺了又可惜。」

朱棣猶豫不決了，看一眼姚廣孝。姚廣孝靠近朱棣，低聲道：「貧僧認為，水師剛剛組建，十分缺少航海人才。不妨把這些海盜交給鄭和處置，由他來暫緩海賊的死罪，收入麾下，將功折罪。如此，海盜將把鄭和看成是救命恩人，銜恩圖報，俯首效命。」朱棣邊聽邊點頭，對鄭和說：「鄭和啊，朕把那些海盜全部交給你，由你酌情處置吧。」

這件事對鄭和來說十分突然，他望著師傅同皇上，頭腦中迅速思考片刻。師傅究竟說些什麼，他無法知道，但他已經從皇上臉上看出寬恕之意。這時，所有大臣、部屬、以及海外使臣們都在注視著他。他突然目光一凜，果毅地說：「稟皇上，按照大明律法，無論是哪個國家的海盜，也不管他是蠻夷還是漢人，都應當論罪處死，概不寬恕。」

朱棣驚訝，姚廣孝也驚訝，堅中與各國使者無不驚訝失色。朱棣淡淡地「哦」了一聲，待鄭和說出理由。

鄭和深沉地說：「臣以為，海盜們一日為賊，就終生難改。更何況，這些人世代以海盜為業，不服王法，燒殺搶劫吃喝嫖賭無所不為。大明水師，與海盜勢不兩立。殺之可向天下萬國表明——從大明水師出海時起，無邊大海盡歸屬大明！任何人再敢禍害海疆，則天威必降，死路一條！」

朱棣轉嗔為喜，姚廣孝也連連頷首，各國使臣不禁交頭接耳，相互議論。朱棣回頭問：「列位說什麼呢？朕也想聽一聽。」孛尼王子木嘎道：「稟陛下，我們在說，這位鄭大人，比所有海盜加在一塊還要厲害！」朱棣哈哈大笑：「這個嘛，朕早就知道。鄭和啊，就按你說的辦。」鄭和應聲朝堤下高喝：「奉旨，將所有海盜即刻處死！」

海盜們一個個走上搭板，硬著頭皮跳入沸騰的大鍋。大鍋裡濺起陣陣水花，慘叫聲此起彼伏，躥進晴空中好久才消失。

一時間沒有人說話。鄭和走近朱棣，低聲道：「稟皇上。臣已經打聽過，海外有一個漢人，名叫南軒公。他是海上通才，上識天文下識海象，比海盜更精於航海。」朱棣眼睛一亮，說：「找到他，拜為水師總舵，請他為大明效力！」

鄭和說：「臣出海後的第一件事，就是尋訪南軒公。」朱棣鬆了一口氣，笑道：「看來，你把一切都想好了，不錯。道衍，你這個徒弟該出師了吧。」姚廣孝愉快地說：「江歸於海，青勝於藍哪！阿彌陀佛。」接下來誰也不說話。過了一會，朱棣的臉色突然莊嚴起來，對鄭和揮了揮手：「起航吧。」他的聲音微微有些發顫，目光中竟含著強烈的不捨。

鄭和、吳宣、王景弘等人跪下領旨，眼中也有強烈的留戀之情。接下來，水師井然有序地登上了大船，鄭和立於寶船高臺上，慨然下令：「傳命各船，起錨，解纜，啟航！」

台下的總旗官立刻回應：「起錨，解纜，啟航！」舷邊，一排號手同聲吹起螺號：「嗚嗚嗚！……」一串信旗飛速升向桅頂。

甲板前部，眾多水手合力推動絞關木。中部，眾多水手合力扯起巨帆。船下，一隻巨大的鐵錨帶著嘩嘩江水升起，升向船首。

風起，強大的艦隊出航了！整個東面都布滿大大小小的寶船、戰船、馬船、水船。它們在寶船引領下，排列著整齊的陣容，馳向大海。

鄭和佇立在高臺上，眺望岸邊。孛尼等國使臣立於他的身後，他們將隨船歸國，個個喜笑顏開。鄭和看見，大堤的將臺上人頭攢動，許多人都引頸目視著海船。朱棣與姚廣孝立於人群前面，對著寶船的方向注視著，還不時向這裡揮揮手。鄭和也舉起手緩緩地擺動。他的眼睛濕潤了，他眺望岸上的人群。眺望師傅、皇上、夏元吉等大臣，最想看到的卻是妙雲與兒子的身影。他失望了。寶船離陸地越行越遠，鄭和心中的失望也像墨汁滴於宣紙，越洇越大。妙雲，此刻你在哪裡？我得到了無邊的海洋，得到了有史以來最偉大的船隊，卻得不到你。難道，太監命中就得不到真心相愛的情人?!「風蕭蕭兮易水寒，壯士一去兮不復還」，我要飄洋過海了，前程未卜，我只能把對你的思念帶進大海，將希望寄託在未來。

「大人，夜深了，海上冷，還是回船艙吧。」耳邊響起一個熟悉的聲音。鄭和回頭，副使王景弘正關切地走過來。鄭和迎上去，同他一道走入船艙。

# 【第十八章】

海面上一艘威風凜凜的大船在孤獨地行駛。這艘船上的擺設呈現出花里胡哨的異國風情，船首放著一尊昂翹著的海神半身塑像，面目猙獰，不可一世。舷邊架設著幾尊小銅炮，跑來跑去的水手們個個驍勇精壯。只聽一個絡腮鬍子高聲喝道：「公子有令，滿帆起航，馳往飛鯊灣。」甲板各處傳來陣陣回應聲：「滿帆！……把舵東南！……航地飛鯊灣！」船上的水手們立刻忙碌起來，吆喝著扯動粗長的繩索，前後桅杆上便升起了一面面繪有可怖圖案的風帆，一陣陣帶著鹹腥味的海風將它們吹得飽滿鼓漲。

這是一艘海盜船。海盜總頭目陳祖義此時正在艙內的木案上揮毫潑墨。船艙內布置得雅致而和煦，像一間氤氳著文墨氣息的書房，同艙外的粗野風格恰成對比。陳祖義也絲毫不像一個盜賊大頭目，他更像是一位羽扇綸巾、飽讀詩書的士子。他全神貫注地運筆，大幅宣紙上逐漸顯露出一隻威風凜凜的海鷹。作畫間，一個五十左右的大頭目入內，恭敬地稟報：「公子，飛鯊灣快到了。」

陳祖義筆不停揮，頭也不抬，下令：「馳入海灣，停船拋錨。」大頭目道一聲「曉得嘍！」又問拋錨以後做什麼？陳祖義說要迎一位貴客上船。大頭目又道：「曉得嘍！」想離開，又忍不住問這個貴客是誰？陳祖義這才止筆抬頭，微笑道：「二叔，等貴客到了，你自然會知道。」大頭目又叫一聲：「曉得嘍！」退了下去。這個凶神惡煞般的漢子在陳祖義面前如同孩子般乖順。

被稱作二叔的大頭目上了甲板，吩咐停船拋錨。等船停妥，他站到船臺上去大吼：「公子有令，有請貴客登船！」水手們一溜兒呼應：「貴客登船！……貴客登船！……」

船舷上立有一座支架，兩個漢子吱嘎地搖動絞索。船舷外升上來一個上貨的木籠，木籠內關著一個人。那是個兩鬢斑白、已經上了年紀的清癯老人，被五花大綁著。他雙目火球一樣，射出怒火。木籠停在甲板上，大頭目喝令：「放出來！」幾個水手上前打開木籠，把老人推出來。大頭目兩嘴一咧，笑道：「這位客人，今日你福氣大了，公子請你哪！嘿嘿嘿……走哇！」兩個水手把來人推推搡搡地帶到大艙，將來人往艙內推。陳祖義已經畫畢，他執筆觀賞片刻，正在題寫詩記。忽見一個老人被推入，接著大頭目進來稟報：「公子，貴客來啦。」陳祖義頭也不抬地說：「二叔啊，給他鬆綁。」大頭目答應著，就有水手趕緊給客人解開繩索。陳祖義仍然不抬頭，他右手揮筆寫字，左手稍微擺了擺。大頭目立刻應聲「曉得嘍」，帶領水手們退下。

陳祖義這才擱筆，向進來的客人笑著拱手：「南軒公，在下久仰了！」南軒公冷淡地開口：「敢問足下是誰？」陳祖義不相信地反問：「難道你沒認出我來？我可是聽人說，萬里海疆上的每戶漁家，只要一聽到我的名字，都是恨得咬牙切齒、怕得膽戰心驚啊。」南軒公上下打量著面前的人，實在出乎意料，「混海龍陳祖義？……汪洋大盜？」陳祖義露出驕矜的神色：「不像麼？」南軒公尚未回過神來的樣子：「漁民們都說你身長七尺，青臉獠牙，手足生有利爪，腹背還長滿鱗片……」陳祖義快活得大笑：「那我豈不成鱷魚了？哈哈，不勝榮幸！」南軒公情不自禁發出感慨：「沒想到，一個汪洋大盜，看上去卻像個讀書公子。」陳祖義的聲音低沉下去：

「不瞞你說，我曾經讀過書，也原本是公子！唉，不談那些了。南軒公，你看看此畫如何，能入先生法眼麼？」南軒公望著畫面上的雄鷹，剛從懸崖頂騰飛，穩健、孤傲，眸子淵井般深不可測，身子磐石樣沉鬱端凝，不禁多欣賞了一會，微微頷首：「唔……氣韻不凡，力薄雲天。特別是，這船身隨波搖晃，你還能夠身定神閒地作畫，這確實非同尋常。」陳祖義笑嘻嘻道：「多謝誇獎。」南軒公卻沉吟著又說：「不過，這雙鷹眼裡伏匿著殺機，過於凶狠了些！由此可見閣下是大盜的本性哪。」

「是麼？」陳祖義面色不悅地再往畫上看，須臾，突然雙手抓去，將畫揉做一團，一把扔進窗外大海。嘆息道：「你說得對。可見我還是性情浮躁，百尺竿頭缺一步，功力不足啊。這最後的功夫，我想修煉而成，但不知從何做起，就有了心有餘而力不足的煩惱！」

南軒公卻不再就畫談天了，他直截了當地問陳祖義：「敢問閣下，為什麼要綁架我？」陳祖義回應一個笑容：「不是綁架，是誠心邀請。南公您三請不至，我只好以力相請。」「那麼，為什麼要請我來？」陳祖義盡量口氣淡淡地說：「請你來，是想和你聊聊天。唉，跟你說句心裡話吧。我跟外頭那些粗漢沒什麼可聊的，他們一不通文墨、二不識古今，只會燒殺搶劫。跟他們在一起，我表面上又威風又熱鬧，心裡可寂寞死了！你不同，你南軒公上通天文下識海象，稱得上是滿腹經綸。你我兩人，當能海闊天空地大聊特聊，聊個痛快嘛！」

「聊完之後呢？」南軒公也是淡淡地問。

陳祖義望著他，像在玩味自己的獵物，一字一板地說：「聊完之後，我再殺掉你！」南軒公眉峰一跳，氣道：「我犯了什麼罪？」陳祖義冷冷地說：「怪了，我這又不是朝廷，殺人還要問個罪麼？」南軒公知道必有原因，不問個水落石出心有不甘，再問：「為什麼殺我？」

果然，陳祖義嘆了一口氣說出緣由：「因為，大明皇帝朱棣，派出一個叫鄭和的人踏海巡洋來了。這個鄭和到處在尋找你南軒公。他知道你是個海洋通才，熟識天文、海象、洋流，還通曉西洋各國語言、風俗、人情。你想想，如果鄭和得到了你，那不是如虎添翼嘛，還有我們海盜的生路嗎？所以，你南軒公必須死去，我才能放心。」

南軒公一聽竟為這個理由殺他，不由怒火中燒：「你、你真是一頭惡鯊！早晚要天誅地滅！」陳祖義無所謂地笑笑：「果然要天誅地滅的話，那也是我的命，我認了！人生在世，生死都得從容相待嘛。哦，在下已經備好一席美酒。先生到底願不願意聊聊哇？也許，你我聊得高興，我還要賞你一條生路呢。」南軒公無奈地恨道：「好好，聊就聊吧！我南軒公在小島上也寂寞得太久了，正想和一個江洋大盜聊個痛快！」陳祖義立刻顯得喜出望外的樣子：「請上高臺。那兒可以極目海天，一覽無遺。請。」

兩人出了船艙，在高臺上對坐。早有水兵在矮几上放上酒菜。陳祖義同南軒公各自端起一大碗公酒，同聲道：「請！請！」又同時仰脖一飲而盡。南軒公望望海面，又瞧瞧對面白面書生一樣的陳祖義，不禁好奇，道：「老夫斗膽問一聲，從那幅畫上看，閣下頗有些學養。為什麼不做好個營生，要做海盜呢？」

陳祖義又喝了一口酒，望大海感慨：「早年，我也是台島上的一介學子啊，立志要讀書取仕的。家父更是望子成龍，他為了讓我完成學業，成天跟牛馬似的耕種那幾畝山地。我十八歲時，家父把家裡的地和唯一的那條破漁船都賣了，湊足二十六兩銀子，供我做盤纏，讓我去大明內地赴考。家父一輩子沒去過內陸，他連鄉試、京試都不知道，連秀才、進士都分不清！卻滿心以為，大明遍地是金銀，朝廷恩典跟海似的，大得沒邊！讀書人只要一進考場，就能金榜題名。出了考場，皇上就能封我個官做。」

南軒公由衷說：「令尊，是個樸實厚道人嘛！」

陳祖義感激地望了南軒公一眼，產生了一吐為快的衝動：「我還沒等進考場，那二十六兩銀子就被沿途的衙門、稅卡、旅店盤剝乾淨了，弄得我連二百文考費都交不出來。我親身感受到，內陸人比咱海島百姓奸猾呀，越有文化的人就越是奸猾！後來我總算進了考場，三天兩夜苦下來，把所有的試卷全做完了。閱卷官說我詩文俱佳，但是寫錯了一個字──璋！這一個字就足以要了我的命！」

南軒公為他惋惜：「閣下忘了避諱。」

陳祖義沉痛地回憶往昔：「是啊。我竟然把朱元璋的『璋』字原樣寫了出來，犯了悖逆之罪。主考官喝令重杖三十，再發配苦役。唉……等我回台島，家父已經去世半年多了。我聽說，他死之前，天天爬到海邊去，盼我駕乘著一艘八丈長的官船回來，榮宗耀祖啊！」

南軒公嘆息：「令尊大人既可憐，又可敬！」

陳祖義怒髮衝冠：「就為一個『璋』字，竟害得我家破人亡！這種科舉還不荒唐麼？這等朝廷還不可恨麼？這樣的皇上，豈不是天下最霸道的人嗎？我無處活命了，一怒之下，就上了海盜船。」南軒公淡淡地說：「善惡之間，也就是一念之差！閣下這一怒啊，世上就少了一個學子，海上就多了一個大盜。」陳祖義道：「與其給朝廷做奴才，不如自個闖天下。也許有朝一日，我陳祖義舉辦自個的考場，由我來選拔天下學子，由我給他們金榜題名，欽定狀元、榜眼、探花郎。」南軒公譏誚他：「你想做皇上？」陳祖義卻坦然一笑：「皇上也是人做的嘛。說實在話，在這片大海上，我混海龍不就是皇上嗎?!」南軒公也笑了：「現在我明白了，你一個落拓書生，為何能在盜賊中稱雄。」

「為何？」陳祖義感興趣地問，他自己從未探究過這個問題。

南軒公望望甲板上的那群海盜，說：「你讀過書，見過世面，他們卻是一群粗漢。」陳祖義想了想，點頭道：「對嘍。憑我的心胸、志向、學問、本事，很快就成為海盜首領了。我不是說過麼，讀書人要比目不識丁者更奸猾……」陳祖義說得正暢快，卻被南軒公沉聲打斷：「這話恐怕有誤。我看哪，讀書不成者，比讀書人更奸猾！」

陳祖義一愣，隨即笑了起來：「這話有趣，深湛。不過，恐怕也有誤。照我看，天底下最奸猾的人應該是當今皇上——朱棣。他要是不奸猾，能夠篡奪皇位嗎？」南軒公不置可否，卻諷刺道：「呵呵……那麼，篡奪了海洋的汪洋大盜呢？」陳祖義倒顯得理直氣壯：「別小看我們海盜！在我這條船上，比朝廷的奉天殿更公平，更乾淨。」

南軒公表示感興趣：「哦？這倒要請教。」陳祖義自豪地說：「在我這條船上，所有弟兄都是義字當頭，情同手足；如有所得，則金銀共用；船翻了，則同生共死；我們沒有朝廷裡那麼多的陰謀詭計，也沒有陸地上那麼多的貧富不均！我們在浪尖上過日子，在刀口上賺銀子。強者生，弱者亡，我們像黑鯊那樣凶猛，也像海水那樣乾淨！」

南軒公含笑微諷：「到底讀過幾年書。聽起來，簡直就是一篇賦——《盜賦》。」陳祖義不僅不生氣，還舉碗敬酒：「南軒公，當盜賊比給皇上當奴才好得多，也痛快得多。乾了！」

南軒公呷一口酒，沉聲道：「我可是寧願死於鯊魚之口，也不願死在盜賊之手。」陳祖義微笑道：「別急，我不是說過嘛，也許我們談得高興，我會給你留條生路。」南軒公做驚訝狀：「是麼？混海龍如果賞人一條生路，那只怕是生不如死。」陳祖義禁不住大笑：「知音之言哪！南公才和我待了半個時辰，就比那些兄弟更了解我了。真可謂千金易尋，知己難求！哈哈哈……」

兩人你一言我一語，談得忘乎所以，鄭和率領的大明船隊其實已經到了同一片海域，並且離海盜船不遠。寶船上的王景弘此時正高居發令臺上大吼：「國使大人口諭，各船停航，召各級監軍、指揮以上文武官員，至國使寶船集會。號、旗傳命！」甲板各處的部屬立刻一個接一個的複頌命令：

——號、旗傳命！召所有監軍、指揮，國使寶船集會。

——號、旗傳命！……

……

船舷邊上，三位號手各執一個巨大海螺，齊聲朝海面吹起長短不一、雄渾響亮的螺號：「嗚——嗚嗚！」同時，兩面巨大的三角旗閃電般升上了寶船前桅高高的桅頂。一面紅，一面白。桅旗迎風招展，紅旗上繡有一個大大的「詔」字。白旗上繡有一個大大的「止」字。須臾間，海面的上的所有艦船都陸續發出螺號聲，以示奉命。各大船的船桅也都升起「止」字旗，航速開始減慢。

鄭和正在寶船的天元艙內。這是一間如宮殿般闊大、氣派的大艙。入口處的門楣上，鑲著燙金大匾，上面是朱棣手書的「天元」二字。海面上的螺號聲隱隱傳進天元艙，鄭和正站在一幅大海圖面前，海圖鋪滿整整一面牆，圖上有一條粗重的紅線顯示出船隊的航程，它起於京城南京的龍江港，穿越了臺灣海峽，一直往南延續。鄭和手執一塊胭脂，在海圖上認真畫著，紅線一直延伸到南海深處才停止。這裡已是一片空白，但這裡就是船隊此刻的位置。船隊出海已經一百零八天了，航程五千五百餘里。現在，船隊已經駛出了前人圖志記載過的海域，進入到渺無人知的地方。但大海好像才剛剛開頭，越往前行，越發能夠感受到它的無邊無際。

一個侍從手托銀盤侍立在旁。鄭和將胭脂扔進那只銀盤內，信步走到另一面艙壁前，威嚴地低咳了一聲。立刻跟上來兩個侍從，他們從兩邊拉開帷幕，這一面的艙壁上現出一幅精美的雙龍戲海圖。接著，兩個侍從再從兩邊將艙壁緩緩拉開。雙龍分離，豁然洞開——茫茫大海展現在眼前，只見大小艦船一直排布到天邊。

鄭和不說話，自豪地觀看著艦船陣容，心中油然而生頂天立地的傲岸氣概。他掌握著三百多艘艦船、兩萬一千名甲士，金銀玉帛及各種器物更是不可勝數。他所擁有的力量，已經遠遠超出許多沿海邦國。在這片大海上，他的每句話都如同王命，每個指令都得到迅速徹底地執行。這使他感覺到——他這個昔日陸地上的閹奴，到了海上，竟成了至尊至上的帝王！命運，不可捉摸的命運啊，你不敢不對它敬畏！感慨間，王景弘入內揖報：「稟國使，監軍、指揮以上各級文武已接獲號令，正乘坐快舟從各船趕來。」

鄭和微微頷首道：「好。景弘兄，聽說昨夜，你把所有三十艘戰船全部巡察了一遍，辛苦了！」王景弘平靜地說：「這是在下該做的。」鄭和頓了一頓，突然問：「水軍官兵中有些流言蜚語，你有沒有聽到？」王景弘說：「當面沒有，背後聽到了。」

「怎麼說？」

王景弘氣惱地訴說：「部分水軍官兵，仍然蔑視我們這些太監，特別是監軍太監。他們背後叫我們是『烏殼貝』。」

鄭和愣了一愣，不解地問：「烏殼貝是什麼東西？」王景弘不太情願地回答：「一種黑色貝類，長年棲身在淺海爛泥裡，以腐物為食。這種貝無雌無雄，每一隻天生就是雌雄同體。」鄭和微笑著道：「惡毒之至啊！」王景弘擔心地望著鄭和，怕他心裡不痛快，又說：「據在下所知，所有將士對國使大人卻十分敬重。」鄭和淡淡地說：「為何獨獨敬重我呢？要知道我也是太監哪？」王景弘說：「你跟我們不同，你曾經為皇上出生入死，立下過蓋世功勛。因此，連武人們也不得不敬重你。」

鄭和卻半天不說話，好久才開口道：「在茫茫大海上統領萬軍，光有『敬重』恐怕還不夠。我要他們『敬畏』！」王景弘聽出此話的分量，怔怔地回答：「是。」鄭和又問：「景弘兄，對那些流言蜚語，你有何感想？」王景弘謹慎地說：「在下牢記著國使吩咐，以大局為重，不予計較。」鄭和抱拳笑揖：「景弘兄深明大義，鄭和多謝！」王景弘卻又含蓄地說：「不過，要是貴為大明副使、身兼副總兵官的人，也在背後罵太監是『烏殼貝』，這就不大妥當了吧！」

鄭和心裡一沉，已有預感，低聲問：「你是說吳宣？」王景弘無言地點點頭。

鄭和胸口頓時塞滿爛棉線一般的煩亂。王景弘靠近，低聲說：「鄭大人，船隊半數水手來自長江水師，他們都是吳宣的舊部。吳宣背地裡又如此出言不遜……大人不可不防啊！」

鄭和沉默半晌，沉聲道：「知道了。景弘兄，昨天夜裡兩船相撞的原因，你核查過了嗎？」

王景弘立刻肅容道：「稟國使，在下親自查看過現場，詳加核實了。虎字型大小戰船與豐字型大小糧船，之所以在夜航中相撞，其過錯，首先在於戰船總旗吳勇醉酒失職，亂發號令。其次，監軍太監劉大年，也在當值時打了瞌睡，耽誤了巡夜。撞擊之後，戰船重傷，糧船沉沒，損失糧草兩千擔，淹亡九人。」

鄭和怒氣沖天：「此事斷不可姑息。待會集會時，我要當眾重辦肇事官員，嚴明軍紀！」王景弘輕輕提醒道：「鄭大人，吳勇是吳宣的親弟弟啊。」鄭和轉開眼：「我說的肇事官員……是指監軍太監劉大年。」

王景弘明白了，無奈地棲然一嘆。

王景弘走後不久，鄭和在低沉的鼓號聲中走上甲板。他在侍從的攙扶下站上高臺，身後安放著欽賜的皇旗、權杖以及一柄尚方劍。台前左右兩側，分立文武兩個副使——王景弘與吳宣。監軍和指揮官們陸續從舷梯處步上甲板，他們一看見這場面，便知不祥。趕緊在台前依次排立，個個屏息靜氣。一個書記官捧著個又厚又大的包裹走到文案前，擱下包裹，落座，正冠，挽袖，唰地一下從袖中抽出一方絲帕，姿態恭敬並誇張地揩淨自己每一根手指頭，最後才解開面前的黃皮包裹，露出一幀巨冊，封面上豁然四個字《航海日誌》。一切就緒，書記官凝神待命。

鼓號聲止，眾文武同時折腰，齊聲喝道：「職下拜見正使大人！」高臺上的鄭和朝他們抱拳一揖，淡淡地道出兩字：「見過。」眾文武直身挺立。鄭和看一眼書記官，下令：「開錄。永樂四年正月二十日夜，虎字型大小戰船與豐字型大小糧船，於夜航中相撞。致使官兵九人淹亡，損失糧草兩千擔。大明正使兼總兵官鄭和，召集各船文武職官，查辦事故，嚴明軍法。」鄭和的聲音威嚴而持重，書記官飛速在巨冊上書寫，所有的文武官員都顯得緊張不安，吳宣更是雙眉緊皺。

鄭和厲聲喝道：「總旗官吳勇！」一個中等身材的黑面武官出列應：「職下在。」鄭和再厲聲叫：「監軍劉大年。」一個白面高個太監出列應：「職下在。」鄭和沉聲道：「令你二人據實稟報。」

吳勇道：「稟國使，職下昨夜舊傷發作，痛不可當。不得已，服用了醫官給的藥酒一碗，職下絕非酗酒致醉。撞船時，舵臺上是監軍太監劉大年當值。此事，醫官可以為證。」話音剛落，醫官出列，戰戰兢兢地說：「稟國使……吳總旗所言，句句是實。」劉大年在邊上憤怒地反駁：「稟國使，吳總旗串通醫官，捏造謊言！昨夜裡，吳總旗酒癮大發，足足喝下兩罈子紹酒。大醉之後，還在船尾張網捕捉海豚，亂下行船號令，致使戰船與糧船對撞。」

吳勇暴怒，罵著：「烏殼貝，你他媽的胡說八道！」

鄭和一怔，沉聲訓斥：「吳勇！劉大年有名有姓。」吳勇急忙改口為自己辯解：「稟國使，劉大年污蔑職下，職下這才忍無可忍。」劉大年叫道：「稟國使，吳總旗不但醉酒失職，還嫁禍於職下！請大人明察。」

在兩人爭辯的過程中，那個書記官揮筆如飛地記錄著。甲板上許多文武官員都面面相覷。鄭和沉聲道：「劉大年，你自己就沒有過錯了嗎？」劉大年膽怯地回答：「職下疲勞過度，也打了瞌睡。」

鄭和怒容滿面：「好嘛，一個醉生，一個夢死！兩千擔糧草，九條人命，就這麼葬於海底了！」

吳勇與劉大年膽戰心驚，雙雙跪下道：「職下有罪。」

鄭和冷著臉道：「聽令。為嚴明軍法，懲前毖後，著即剝奪吳勇官職，鞭笞五十，降為戰船二等水手。」吳勇叩首：「職下遵命。」接下來，鄭和的聲音突然有些異樣，他閉了一下眼穩定自己，道：「劉大年身為監軍，罪無可赦。你……自己執法吧。」

所有的人聽了都大吃一驚，劉大年呆怔了，語不成聲道：「鄭大人，我雖有過錯，但、但、但罪不致死啊！」鄭和不為所動，冷硬地說：「那九個弟兄就應該葬身海底嗎?!監軍太監個個都是皇上欽命的，你們更應該成為部屬表率，奉公盡職。否則，何以監軍?大年哪，你忘了監軍太監的誓言嗎?!」

劉大年顫聲說：「職下沒忘。」鄭和說：「念出來，大聲念出來，讓所有人都聽見！」劉大年眼含熱淚，一字字道：「嚴守法紀，公忠體國；忍辱負重，仰報皇恩；……」鄭和沉重一嘆：「如果你明白『忍辱負重』的意思，那就『仰報皇恩』吧。」

劉大年錚地拔出佩劍，悲憤地叫道：「職下仰報皇恩！」言未畢，劉大年橫劍一揮，刎頸倒地。鮮血立刻從身下湧出，浸透一大片甲板。他那胖碩的身體抽動了好一會才靜下來。

所有的文武官都驚駭不已。嘩地跪下。只有吳宣始終不動聲色。鄭和朝邊上看了看，兩個水手上前將劉大年的屍體拖走。另一個水手提桶清水過來，嘩地衝掉了甲板上的血跡。血水竟然激濺起一片水花，濺到跪在旁邊的吳勇臉上，並且順著他的臉往下淌。吳勇禁不住簌簌發抖。鄭和沉聲道：「記錄在冊——永樂四年正月二十一日午時初刻，監軍太監劉大年飲罪自盡。」

案前的書記官汗如雨下，手顫抖著往《航海日志》上記錄一行行的文字。

集會結束，太監們自動為劉大年施行海葬。寶船的舷邊，幾個水手抬起一扇木板，木板上是裹著白布的劉大年的屍體。水手們把木板架到舷邊，甲板上佇立著大片太監，他們個個沉著臉兒，為蒙罪盡忠的劉大年送行。

王景弘托著一隻小陶罐上前，高舉過頂。眾太監立刻單足跪地，垂首致哀。

王景弘從袖中抽出一方絲帕，象徵性地擦拭了小陶罐幾下，恭敬地把它塞進屍體包裹中，哀泣道：「大年兄弟，走好嘍！」然後退至後面，垂首侍立。一個號手吹響了海螺，發出沉重的嗚咽聲。

螺號聲中，水手抬高木板一端，那具屍體傾斜著滑落茫茫大海。噗通一聲，海裡濺起高高的海浪。

天元艙內的鄭和立於窗前，默默地注視著正在舷邊進行的海葬，心情淒楚而悲壯。殺雞儆猴，在他鄭和手中，這是第一次，但願也是最後一次！他狠狠地在心裡對自己說。什麼時候，自己變得這麼厲害了？竟拿自己的太監兄弟開刀，當替罪羊？天哪，是身不由己，還是……正沉思間，身後傳來吳宣的聲音，似遙遠卻很清晰，聲音顯得恭敬：「鄭大人。」鄭和習慣地「唔」了一聲，情不自禁示意窗外。吳宣快步上前，正好看見劉大年葬入大海，不由得一怔，臉色隨之劇變。

鄭和的聲音像一排排的海浪滾滾地壓過來：「吳宣啊，你看見了。劉大年已經成為吳勇的替死鬼。一個太監兄弟就這麼忍辱負重、仰報皇恩了！唉，這事……也許本使辦得有些昏昧了？」吳宣在鄭和身後折腰深揖：「不，大人聖明！」鄭和低沉地問：「何以見得？」吳宣垂首道：「下官心裡明白。鄭大人之所以寬恕舍弟一命，是給下官的恩典。下官感恩不盡！」鄭和突然勃然大怒：「我問你，這樣忍辱負重的監軍太監是烏殼貝嗎？本使是烏殼貝嗎?!」吳宣驚駭地後退一步：「下官從沒說過此話。」鄭和厲聲道：「嘴上沒說，心裡哪？當面不說，背後哪?!」

吳宣垂首無言。

鄭和冷若冰霜地說：「我知道，你對我兼任船隊總兵不服氣，你覺得我不懂海、不知兵，不男不女、不陰不陽，不配統領這支巨大的船隊，更不配做你的上司，是不是?!」吳宣顫聲道：「下官不敢。」鄭和的聲音稍稍放緩下來：「吳宣哪，太監也是人。他們跟你一樣，有心肺肝膽，識忠奸善惡！太監如有什麼不同的話，那就是比尋常人更能夠忍辱負重。今天這事，就證明劉大年比令弟更像一個男子漢。本使一聲令下，他立刻仰天自盡！而令弟呢，諉過於人，形同懦夫！」吳宣顫聲道：「大人教訓得是。下官一定嚴懲吳勇。」

鄭和的目光轉向窗外的大海，肅穆地說：「我們統領著三百多條艦船，兩萬多官兵，要在這汪洋大海上航行數年之久，靠什麼？靠的就是萬眾一心，令行禁止。聽著，本使身負皇命，替天行道。在這片大海上，本使就代表大明皇權，本使絕不容忍任何人心懷叵測！」

吳宣跪地道：「下官發誓，從今往後，絕對遵行國使大人的意志行事！」

鄭和凜然俯視著跪在地上的吳宣，說：「你已經兩次冒犯過我了，而我都是以恩報怨。跟你說白了吧，看在你先前功勛的份上，我還可以再讓過你一次。三次之後，如再敢悖逆——無論是明的還是暗的，本使都將三倍的重辦！」吳宣顫聲道：「下官萬萬不敢悖逆大人。」鄭和正聲道：「哼，本使可是要聽其言，觀其行。」吳宣道：「大人的話，在下刻骨銘心了。下官斷不敢有任何違紀之事。」鄭和扶起吳宣，聲音變得親切：「吳大人請起。說心裡話，只要吳大人瞧得起我這個太監，我是真心盼望與吳大人同舟共濟呀。」吳宣哽咽地謝了恩。鄭和道：「請吳大人傳令吧，起航。」吳宣大聲說「遵命」，然後步出大艙，外面即刻響起了他洪鐘般的吼叫：「號旗傳命——起航！」甲板各處的水手立刻此起彼伏地回應：「號旗傳命——起航！」三個號手又在舷邊齊聲吹起海螺，發出號令：「嗚嗚——嗚。」一面黃色令旗飛快地升上桅尖，旗上閃現出一個大大的「行」字。甲板上，眾多水手齊心合力吆喝著，拉動粗纜，將沉重的巨帆升起。很快，四面八方傳來各船回應的螺號聲，船隊又開始浩浩蕩蕩地駛風行駛了。

鄭和還是心事重重。他走到正在高臺上監督的王景弘身邊，湊近他道：「景弘啊，我們必須儘快找著南軒公。有了那位『海神爺』，我們行海才能如履平地。」王景弘微笑著補充：「特別是，有他在，你也可以不受吳宣的制肘了。」鄭和默契地點頭。王景弘卻憂心忡忡：「不過，想在茫茫大海上找到此人，如同海底撈針哪。」

南軒公此時還在陳祖義的海盜船上。已經好多天了，陳祖義不殺他，但也不放他。他天天纏著南軒公喝酒、聊天，在飄渺無際的大海上，他甚至在心裡將他當做了知己。這天，陳祖義又同南軒公毫無節制地乾了數杯，當他再次舉起酒杯時，南軒公不再動彈了，他說：「多謝。老夫酒喝夠了，聊也聊夠了！」

陳祖義獨自飲盡手中白酒，將碗拋入大海。他似乎也有了些醉意，起身走到船首，一把扯掉蒙布，現出一面裹金鑲銀、御賜的大明敕權杖，得意地笑道：「南軒公，認得這件寶貝嗎？」南軒公跟隨著他走過來，驚訝地端詳，不太有把握地說：「這……好像是一尊大明敕令。」陳祖義稱讚：「有眼力！告訴你，我陳祖義現在已不是什麼『混海龍』了，我是欽命的大明兵部尚書兼水師總督，統領北海、東海、南海，及其所有島國。」南軒公譏諷道：「哦……閣下真是醉了！」陳祖義冷笑：「我雖然醉意盎然，卻沒有醉！你知道朱允炆嗎？」南軒公道：「豈能不知。大明建文皇帝，被皇叔朱棣奪了皇位，自焚而死了。」陳祖義道：「他沒有死。朱棣破宮那天，他從地道裡逃出了京城，登上一艘商海，亡命天涯。我得知此事後，趕緊傳命所有海上兄弟，四處尋找。蒼天有眼哪！半年前，我終於在舊港找到了建文皇上。」

南軒公大驚，半信半疑地問：「當真？」

陳祖義斬釘截鐵地說：「千真萬確！我拜見皇上，三跪九叩，竭盡忠誠。我進獻了衣食、住所、護衛和所屬戰船。皇上啊，決心聚集海內外忠義之師，奪回皇位，光復大明！這一尊敕令，就是建文帝手書欽賜的！」南軒公怔了片刻，冷笑道：「明白了，你是在『挾天子以令諸侯』，你想利用建文皇帝，圖謀自個的霸業。」陳祖義驕矜地笑笑：「當然，當然。否則我養著他幹什麼呢？我養他，就是為了用他！」南軒公忍不住冷嘲熱諷：「奇貨可居嘛。天底下，再沒有比皇上更值錢的東西了。」陳祖義卻顯得豪情滿懷：「我決心輔佐建文皇上完成霸業！皇上啊，已經恩准我用皇命號令四方。皇上還和我歃血盟誓，光復大明之後，所有的陸地盡歸朝廷，所有的海洋全歸我統領！皇上還說了，到那時候，他將把此誓立為大明國策，世代相傳！」南軒公「哼」了一聲，譏誚道：「可喜可賀。」陳祖義卻顯得急切而真誠：「南公啊，和我一起共謀大業吧。我封你為『四海總舵』，所有弟兄都會敬奉著你。三五年後，你我將富有四海、前程無量。哦，其實你完全清楚，區區內陸算什麼，大海可比陸地大得多啊！」

南軒公平靜地說：「多謝厚愛。老夫太老了，如果僥倖不死，只想做個自由自在的化外小民。」陳祖義恨恨地盯著他：「你瞧不起我，不屑與海盜為伍。」南軒公眼望著海天，真誠感嘆：「乾乾淨淨的大海，就是被盜賊們弄髒了。」陳祖義咬牙切齒地說：「先生要是這麼想，那就太可惜了。」南軒公忽然呆住，他雙眼直視天邊，眼珠一轉不轉。陳祖義見狀，也循勢望去，頓時大驚，原來天邊出現了一片艦隊的黑影，它們像巨大的雲層，無邊無際，越飄越大。幾乎與此同時，海盜中已經有人發現，翹首驚叫起來：

——天哪！那是什麼？

——是船嗎？……天爺，那真是海船！

——見鬼！世上怎會有這麼大的船？

南軒公望著天邊，對陳祖義驚嘆道：「看哪……它何止是海船，簡直是飄來一座海島哇！」陳祖義死盯著天邊，驚慌地喃喃著：「鄭和來了。鄭和來了。」

鄭和他們的寶船早已發現了海盜船，寶船的主桅杆邊上有一個瞭望台，在那裡瞭望的水手在離海盜船二十里的時候就發現了它，大聲地報告了吳宣。站在甲板前臺的吳宣轉身望去，發令：「轉舵東南，滿帆行駛。追上去！」寶船裡響起了一連串的回應聲：「東南舵，滿帆！……」寶船掉頭，帶領著浩浩蕩蕩的船隊，乘風破浪，朝遠處的海盜船衝去。

海盜船裡的陳祖義看見鄭和的船隊立刻變了臉，他匆匆對南軒公道：「對不起了，你不願意同我合作，我也不能把你留給鄭和。」他一招手，幾個海盜一陣忙碌，那只木籠又吱吱嘎嘎地從舷邊升了上來，停靠在船舷邊。一個海盜上前打開木籠。陳祖義道：「南軒公請吧。」南軒公哼了一聲，主動步入木籠。海盜關上籠門，扣死，轉身望陳祖義，等待命令。

陳祖義似有不忍，足足沉默了有半分鐘，眾人都在望著他，海盜們的眼中露出焦急的神色。終於，陳祖義艱澀地輕嘆了一下，朝籠內的南軒公道：「你我聊得很痛快，我真捨不得你死啊。」南軒公「呸」了一聲，別轉臉去，不再看任何人。陳祖義擺一下手，海盜大頭目揮刀一砍，繩索斷，木籠落水，漸漸沉入海中。南軒公在籠中掙扎著，發出陣陣叫罵聲。片刻，他的聲音和身體都被海水淹沒了。

陳祖義一動不動地看著南軒公沉沒，等南軒公完全消失，他才將目光投向遠方，巨大的艦船已經越行越近了，海盜們在甲板上急奔亂竄，嘴裡胡言亂語。大頭目嘶聲道：「公子，趕緊扯帆吧。再不走，就來不及了！」陳祖義冷靜地說：「二叔啊，你仔細看看，那船帆多大，我們跑得過它嗎？再一個，跑了不是讓人家生疑嗎？」大頭目慌促地說：「那麼，公子趕緊吩咐吧！」陳祖義果斷喝令：「轉帆，調舵！迎上去會會他們。」

大頭目高聲傳話：「曉得！轉帆調舵嘍……」

這時候，在波浪翻滾的海面上，一片破碎的木欄浮了起來。接著，南軒公從水中探出頭來，深深地喘息。原來，木籠被海浪打爛，在水中如同蛟龍的他，得以逃脫桎梏。他的頭在水中一起一伏，突然一個泥鰍轉身抓住身邊的木欄，抱住它漂浮。有了依傍，他再次遠遠地望見了海面上的巨大寶船。鄭和的艦隊離海盜船越來越近了，鄭和乘坐的寶船如同一座巨峰拔海而起，遮住了半邊天空。那一層層炮臺、旗幟、巨帆，在陽光下閃閃發光，令人望而生畏！海盜船在寶船面前，就像一隻蛋殼漂浮在巨龜身邊，顯得渺小脆弱。

海盜們早已把海盜旗、敕權杖等物收捲起來了。他們縮進船內、藏在帆後朝外看，個個張口結舌，「天哪、天哪」地驚嘆不已。陳祖義佇立在船首，一動不動地發著呆，他的眼中，充滿著驚羨和嫉妒，呼吸急促而火熱。自言自語道：「有這樣一艘船，足以縱橫四海啊。」大頭目癡呆呆地盯著寶船，絕望地說：「公子，看來，海洋要歸鄭和了。我們完了。」陳祖義怒氣沖沖地叫道：「不，海洋是我的！不但海洋歸我，連這艘巨船早晚也要歸我。二叔啊，你記著我的話，我一定要把它們奪到手！」大頭目聲音發顫地說：「曉得……二叔記住了！」

寶船的天元艙內，鄭和正在伏案寫日記。他不知道外面的動靜，完全沉浸在自己無邊的思緒裡。他面前的案上擺著那頂小小的虎頭帽，寫了一會兒，他動情地將它拿在手裡撫摩著。身處茫茫的大海，最能感受到的是那難耐的孤獨。他想孩子，想妙雲。他無法將他們分開來想。這兩個親人在他心中此起彼伏，被輪番撫愛了無數遍。人啊，人！在這個大千世界裡，尤其是在茫茫的大海上，總還是脆弱、無依。無論船隊行駛到哪裡，也無論眼下他的地位多麼崇高，權威有多巨大，都抵不住漫長的孤獨的襲擊。當他陷入孤獨的時候，就像一個人走失在迷宮中，心中充滿了令人絕望的焦躁，不知道哪裡會有出路。另一個他常常想起的人是皇上，在滿朝的文武中，沒有人會比皇上更惦記漂泊在海外的船隊……遐想間，吳宣匆匆入內道：「鄭大人，發現海船一艘，我已下令迫近它了。」

鄭和趕緊合上日記，問：「哦，它朝何處行駛？」吳宣說：「由西南往東北，看來是馳往內陸。」鄭和起身，同吳宣一起走出船艙。兩人上了甲板，吳宣指給鄭和看發現的海船，鄭和從舷邊俯身探望，打量著下面那艘海船，海船已經近在咫尺，船首站著一位臨風玉立、身著公子裝束的人。鄭和微微有些驚訝地問：「你們看，它是艘什麼船？」王景弘在一邊說：「似乎是艘商船。」吳宣猶豫著不能肯定：「我看……倒像是一條海盜船。」

鄭和神情凝重了：「哦？」吳宣指點給他看：「大人請看。商船以運貨為主，因而，常見其船身闊大，載貨多，吃水深，行船穩。而海盜船以搶劫為生，喜歡船身細長，船體緊實，以求高速行駛。」鄭和沉聲道：「問問他們！」吳宣就向部下示意。那個部下探身朝下吼叫：「聽著，國使大人有問，你們是什麼人？」

陳祖義聽到了喊聲，急忙對大頭目道：「二叔，你用臺灣方言回答他們，就說我們是台中吳家船隊的護衛船。」

大頭目立刻朝寶船喊出一串難懂的土話。他喊話的時候，陳祖義跪了下去，遙遙地朝寶船恭敬叩拜。鄭和聽到回答，卻一句不懂，急問部下：「他說什麼？」

部下回話：「稟大人，那老頭說的是臺灣土話，說他們是台中吳家的護衛船。專為商船護航，以防海盜。」鄭和想了想道：「台中吳家？想起來了，吳家是台島的一個望族，以貿易為生。」吳宣懷疑地說：「可是，這茫茫大海上就它一艘船，它護衛什麼呢？」鄭和示意部下再問。部下又探身大喊：「國使大人有問……」陳祖義聽到喊聲，令大頭目：「告訴他們，吳家公子就在此船上。此船護送公子前往大明京城，參加今秋的恩科大試！」大頭目趕緊用土話高聲傳話。寶船上的鄭和大喜道：「好哇，沒想千里之外的台島人，也這麼讀書敬祖，嚮往大明。好好！」王景弘也歡喜地說：「去年末，禮部給大明沿海港口發過敕命，讓商船們傳旨四海，歡迎海外的學子來京赴試。」鄭和道：「這麼著，請吳公子登船一會。我要與他談談。」部下立刻探身高喊：「國使大人有請吳公子登船。」陳祖義聽到了喊聲，心中猶豫。滿船的海盜都緊張地望著他。陳祖義仰視著巨大寶船，仍然舉棋不定。吳宣銳利的目光盯在陳祖義的身上，道：「鄭大人，看來那位公子不敢登船，說明其中有詐。」鄭和沉聲道：「如果他不敢來，令你帶人登船搜查。」吳宣興奮地應著：「遵命！」

就在此時，海盜船上傳來了喊聲，鄭和急問部下：「他們說的是什麼？」

部下將手掩在耳邊仔細地聽著，說：「他們請大人放下舷梯。」

鄭和欣慰地笑了，命令：「舷梯侍候。」

海盜船漸漸靠近寶船。陳祖義警惕地注視著越來越近的、如同高高懸崖般的船壁，突然間，嘩啦一聲，船壁上垂下了舷梯。陳祖義伸出手，一把抓住了舷梯。身後的大頭目突然急叫：「公子！」陳祖義轉身問：「怎麼？」大頭目跺足道：「二叔最後勸你一句——別去。上去了就回不來了！」陳祖義有自己的打算，就說：「二叔啊，跟你說心裡話吧，我確實想會會鄭和。你不必擔心。因為我知道他的底細，他並不知我的底細。」陳祖義獨自登上舷梯。大頭目望著他的背影顫聲再叫「公子」，陳祖義頭也不回地說：「傳令——如果我死了，所有弟兄盡歸二叔統領！」說著迅速登上舷梯，眨眼就站在了寶船的甲板上，挺直腰板四處打量著。看見鄭和，他立刻正冠、整衣、甩袖，撲到鄭和面前跪下，叩拜道：「台中學子吳鳳眠，拜見國使大人！」鄭和滿面笑容地問：「你怎麼知道我是國使？」陳祖義恭敬地說：「大人氣宇軒昂，如日當頭。小人猜想，大人必是大明國使。」鄭和哈哈大笑：「不愧是讀書人，真會說話。在這茫茫大海上，本使竟然見到個海外學子！高興，真是高興！」陳祖義激動地說：「後生能拜見大人，更是三生有幸！」鄭和親切地說：「快請起來。公子啊，隨本使進艙說話。」說著挽起陳祖義，步向大艙。一路上，陳祖義驚羨地打量著巨大的甲板，桅杆，船艙和寶船上的一切。鄭和微笑地說：「公子，這是大明寶船——天元號。」陳祖義由衷讚嘆：「天元……了不起！真可謂是『天之始、元之初』啊！小人腳踏天元，如在雲端，恍如夢中！」

鄭和得意地笑著，將陳祖義帶入天元艙，兩人分主賓對座。一個侍衛斟茶畢，退了下去。鄭和示意茶盅道：「請。」

陳祖義舉起美麗的茶盅，細細觀賞一番，之後才揭蓋輕啜一口，立刻陶醉不已，驚叫：「大人，這好像是極品龍井呀！在下曾從茶經上讀到過，說極品龍井，乃是皇家貢品！」鄭和頷首得意地說：「不錯。這確實是御用的貢茶。皇上令本使帶至海外，是要贈送給列國君王的。」陳祖義激動地說：「在下一個化外小民，竟然能喝上皇上喝的貢茶了！天哪，這是多大的恩典呀！在下一口入腹，心都要化了。」

鄭和聽得心花怒放：「哈哈。吳公子，回頭我賞你二斤！勞你帶給令尊大人嘗嘗。」陳祖義立刻跪地說：「吳家祖孫三代，叩謝國使大人天恩！」鄭和忙道：「起來，起來！公子啊，你們吳家世居海外，應該是見多識廣、閱人無數吧？」陳祖義矜持地笑道：「不敢。在海外嘛，但凡是有些身分的人物，吳家都打過交道。」鄭和沉吟著：「本使想跟你打聽三個人。這三人嘛，個個有身分，而且一個比一個高！」

有三個？陳祖義一眨眼：「請大人示下。」

鄭和說：「頭一個人名叫南軒公。人稱『海神爺』，聽說他上通天文、下識海象。南洋各國的語言、風情、民俗，他也是無不知曉。你可知道此人哪？」

陳祖義心中一凜，表面上卻若無其事：「豈能不知！南公是家父結義兄弟，小人得尊他一聲伯父！」鄭和喜出望外地問：「他現在哪裡？」陳祖義說：「珍珠嶼……」鄭和打斷他：「好極了，我即刻派船請他來！」陳祖義露出惋惜的神色：「稟大人！在下是說南公葬在珍珠嶼……他已經過世了。」鄭和大失所望：「過世了……何時過世的？」陳祖義悲傷地說：「去年冬天過世的。家父厚葬了南伯父，小人披麻戴孝，為他守靈七七四十九天。」鄭和望著陳祖義，長嘆一聲，沉默半晌，之後道：「再一個人，名叫陳祖義。」陳祖義反映極快，故意驚叫道：「海上巨盜，渾名『混海龍』。此人作惡多端，海外的漁家和商戶，無不對他切齒痛恨！」鄭和正聲道：「本使奉旨剿滅此賊，為民除害！吳公子，你可知道他有多少部下、戰船？還有，他的巢穴在哪裡？」陳祖義狡黠地暗笑著，面上卻不不露聲色：「稟大人，陳祖義有大小戰船一千二百多條，部下三萬多個，個個是海上慣匪。」鄭和不由大驚失色：「怎會有這麼多？」陳祖義裝腔作勢地嘆息著：「因為陳祖義的部下不僅是漢人，他還勾結了南洋許多邦國的海盜，成為他們共同的首領。連各國君王也不敢與他為敵，每年都向他上貢納賦，以換取本國的平安。」鄭和不由得義憤填膺：「巨盜不除，四海不寧啊！他的巢穴在哪兒？」陳祖義道：「聽說陳祖義有巢穴多處，最主要的一處是在舊港。」鄭和不再問下去，又打聽第三個人，道：「這個人嘛……你如果知道，就說說。如果不知道，希望你忘了此事。」陳祖義丈二和尚摸不著頭腦，小心翼翼地說：「在下明白大人的意思了。在下無論知道不知道此人，都萬萬不敢外洩。」

鄭和滿意地點點頭，謹慎地說：「此人是個僧人，法名應文。身高五尺六寸，年齡二十二歲，額頭扁扁的。」陳祖義思索片刻，搖頭道：「僧人……從沒有見過，也沒有聽說過。」鄭和只得換了個方式再問：「嗯。我這麼說吧。近兩年來，有沒有中土的官宦人家流亡到海島的？」

陳祖義費力回憶著：「永樂元年秋天，曾有幾百個內地難民，乘船漂移到小琉球島。他們曾向我吳家購買過許多日用百貨，我送貨時見過他們。」鄭和急忙問：「看見過他們的首領嗎？」陳祖義道：「看見了。但他是一位貴公子，不是什麼僧人哪！」鄭和突然跳起，緊張地踱了幾步。回頭衝著陳祖義說：「隨我來。」他把陳祖義帶到另一面艙壁前，對侍衛頷首示意，兩個侍衛上前拉開垂簾，現出六個人的畫像。這些人老少肥瘦不等，相貌各異。其中有一位是朱允炆。鄭和厲聲問：「你說的那位貴公子，在這些畫像中嗎？」陳祖義上前，仔細觀看。他躊躕著、猶豫著，鄭和一直緊張地注視著他。終於，陳祖義大聲說：「在。」

鄭和顫聲問：「是誰？」

陳祖義伸手一指，指定的竟然就是朱允炆的畫像：「就是他！」

鄭和渾身一抖，他控制著自己，臉色蒼白地笑了笑。主子牽腸掛肚的侄子、建文帝朱允炆，居然真的流落在此地！雖然他早有這個思想準備，但仍然震驚，往事浮現在眼前，就是當年在暗道對朱允炆的那次追尋，讓他見識了大海，開拓了他的視野和胸襟，如今，竟然又要在茫茫大海裡抓捕朱允炆，是奇蹟，還是宿命？他不由得生出一絲惻隱之心，有意無意地揮了揮手，將這個隱蔽的念頭拂去。

# 第十九章

陳祖義離開寶船的時候，顯出戀戀不捨的樣子。鄭和送他到舷梯邊，部下已經端了一盤禮品過來。盤子裡除了幾盒包裝精美的龍井貢茶之外，還有一套景德鎮精瓷茶具，另有白銀三百兩。鄭和和藹地請陳祖義收下。陳祖義跪地道謝，鄭和扶起他，動情地對他說：「盼你進京之後，好好的考！一定要考個功名回來！唉，我可真羨慕你們這些讀書人哪，個個是金枝玉葉，天子門生！好，再見吧。祝你秋幃得意，金榜題名啊！」

陳祖義滿面真誠地再次回禮道：「小人祝願大人巡使成功，剿滅陳祖義，賜天下以太平！」鄭和笑道：「我知道了！」陳祖義再拜，聲音竟哽咽起來：「小人全家……日夜為大人祈福。」鄭和心裡暖融融的，目送著陳祖義回到自己的船上。

陳祖義捧著鄭和的贈物回到海盜船上，他跪在船首，遙遙地向寶船叩拜，致禮，大頭目趕緊將船駛開。海盜船距寶船越來越遠，雙方看甲板上的人有點模糊了，陳祖義冷冷一笑，恢復了舊態。自得地說：「二叔瞧見了吧，我來去自如，被鄭和待如上賓！」大頭目高興得嘴半天合不攏，說：「公子虎膽龍威啊，二叔佩服死了。」

陳祖義目不轉睛地盯著巨大的海船說：「現在你該相信了吧——早晚，我會得到這條寶船。」大頭目信心十足地連聲道：「相信，相信。」陳祖義吩咐立刻升帆起航，返回舊港。

鄭和立於舷邊，還在眺望著陳祖義乘坐的海盜船，臉上竟有難捨之意。王景弘湊上來道：「大人好像挺喜歡他。」鄭和被海上的光波照得微瞇了眼，他沒有收回目光，說：「這位吳公聰明伶俐，見多識廣，身上也沒有一點銅臭氣，說不定，他此次入幃真能博取功名哪！」王景弘道：「敢問大人，吳公子提供了什麼情況嗎？」鄭和這才回過神來，深深點頭道：「十萬火急！傳命各副使、各指揮，速到大艙議事。」

鄭和自己先回到天元艙。他的手在海圖上移動著，漸漸指向一群小島，旁邊寫著：琉球。他叩指敲擊一記，轉回身。王景弘等文武官員已經排立在艙中待命。鄭和道：「據吳公子稟報，永樂元年秋天，有一群官宦人家，從內地漂流到了琉球島。內中，為首者就是遜帝朱允炆！」說著兩眼掃射著面前聽他說話的人。王景弘、吳宣等人臉上都露出驚駭的神色。王景弘見沒人開口，先說出他的懷疑：「這位吳公子，先前並沒有在宮廷裡待過，他怎麼會認識建文皇上呢？」鄭和說：「對此，我本來也有些疑惑，但是……」鄭和一把扯開牆簾，再次現出那些人像，他指著畫上的朱允炆道：「吳公子一眼就認出了他！」吳宣興奮起來：「琉球島距此大約百里，順風的話，明天就能馳到。」鄭和肅容道：「皇上嚴旨，令我等巡使西洋途中，搜查朱允炆，生要見人，死要見屍。傳命吧，船隊轉帆掉舵，直馳琉球群島！」吳宣遵命而去，王景弘請示：「請國使示下。這裡距孛尼國已經不遠了，該國使臣現已是歸心似箭，可否分派兩艘戰船，先送孛尼使臣歸國？」鄭和「嗯」了一聲，說，「既然他們有此心願，自當成全。請他們來吧，本使親自相送。」接著就聽見幾個號手在舷梯處吹奏嘹亮的螺號，甲板上的水手聽到迎賓螺號立刻挺胸立定。孛尼國正、副使臣也從自己的船上過來了，早就等候在此的王景弘上前恭敬一揖，然後引領著兩人朝立於高臺的鄭和走來。

正、副使朝鄭和深深一拜。正使道：「孛尼王儲木嘎拜見大明國使。」鄭和還禮，彬彬有禮地說：「王儲閣下，貴國距此不遠了，聽說閣下歸心似箭。我們準備派船送兩位先行歸國，不知意下如何？」正使惶然道：「大人已經到了孛尼近海，為何不就近拜訪下國？我父王一直盼望著見到大明國使啊。如果我不能把您請到皇宮作客，父王必定怪我無能。盼望大人隨在下一同前赴下國。在下給大人叩頭了！」鄭和急忙上前扶住，說：「我們恰逢一件差使，急需前去料理一下。萬望閣下諒解。本使保證，長則半月，短則十天，本使必定抵達貴國，敕封孛尼君王。」正使似還有些狐疑，早沒事，晚沒事，現在突然能有什麼事？就問：「大人當真麼？」鄭和慨然道：「大明國使，絕不食言！」正使歡喜道：「那可太好了！在下將稟報父王，預先為大明船隊準備下淡水、瓜果、糧草，補充船隊給養。」鄭和滿意地說：「多謝。到時候我們會用大明物產與貴國交換。除此之外，大明皇上還有厚禮相贈。」

正使喜形於色，正要叩謝，鄭和又對他說：「還有一句話，務必請閣下轉告貴國王。大明船隊到訪之日，將嚴守貴國律令，不經邀請不會登岸。登岸之後，也絕不傷及一草一木。貴國朝野上下，盡可放心。」這話說在了正使的心坎上，原本他是有點擔心呢。他激動地跪地深拜：「大人這句話，實在令人感動。鄙國上下，拜謝大人了！」鄭和高聲說：「後會有期——送客。」

螺號聲又響了起來，客人走後，寶船發出三聲炮響，一面巨大的「行」字令旗急速升到了桅頂。立刻，四周的艦船都相繼響起螺號聲，並且都升起令旗。船隊起帆行駛了。船隊分水道而行，兩艘戰船載著孛尼使臣西行，寶船率領船隊南馳。孛尼使臣立於戰船甲板上，朝寶船遙遙拜別，鄭和立於寶船舷邊，遠遠地向他們揮手示意。鄭和沉思著對身邊的王景弘說：「景弘啊，你說這些海外異邦，對大明巨艦的到訪，果真就那麼歡迎麼？」王景弘說：「在下也看出來了。他們的親近當中，總是暗藏畏懼。他們的恭敬當中，始終有深深的提防。」

鄭和說：「是啊，海外的風俗人情，異於中土。看來，我們每行一步都得謹慎小心，以仁義為本，誠信當先，以示天朝上國的風範。要不然，人家一看見咱們這些寶船巨炮，就會生出重重疑慮來。」王景弘說：「在下想，他們之所以對我們心存畏懼，很大程度上是由於陳祖義為患。要知道，這個海上巨盜也是個漢人哪。」

鄭和切齒道：「不錯，此患如不消除，何以張揚天朝恩威?!」

讓鄭和牽腸掛肚的陳祖義一夥海盜此時離寶船其實不遠。他們幾艘海盜船隱藏在一座小小的島礁石後面，海盜們正在生火做飯。一個靈巧的海盜攀上高高的船桅，朝海面四處張望。他突然發現了分水道行船的寶船船隊，立刻大聲向陳祖義報告，陳祖義跳到礁石上，翹首遠望，一面吩咐桅杆上的海盜再看看清楚，到底分出幾多船？朝何處行駛？海盜瞇縫著眼睛分辨了一會，說：「分出兩條海船，朝西行馳。大船隊向南面起航了。」陳祖義沉吟片刻，冷冷一笑：「大船隊嘛，肯定是馳向小琉球，捉拿朱允炆。那分出去的兩條船會馳向何處呢？」他費力想了一會，驀然叫道：「對了。西行百里就是孛尼國。他們想聯絡孛尼王！」陳公子真是神機妙算！大小頭目們心裡想著，臉上都露出欽佩的神色，一個頭目問：「鄭和心思，公子一眼就瞧出來了。那咱們怎麼著？」

陳祖義立刻吩咐起錨，跟上西行的船隻。又對大頭目說：「二叔，勞你親自把舵，保持二十里距離。咱們既不能丟了目標，更不能讓他們發現。」大頭目興高采烈地叫：「曉得！小的們，起錨扯帆嘍！快快！」眾海盜紛紛跳回船上，亂哄哄地忙碌。幾條海盜船從島礁後滑出，馭風疾馳，尾隨著鄭和的船隊。而鄭和的船隊卻在匆匆朝琉球島行駛。第二天黎明的時候，在金紅色的朝陽裡，海面上隱隱約約出現一片青黛色的島嶼，霧靄一樣的朦朧。鄭和的寶船是多桅巨船，一處的帆頂瞭望哨稟報，東南方的天后星下，望見了一片島嶼。鄭和快步走到舷邊，伸出右掌，叉開拇指與小指，對向天上星座，再順勢往下一看，果然看見一片黑黝黝暗影。吳宣在旁邊道：「小琉球到了。請大人示下。」

鄭和沉聲道：「派兩千甲士。分乘二十條戰船，隱蔽登島。」吳宣高聲喊著「遵命」而去，即刻，前桅頂立刻升起一串燈籠，紅白相間。甲板上，一大片早已端坐待命的兵勇紛紛執刀槍起身，整齊地步向舷梯。

鄭和注視著遠處那片夢一般的暗影，它們正在一點一點靠近，從夢境中迎面漂來。終於漂到了眼前，大片戰船全部馳近島邊，鄭和立於首船前的甲板上。

只聽「咚」的一聲，戰船接岸。鄭和喝令登島，吳宣領著眾多兵勇嘩嘩地跳下船，踩著海水湧上琉球島。也就在這個時候，在撲朔迷離的海洋上，兩艘海盜船也悄悄地馳近了護送使者的大明戰船。

陳祖義立於前舷，注視著黑暗中那越來越近的船身。在他身後，海盜都已換上黑衣褲，手執長刀、利叉，臥伏在甲板上。陳祖義回頭，揮一下手。低喝：「二叔。上！」大頭目立刻從舷邊翻身下船，跳進一條快蟹船。低喝著：「快！快！」海盜們紛紛跳進快蟹船中，一齊搖槳，朝戰船衝去。

這裡的黎明靜悄悄，戰船上也是一片寂靜，各處都散臥著呼呼大睡的兵勇。吳勇正與兩個舊部圍著一個酒罈子飲酒。一個部下舉碗道：「吳哥，這些日子委屈您了，小弟敬您一碗！」吳勇憤憤地說：「還是出來辦差好，省得受烏殼貝的氣！乾了。」部下飲盡，望著無邊大海嘆道：「這上不著天、下不著地的，到哪是頭啊？」吳勇苦著臉說：「早呢！沒個三年五載，回不去。」另一個部下做出渾身發癢的樣子：「媽的，要有個女人多好哇！」吳勇笑他：「饞啦？」部下並不在乎：「吳哥不饞麼？」另一部下壞笑著：「太監們割了卵子，熬得住。咱又不是閹貨！」吳勇爽利地說：「等到了孛尼，花兩銀子買個毛丫頭，讓你解解饞！」兩部下開心得大笑起來。

這時快蟹船無聲無息地靠近了戰船。大頭目扯出一條掛著銅鉤的繩索拋上船舷。只聽輕輕一聲響，銅鉤牢牢地鉤進船身上了。大頭目口中叼著長刀背，雙手扯著繩索，率先朝戰船上爬。海盜們跟隨著他一個個爬上戰船甲板。吳勇正舉碗欲飲，忽然聽到動靜，扭頭一看，驚叫：「海賊上來了！」海盜大頭目已揮刀撲來，手起刀落，砍翻了一人。吳勇急忙抵擋，同時狂呼：「殺賊！殺賊！」

船上頓時一片混亂。酣睡的大明兵勇從甲板上跳起，紛紛尋找兵器，迎戰海盜。到處刀槍相擊，慘聲四起。孛尼王儲從艙內跑出，手裡還提著褲子，見狀驚恐萬端。混亂中，他認出了那個海盜大頭目，不由得驚慌失措，悄悄地摸到舷邊，縱身欲跳海。海盜大頭目衝過來，一把將他摔倒在甲板上。幾個兵勇見狀立刻揮刀上前救護孛尼使臣，與海盜頭目惡戰不休！

此時琉球島上，兵勇們慢慢接近了一座小村落。村落外是一座圍欄，村落裡全是簡陋的草棚。鄭和一邊走一邊仔細觀察，驚訝地看見棚外擱置的瓷器、瓦罐，居然都是中土之物。接著，他扯開一面垂搭著的黃色旗幟，細看，竟然是一面破碎的大明宮廷王旗！鄭和沉聲下令：「快。四面包圍，不准放走一個人！」吳宣率領兵勇衝入村落，砸門破戶而入。村子裡立刻響起了一片混亂的驚叫聲。

而這時候的陳祖義正在得意著，他認為鄭和中了他的調虎離山計。使臣船上已經鮮血遍地，屍首縱橫，被海盜完全占領了。陳祖義在甲板上逍遙地巡視，上上下下地打量、撫摸著這艘大明建造的三桅、十八丈戰船。尤其是對舷邊那一排排巨大銅炮，更是讚嘆不已：「好，好！中土火器，天下無雙啊！」四五個大明水手被海盜們押過來了，中間一個是吳勇。大頭目問：「公子，怎麼處置他們？」陳祖義反問：「二叔，你看呢？」大頭目說：「老規矩，砍了算啦！省得麻煩。」陳祖義的眼珠轉了一圈，道：「現在和以前有所不同，咱們與鄭和相鬥，就不能怕麻煩。這些人，留著有用，塞到底艙裡去吧。」

吳勇跳腳怒罵：「海賊，我大明戰船遍布四海。你如敢傷爺一根毫毛，定把你千刀萬剮！」

陳祖義微笑著說：「兄弟。我告訴你，中土的千刀萬剮，在海外根本無足掛齒。你可聽說過穿心祭海嗎？」

吳勇一聽穿心祭海這個名字就知道來者不善，他愣愣地望著陳祖義那張白淨的面孔，沒有說話。陳祖義用冷酷的聲音說：「穿心祭海，是孛尼人對待仇敵的一種極刑。先餓你們幾天，讓你們把肚裡的東西都排乾淨嘍。再用一杆尖竹插進你們肛門，進入腹中，穿心而過，直到從口腔裡穿出來。哦——就像你們中土的糖葫蘆串。最後，把你們這些『人葫蘆』立到竹排上，推進大海，隨波逐流，孝敬海神。命大的傢伙，這時還沒死透哪！嘿嘿嘿。」

吳勇幾個恐懼得發抖，嘶聲叫道：「惡盜……天誅地滅！惡盜！」陳祖義冷淡地說：「哼，本公子如果不惡，那還配做盜麼？下去吧。」立刻上來幾個海盜把吳勇推下底艙。這時候，孛尼王儲被兩個海盜押過來了。陳祖義一見不禁大笑，拱手揖道：「這不是木嘎王儲嗎？唉呀呀，多日不見了，得罪了！」

木嘎打量著甲板上的屍首，憤怒得聲音顫抖：「陳祖義，你、你竟敢殺了大明的水手！你……鄭和能饒過你嗎？」

陳祖義狡黠地笑道：「王儲多慮了。您想想，如果鄭和以為這些水手是你們孛尼人殺的，他能饒了你父王嗎?!」木嘎一怔，很快明白過來：「什麼，你想把這些人命栽到孛尼國頭上?!」陳祖義哈哈大笑，神態竟像在哄一個孩子：「那只是個想法而已，究竟怎麼著，你我可以慢慢商量。現在，輪到我護送王儲閣下歸國了，我也正好順路拜見孛尼王。怎麼樣?請進艙吧。」

木嘎佇立不動，沉默無言。陳祖義沉下臉來：「當然啦，王儲如果不願意護送的話，也可以自己游回去。」這時候，船上的海盜們正把一具具大明兵勇屍體拋進大海。木嘎驚顫著，默默跟著陳祖義進入內艙。

而琉球島上的漢人已全部被從家中驅趕出來，集中在村落旁的空地上，男女老幼，烏鴉鴉一片，大家膽戰心驚地偎縮在一起。王景弘帶領著幾個官員在人群中搜尋，他們抬起每一個男人的臉，仔細端詳著。鄭和佇立在一株盤根錯節的巨大榕樹下，心情複雜地朝這邊望著。他背著手，那杆王旗攥在他的手中。王景弘審驗過後，快步來到鄭和面前，低聲道：「稟大人，沒有建文帝。」鄭和微微點頭：「我看見了。」王景弘因為在內宮侍候皇上多年，所以認識不少當年皇宮裡的人，告訴鄭和：「這些人確實從內地亡命而來，在下認得其中好幾個。那個黃衣老頭就是太常寺卿劉國忠。那個中年漢子，是前朝兵部侍郎韓山平。」鄭和沉聲道：「這兩個都是《罪臣榜》上的人！一直沒能捉拿歸案，想不到竟藏在這裡。」

吳宣也走了過來，說：「既然他們在這，朱允炆也肯定在此藏身。」王景弘搖搖頭：「兵勇們已經把這個島子都搜遍了，所有人都在這，並無建文帝。請大人示下。」鄭和吩咐把劉國忠帶來。王景弘一揮手，兵勇就押著劉國忠過來了。劉國忠哪裡還有過去那個一品大夫的模樣，除了一撮山羊鬍子，整個一個憔悴的老樵夫了。他近前抱拳一揖，聲音也老了：「老夫劉國忠，拜見欽差大人。」

鄭和責問：「為何不跪？」劉國忠倔強地仰著脖子說：「老夫位居一品，似乎在大人品級之上。依律，老夫不當跪。」鄭和心中不快，卻並不表現在臉上，問：「你們是怎麼亡命至此的？」劉國忠說：「建文四年……」鄭和找到了發洩口，怒聲打斷：「朝廷已經明令取諦建文年號。洪武之後，便是永樂！」劉國忠想爭辯，思想上掙扎了一會，終於還是躊躕地說：「這……那一年秋天，朝廷四處捕殺建文舊臣，我等不願意歸降，也不願意赴死。為了躲避屠殺，我等前朝臣工們就領著家小、僕從亡命到了海外。我等在各地漂流數月，輾轉到了這個化外海島。我等只想仿效古賢，持節自守，在此另立家園。日出而耕，日落而息，不聞世事，終老天年而已。老夫叩請大人明察。」鄭和的聲音這才稍稍平和些：「你們還有多少人？」劉國忠說：「稟大人，中土難民全部在此。共有三十五家，男女老少二百三十三口。」

鄭和「哼」了一聲道：「有一人卻不在此。你們把他藏到哪去了？」劉國忠說：「大人問的是建文皇上吧？」鄭和說：「知道就好！」劉國忠肅然道：「稟告大人，自從破宮之後，我等就再沒有見過皇上。老夫對天盟誓，島上絕對沒有建文皇上。」鄭和將那杆王旗擲到他面前，氣憤道：「看，這是王宮行令的禁旗！你還膽敢狡辯？」劉國忠沙啞地大叫：「稟大人。雖然有旗，卻沒有皇上呀！我們之所以立一杆王旗，是為了延續祖宗血脈，為了恪守建文年號，也為了向島外的土著表明，這座島已經是大明聖地了，但求避免侵擾！大人哪，我等長年孤處荒島，家國萬里，無依無靠，這一杆王旗就是我等命脈所在，是中華漢人的根哪！萬望大人明察。」鄭和心有所動，沉吟不語。吳宣見狀，忽然靠近鄭和，低聲道：「鄭大人，這群人本是建文死黨，不會輕易招認。」鄭和便問吳宣有什麼主意。

吳宣主動提議把這些人交給他來審辦。鄭和聞言驚訝地打量吳宣，知道他建功心切，想做自己不願意做的事情，以顯示他這個前朝舊將，對當今皇上的忠誠。他自然不便阻攔，就說：「好吧，就讓你全權處理。」說著甩手離去，獨自走向海邊。

吳宣站到剛才鄭和站的位置上，喝令：「抓十個男人過來，綁在榕樹上。」

人們紛紛往後閃避，兵勇們強行從人群中抓捕了十個男人，將他們推拉到榕樹下。一個衣衫破爛的老者，頭戴斗笠坐在地上，兵勇上前一把打掉他的斗笠，他垂首不語。兵勇喝叱：「起來！」他鎮定地起身，聽任兵勇把自己抓到樹下。十個男子貼著樹身站立。一根長長的繩索，把他們全部捆在粗大的樹身上，剛好一圈。

劉國忠在邊上驚恐地看著，顫聲問：「吳總兵，吳大人……你想幹什麼?!」

吳宣從腰間拔出酒葫蘆，一氣飲盡，然後將葫蘆扔掉。他從身上摘弓取箭，對著劉國忠說，「你聽著，我不會像鄭大人那麼囉嗦。我問你，朱允炆在哪？」劉國忠急切地高聲回答：「老夫說過，這兒沒有建文皇上！老夫說的是實話！」吳宣張弓搭箭，冷冷地說：「本將箭囊裡有三十支箭。你如不招，我會一支支射出去！我再問你一遍，朱允炆在哪？」劉國忠撲地而跪，慘叫：「吳大人，島上絕對沒有建文皇上！」話音剛落，吳宣錚地放箭，綁在榕樹上一個男人大叫一聲，利箭正中他胸膛。吳宣又拔出第二支箭，再次張弓搭箭：「劉國忠，朱允炆在哪？」

劉國忠的頭顱重重地叩擊地面，泣道：「天哪！沒有哇，確實沒有哇！」吳宣錚地一聲，又射出第二支箭。榕樹下，又一個男子中箭死去。

鄭和耳聽著這裡的動靜，兀立不動。巨浪撲濺到他的腳下，打濕了他的衣褲。但他宛如礁石，沒發出一點聲音。王景弘氣喘吁吁地奔來，顫聲叫道：「鄭大人，你就這麼縱容吳宣嗎？」鄭和目視遠方的海面，不說話，也不看王景弘一眼。王景弘痛苦地說：「我明白了。你自己不想殺人，就利用吳宣來作惡！」鄭和長嘆一聲：「景弘兄，你了解皇上嗎？」王景弘一怔：「哪一個皇上？」鄭和道：「自然是當今皇上。」王景弘賭氣地說：「自然沒有你了解。」鄭和點點頭：「說得是。我跟隨皇上二十多年了。我猜得出來，吳宣膽敢如此，是因為他有皇上的密旨。」王景弘驚得渾身一抖：「什麼？」

鄭和淡淡地說：「有什麼好奇怪的。我雖然是大明正使兼船隊總兵，但皇上不會只信任我一人。皇上之所以起用吳宣做副使兼副總兵，不僅是為了協助我，也是為了制約我！出海前，吳宣曾被皇上秘密召見過……景弘兄，恕我斗膽猜想，也許你也握有皇上密旨吧?!」王景弘大驚失色，一時竟不知如何回答，半天才輕輕說：「沒有。」

鄭和的聲音顯得很累：「我不會抱怨皇上，但我太理解皇上的心思了。皇上啊，他最擔心、最憤怒、最警惕，甚至最恐懼的事只有一件，那就是朱允炆東山再起，威脅永樂王朝。在這件事上，皇上寧肯錯殺一千，不會放過一個。吳宣這樣的鷹犬，皇上恰好可用。」

又一陣刺心的慘叫聲傳來！王景弘手指著榕樹方向，臉色蒼白地顫聲說：「鄭和，你聽聽，你就看著吳宣把他們都殺完嗎?」鄭和難過地低下頭，嘟囔道：「他們原本就是前朝罪臣……」王景弘憤怒的目光直射鄭和：「我也是前朝的人！前朝臣工未必都當死罪！」

鄭和緊鎖雙眉，仍然沒有要說話的意思。王景弘憤怒離去。

綁在樹上的男子已經死去一半，每人胸前都扎著利箭，鮮血如注。聚集在空地上的前朝難民哭喊成一片，其狀慘不忍睹。劉國忠早已昏倒，兩個兵勇強行拉起他，狠命搖晃。劉國忠又慢慢睜開眼。吳宣再次張弓搭箭，面無表情地問：「朱允炆在哪裡?」已經氣息奄奄的劉國忠，說不出話來了，痛苦地搖了搖頭。

吳宣的箭鋒瞄向榕樹，瞄向了下面一個，那個衣衫襤褸的老者。那個一直顯得很沉著的老人望了望他身邊一圈被射死的人，終於開了口，他大叫：「我不是大明遺臣，也不是大明的難民……」

吳宣瞄著他不動：「那你是誰？」老人高聲叫：「我名叫南軒公。」吳宣的手被人猛拍似的，抖了一下。他猶豫著，卻沒有放下弓箭。這時忽聽旁邊一聲大喝：「吳宣，住手！」只見王景弘喝罷，快步跑到樹前，他用身體護住了南軒公。吳宣只得慢慢地放下弓箭。

王景弘打量著南軒公，道：「再說一遍，你是誰？」南軒公也打量著王景弘，見他面善，感慨地嘆道：「我是南軒公。」似乎是不得已才說出自己名字的。吳宣在旁邊虎視眈眈地望著，插話：「胡說，南軒公已經死了！」王景弘不理睬吳宣，喝令兵勇解開南軒公。兵勇看看吳宣，吳宣無奈地點點頭。兵勇趕緊解開了南軒公。王景弘拉上南軒公就走。吳宣朝兵勇們喝道：「聽令，這些人都是欽犯，把他們押上船，關進底艙。帶回大明審辦。」

鄭和仍然坐在礁石上，表情痛苦而迷茫。一陣巨浪打來，浪花濺到臉上，分不清哪裡是淚哪裡是水。

王景弘拉著南軒公快步走來，似乎已經忘卻了剛才的不快，聲音裡有掩藏不住的興奮：「鄭大人，此人自稱是南軒公。」

鄭和迅速抹一把臉，跳起來，盯著南軒公，似在辨別他的真假：「什麼？你是南軒公？綽號『海神爺』？」南軒公卻怒視著鄭和說：「海神不敢當。在下只是南軒公。」鄭和冷靜下來，疑慮重重：「台中吳家公子說，你去年病死，葬在珍珠嶼。」南軒公冷冷道：「大人說的那位吳公子，是不是一個羽扇綸巾、風度翩翩的書生？」鄭和說：「是啊。」南軒公厲聲叫著：「他就是海上巨盜——陳祖義，渾名混海龍！」那冷蔑的神態，不知是對鄭和，還是對陳祖義，或者兩人都針對。鄭和又羞又惱地反駁：「胡說。本使親眼見過吳公子。他談吐文雅，處處守禮，沒一點凶神惡煞的樣子。」南軒公一臉的不屑：「沒有凶神惡煞的樣子就不是凶神惡煞了麼？狗熊的樣子不像老虎獅子那樣張牙舞爪，但它照樣吃人。在下敬告大人，這位吳公子就是陳祖義，他呀，比凶神惡煞還要凶神惡煞！」

鄭和懵了，自言自語道：「不會吧？不會是他……」南軒公見鄭和似有惋惜之意，也嘆了一口氣：「大人哪，陳祖義也曾經是一介書生，也夢想著讀書取仕。但他在考場上忘了避諱，竟把朱元璋的『璋』字寫了出來，結果以悖逆之罪慘遭懲處。他一怒之下，下海為盜。幾年之內，反而成為縱橫四海的巨盜頭子，連各島國君王都不敢惹他。為什麼呢？因為他讀過幾年書，他比尋常海盜更有目光心計，更加凶狠惡毒！」

鄭和還是將信將疑，不禁奇怪地問：「你怎麼會知道得這麼清楚？」南軒公不忙回答，卻反問鄭和：「敢問大人，你是不是在到處尋找我，想把我收入船隊，助你巡使西洋？」鄭和直言：「是。」南軒公道：「這就是了。陳祖義聽到風聲，就搶先把我抓上賊船，他和我海闊天空地聊了幾天，勸我做海盜的總舵。我拒絕了，在你們相遇的前一刻，他把我沉入了大海！」鄭和道：「既然如此，你怎麼能夠生還呢？」南軒公道：「我落海之後，僥倖掙脫了吊籠。後來遇見一艘漁船，正是小琉球的漁家，我才回到了島上。」

鄭和羞愧地嘆了一口氣：「我上當了！陳祖義說，朱允炆就藏在這個島上。」

南軒公一笑道：「陳祖義還說過，他已經把建文帝弄到手了，他要挾天子以令諸侯，聚集天下忠義之師，助建文奪回皇位。」

這事非同小可，鄭和頓時大驚失色，竟說不出話來。南軒公說：「還有更可怕的事呢。陳祖義已經和建文帝歃血盟誓，光復之後，內陸盡歸大明朝廷，海洋則歸屬他陳祖義。建文帝還答應將這個盟約，立為永世不移的大明國策，子孫相傳！」鄭和怒目髮直，渾身氣恨得發抖，憂憤地說：「陳祖義要是和朱允炆勾結起來，那、那真要禍滿天下了。」

一直在旁邊聽著兩人說話的王景弘驚嘆道：「這個汪洋巨盜，果然膽略超人哪！可恨，可怕！」而內心一陣急風暴雨之後已經迅速平靜下來的鄭和反過來寬慰兩人道：「我看陳祖義是虛張聲勢，其實他根本沒有得到朱允炆。」南軒公此時也完全站在鄭和的立場上了，點點頭：「完全可能。不過，請大人細想一下，虛張聲勢也是一種聲勢啊！在茫茫大海行船，依靠得是什麼呢？風與帆。換句話說，也就是『聲與勢』罷了。」

一個老人居然還能如此敏銳，如此有靈性，鄭和不禁佩服地望著南軒公。他讚同道：「是啊，陳祖義有沒有得到朱允炆，其實並不重要。重要的是，他已經打出了建文帝旗號，那他就如虎添翼了。今後，海盜們可就要搖身一變，自稱是大明義軍了！唉，此盜不除，四海不寧，大明不安哪。」南軒公肅然道：「大人如能剿除陳祖義，那麼，不光是千萬戶漁家感激你。這西洋、南洋、東洋上的所有海國君王，也會傾心拜服。」

這話說得鄭和心裡熱辣辣的，感動、舒服。他深深一揖：「多謝南公。斗膽請南公與我同登寶船，我想……好好地拜謝你。」南軒公卻突然變了臉：「大人是相請呢，還是綁架？」鄭和笑道：「你說呢？自然是真誠相請。」南軒公並不買賬：「我要是拒絕呢？」鄭和略作思考，說：「本使敬奉尊意。南公來去自由。」

南軒公眺望海洋，目光包裹了那艘寶船，忍不住道：「唔，說實話，我真想看一看大明寶船，它們真是非凡之物啊！」

鄭和歡喜地說「請」，就和王景弘引領著南軒公登上了寶船。三個人在甲板上巡視，鄭和且走且自豪地解說著：「此船造於大明龍江船廠，長四十四丈，寬十七丈，高六丈八尺。全船有主桅四杆，每桅三帆。可容納兩千多兵勇！看，這是大將軍炮，口徑六寸，每尊重達五千五百斤。一炮發出，天崩地裂！南公再看這座尾舵，它是用千年鐵力木打造的，高三丈二尺，堅韌無比。這是一雙大鐵錨，每錨四爪，長及一丈，各重兩千八百多斤！」南軒公雖是海上智者，但活動範圍主要就是周遭的幾個島國，夢中都沒見過這樣的大船，他忍不住地讚不絕口：「簡直難以置信啊！難以置信！老夫如在夢中。」

鄭和得意地說：「那吳公子、哦不，那陳祖義上船觀看時，也有如夢之嘆！」

南軒公道：「我想，陳祖義不光有如夢之嘆，更會垂涎三尺！他那些海盜船和大明寶船相比，如同一隻蛋殼。」鄭和咯咯咯笑了，自豪地指著空中一座巨大吊輪道：「南公再看這兒。此船不光有舷梯，還有升降吊籠。無論人員、貨物、戰馬，均可由吊籠上下，極為快捷。」南軒公連連點頭，嘆道：「老夫六歲下海，五十多年來，東、西、南、北各洋上的海船都見識過。但這麼大的船，老夫別說見，想都不敢想啊！」鄭和立刻說：「南公哇，我們雖有巨船，可就是缺少一位精通四洋的海神爺啊！」

南軒公轉開臉沉默了。

這時候，空中的吊輪忽然嘎嘎地轉動起來。甲板上十幾個壯漢絞動轉盤上的絞關木，將船舷下的吊籠緩緩升上去。南軒公的眼睛驚訝地睜大了。他看見升上來的吊籠中，擠滿了前朝遺民，男女老幼，衣衫襤褸，像畜生一樣相互緊緊偎縮傍在一起，眼中充滿了恐懼和絕望之色。南軒公冷冷地望著鄭和說：「鄭大人，老夫也進過陳祖義的吊籠。不同的是，您的吊籠可比陳祖義的大多了！」

鄭和掩藏不住自己的尷尬，對他說：「這事嘛……我自有主張。」南軒公鄭重地說：「請您相信，島上根本沒有建文皇上。這些前朝遺民之所以亡命天涯，就是為活命罷了。他們這些人，終生都不敢再入中土一步！他們的子孫後代，都會慢慢地演化為土著，最多只記得自個的祖先是漢人。而他們這輩子只能是依海為生，自食其力，像野草那樣苟活、繁衍！鄭大人哪，他們永遠無害於大明了，大明為什麼還不肯放過他們呢?!」

鄭和心裡鬥爭著，臉上的表情難以捉摸，南軒公和王景弘都緊張地盯著他的臉。半晌，鄭和突然問旁邊一個官員吳宣去了哪兒?官員說就在船下。鄭和吩咐：「請他立刻到天元艙見我。」說著鄭和匆匆進入了天元艙，王景弘不無擔心地望著他的背影。鄭和進入天元艙不一會兒，吳宣就進來了，鄭和劈頭便問：「吳宣，你打算如何處置那些人？」吳宣回答：「依大明律，他們都是逃犯，應該解押歸京，交刑部嚴辦。」「如何解押?難道在艙底關押三五年麼？」鄭和微嗔道。

吳宣笑了：「那倒不必。在下已經安排好了。男人麼，全部罰做苦役。女人嘛，發往各船做洗衣婦。」鄭和沉思著說：「做苦役的，只怕活不過半年。做洗衣婦的，只怕會被各船兵勇們姦淫至死!你不是不知道，兵勇們四個月沒見過女人了。你把這些民女送去，豈不令他們瘋狂嗎？」吳宣聲音洪亮地說：「鄭大人親口說過的，這事讓我全權處理。」鄭和正色道：「我是說過。但是現在，我決定由我親自處理！」吳宣眼中閃出憤怒的光芒：「鄭大人……」鄭和目光威嚴地正視著他，重重「嗯」了一聲。吳宣只得垂首道：「在下遵命。」

吳宣和鄭和先後回到甲板上。那裡聚集著一大片前朝遺民，他們在刀槍環繞下，不知所措地呆立著，聽天由命地等待著處置。其中的一些婦孺老弱，已是奄奄待斃，癱在親人懷裡。幾個小孩淒慘地朝母親叫著：「我渴！……我餓！」

鄭和站到了高臺上。他的身後再次安放著欽賜的皇旗、權杖以及一柄尚方劍。台前左右兩側，分別站立著王景弘與吳宣。

那個書記官一如既往，又捧著包裹步至文案前，落座，正冠，挽袖，從袖中抽出絲帕誇張地揩淨自己的每一根手指頭。最後解開面前的黃皮包裹，取出《航海日誌》，凝神靜氣地拿著筆待命。

鼓號聲響了起來，不張揚，聽上去低沉而悠遠。鄭和的聲音也更見滄桑：「開錄。永樂四年正月二十五日，於小琉球島捕獲前朝遺民二百三十餘口。大明正使鄭和，奉旨代行王法，依律審辦。」

此話一出，所有人都屏息靜氣，凝神不動，等待著命運的宣判。只有那個白白淨淨的書記官揮筆如飛，迅速記錄著。

鄭和朝難民群中的劉國忠厲聲說：「聽問。你們是不是遜帝朱允炆的遺臣遺屬？」劉國忠嘶啞地說：「是。」鄭和再問：「你們是不是為了躲避株連，從中土亡命到此？」劉國忠有點一口氣接不上來的樣子：「……是……」鄭和昂首正聲：「我皇上嚴旨，凡是拒不歸順的前朝遺臣遺屬，均滿門伏誅，絕不寬恕！」

此話一出，兵勇們紛紛執刀逼近，遺民那裡傳出四面楚歌的絕望淒愴。在舷邊觀看的南軒公也不禁大驚失色。王景弘則是一臉的驚惶。

鄭和卻又道：「念爾等已經脫出中土，亡命天涯。因此，准予從寬懲處。聽問，你們可願意歸降當今皇上，甘為海外順民？」

劉國忠沉默了。醃橄欖一樣皺巴巴的臉上，不甘心地流露出一種上年紀人的固執和倔強。所有人都緊張地看著他。鄭和含蓄地提示：「如果願意，則既往不咎，本使可赦爾等無罪。」劉國忠臉上的肌肉明顯抽動了一下，突然歇斯底里地大叫：「不！我們是建文皇上的臣民，絕不順逆！」

所有人都大驚，遺民中間有人臉色蒼白地嘀咕起來。只有吳宣在暗中笑了一下。冷冷的笑。王景弘的心一起一伏，忍不住喝叱道：「劉國忠！你不要因自個的固執，害了數百難民！」

劉國忠恨聲泣道：「我不是固執，是絕望！請問鄭大人，我們怎麼活啊？我們歷經千難萬險地漂流到這裡，剛剛落地生根，房子就被你們燒了，糧米統統焚為灰燼，我們饑寒交迫，一無所有！不管你鄭大人赦免不赦免，我們都是死路一條啊！」

鄭和聽著臉上露出不忍，沉思片刻，毅然道：「我皇懷柔天下，恩及四海。著所有遺民聽令。即日起，恩准爾等在本島居住，自食其力，繁衍子孫，但永不可入中土一步！凡願意留本島為生者，無論男女老少，每人賜糧米五擔，棉布十丈，絲綢八尺，稻種三斗，以助爾等謀生。」

這一著太出乎所有人的意料了。劉國忠驚叫著：「鄭大人?!」瞇縫著眼睛像是在探究他。鄭和卻像得了鼓勵一樣，神情更見昂揚：「還有，賞你們漁船五艘，漁網五十張！還有，鍋碗瓢勺、油鹽醬醋、犁鋤刀鋸、茶葉、中藥，包括針頭線腦……哦，凡是過日子用得著的一切，都適量賞賜！」

劉國忠終於老淚橫流，不知是因為彷彿死而復生看見了生路還是真的被鄭和的懷柔政策感化，他激動地叫：「鄭大人……您、您是救命菩薩呀！」鄭和文質彬彬地微笑著說：「不敢，本使只是代行王道。你們要謝，就叩謝聖上天恩吧。」劉國忠什麼也不再說，領著所有難民撲地叩首，遺民堆裡立刻響起一片百感交集的哭泣聲，有弱有強，像在演奏哀樂，亂紛紛的說話聲是：「臣子……謝恩！」

書記官激動得愣愣的，後面有人推推他，他才回過神來，揮筆如飛，將發生的一切記錄進《航海日誌》。

鄭和高聲喚過王景弘，微笑地看著他，說：「瞧這些海外順民……怕是都餓了。叫廚房趕緊排出酒飯來，讓他們好好地吃一頓！」眼神裡的意思分明是在同王景弘講和，這樣做不錯吧？這下你該滿意了吧？王景弘回了一個眼神，眼裡有火星，那是喜悅的光芒。難民們剛才是喜極而泣，泣過之後才真正放膽歡喜起來，這種意外的僥倖，令他們欣喜若狂了，一片聲感激地大叫：「謝大人！」

舷邊的南軒公癡癡地望著，不知何時，臉上濕了。他用手擦了擦臉，看看四周動靜，悄悄地步下舷梯。

鄭和很興奮，主子的恩威並舉，他是活學活用了。在海外收服前朝遺民人心，居然給了他前所未有的成就感。收服敵人的心比收服自己人的心更令人受用。但他發現了一雙強烈不滿的眼睛，此時正在一個人頭後面閃爍，那是吳宣的眼睛。當他的目光有意無意地掃過吳宣面孔的時候，吳宣慌不擇路地要改換自己的表情。鄭和明白了，他背著手走回天元艙的時候，心情已經陰了下來。今天這事，他確實斗膽借用了皇權，臨機專斷，寬恕了那些前朝遺民。日後，主子會怎麼看我呢？是功，是過？甚或懷疑我心存悖逆？而心懷不滿的吳宣，到時會怎樣去向主子稟報呢？

吳宣竟然跟隨著進來了。此時鄭和已經站在海圖前面研究下一步怎麼走。吳宣的聲音在他身後響了起來：「鄭大人，在下有幾句話，不知當說不當說。」鄭和不回頭：「有話只管說。」

吳宣沉聲說：「前天，我們和陳祖義在海上相遇，我說那是海盜船，你說他是吳公子……」鄭和道：「後來證明——我錯了。你懷疑得對。」吳宣說：「我要求大人將此事載入《航海日誌》。日後，以備皇上御覽。」鄭和始料不及吳宣來這一手，不由一震，但還是說：「可以。」聲音有點打顫。

吳宣閃爍其辭地說：「皇上曾經下過嚴旨，令我們搜拿朱允炆及其黨人。而大人今日所為，卻近乎是……」鄭和冷冷道：「不必吞吞吐吐，你就直說吧。」

吳宣道：「大人所為，近乎是悖君矯旨，私縱叛逆！」鄭和並不示弱：「你聽著，我身為大明正使，有代行王道、臨機專斷之權。再者，以他們現在的處境，根本就無害於大明。天日昭昭，皇恩浩蕩，為何不能賜其一條生路？何況，他們還是漢人血脈。」吳宣憤恚地說：「鄭大人在皇上面前循規蹈矩，到了海上卻一意孤行，處處冒用皇威。對此，在下日後不敢不稟報皇上。」鄭和聽到這樣的威脅，仍然不動聲色：「悉聽尊便！」他用心再次感受了一下，他覺得他應該這麼做。

否則那才不能想像。

吳宣見鄭和不再說話，就要告退。鄭和卻說：「慢著。吳宣哪，我是正使，你是副使。不管你心裡有什麼想法，行動上必須服從於我！明白嗎？」吳宣一揖：「遵命。」

吳宣離開後，鄭和心情沉重地踱出大艙，卻見王景弘在門邊站著。鄭和無奈地一嘆：「你都聽見啦？」王景弘點頭。鄭和問他有何感想，王景弘猶豫了一會才說：「今天這事，令大人光彩無限，吳宣卻蒙羞受辱了。大人今後與他更難相處。」鄭和道：「其實我也不想讓他難堪，可是他太過分了。不管怎樣，我對他還是要開誠相見。信任之餘，稍許提防。不過，我們不是找到了南軒公嘛！有海神爺領航，我們就不必受吳宣制肘了。」

王景弘望著鄭和正在開朗起來的表情，不忍馬上潑他的冷水，只說：「可南軒公願意加入船隊嗎？」鄭和顯得很自信地說：「我想他一定願意。」王景弘道：「何以見得？」鄭和笑著說：「南軒公一上船，就對船上的一切讚不絕口、愛不釋手。我瞧出來他心思了。他這種人呀，在海上飄泊了一輩子，以海為家，愛船如命。咱這艘寶船哪，又是他的家，又是他的命！嘿嘿嘿……」王景弘見鄭和還陶醉在自己的想像裡，不得不道破真相了：「鄭和啊，南軒公早就棄船而去了。」

鄭和驚訝，轉首四顧：「不可能，他剛才還在。喏，就在這兒站著嘛。我說話時還看見他來著。」王景弘道：「我已令人把寶船上下全找了一遍。他確實走了。」

鄭和呆傻了，喃喃地說：「找到他，一定要找到他！我們太需要他了！」聲音裡含著掩藏不住的沮喪。

# 【第二十章】

陳祖義的海盜船正在抵近孛尼國海岸，這裡是一片熱帶海域，已經望得見島上的綠色植物。棕櫚的葉子像多骨綠油傘，椰林已經在收穫累累的碩果。草綠花紅，動物和小鳥活蹦亂叫，是童話裡孩子們的樂園。

陳祖義立於船首，海盜們均持長刀，警惕地張望著。陳祖義叫了一聲二叔，大頭目就從懷裡抽出了一枝短竹管，衝著空寂無人的海岸吹出一串尖利的嘯音。

未待嘯音消失，岩石和大樹後面以及草木叢中陸續鑽出許多半裸的孛尼兵士，他們個子都不高，身上畫著恐怖的紋身，穿戴著粗糙的甲冑，手舉長刀、標槍等兵器，如臨大敵般，朝海盜船步步逼近。

陳祖義從高高的船首縱身一躍，跳到沙灘上。他高舉雙手，大聲笑道：「我是陳祖義！是你們的老朋友，難道不認識我了嗎？」

孛尼士兵們認出了這個海盜，眼中立刻怒火熊熊！陳祖義剛剛邁前一步，所有的刀尖與矛頭紛紛指向他。陳祖義只得站住，他把手伸進腰間皮囊中，掏出了大把金幣、銀幣，雨點般地朝士兵們撒去。一邊撒一邊朝前走，笑道：「拿去吧，這是給你們的禮物。快拿呀！」金幣、銀幣四處散落，孛尼士兵立刻喜笑顏開，放下刀矛爭拾著。陳祖義把剩下的半袋錢幣使勁一扔，皮囊落到那個戴著首領帽的孛尼漢子面前，發出沉重的「咚」的聲音。陳祖義手按著自己胸脯，彎腰向他行禮，道出一句頌辭：「勇敢，歡樂，太平！」士兵首領抬眼警惕地望著陳祖義問：「你來幹什麼？」陳祖義說：「拜見麻那國王。」

「為什麼事情拜見國王？」

「幫助貴國祛除災難。」

首領怒不可遏地說：「哼。你就是災難！」

陳祖義笑道：「現在不是了。因為，有一片比我可怕一千倍的災難，就要降臨到孛尼國了。」首領將信將疑地望著陳祖義，陳祖義彎腰將半袋錢幣拎起，遞到首領手中，激將道：「不就是引見一下嗎？你就這麼膽小？你們孛尼國就沒有一個有膽量的？」首領惱羞成怒地說：「不許玩花樣！」陳祖義見有了轉圜餘地，心中竊喜，卻故意小聲嘀咕：「你們不早就看穿我了嗎？我還有什麼花樣可玩的？」顯得小心翼翼地跟在了首領後面。首領將他帶入孛尼王宮。王宮內氤氳著神秘的霧氣。多處布置著鮮花和水果。但又有手持長斧的孛尼武士在宮階下排立著。一個雙目失明的老樂人盤腿坐在丹陛之下彈奏土琴。老邁的孛尼國王麻那惹加那，歪坐在玉座內，在琴聲裡呼呼酣睡著。

一個大臣輕輕步入內宮，他走到酣睡的孛尼國王身邊，躊躇片刻，終於彎腰低喚：「陛下，陛下！」麻那國王突然驚醒，恢復了莊嚴之色，威嚴地咳嗽了一聲。大臣附耳道：「混海龍陳祖義來了，請求拜見陛下。」麻那國王濃眉緊鎖，驚訝地問：「這個惡盜，來幹什麼？」大臣道：「他說，災難即將降臨孛尼，他來幫助我們祛除災難。」麻那國王呵呵冷笑道：「鯊魚也會唱歌了。誰會相信他的話呢。」大臣說：「奴僕也不相信。但奴僕認為，即使不相信的話，也可以聽一聽。」麻那國王便問：「他帶了多少人來？」大臣回答：「兩條戰船，不足一百人。另外，他還敬獻給陛下五袋金幣。」大臣說罷轉身，眼睛往宮門處望去。只見那位兵士首領正在宮門處彎腰致禮，玉階上擱著五隻鼓鼓的皮囊。麻那國王思索片刻，說：「收下。」兩個繫著花短裙的宮女上前將皮囊取走。麻那國王沉吟著：「陳祖義多次搶劫孛尼，罪惡多端。你說，我應該款待他呢？還是殺掉他？」

大臣道：「奴僕認為，應該先聽聽他說什麼，然後再決定殺不殺。」麻那國王四下望了望：「人呢？」大臣說：「正在宮外待命。」麻那國王說：「叫他進來。」自己則正襟危坐等著。大臣們朝外高聲喊：「請陳祖義進宮！」

很快就有幾個孛尼甲士押著陳祖義進入皇宮。陳祖義走到丹陛前深深折腰：「偉大的孛尼王！您的奴僕陳祖義，向您致以最虔誠的敬意！」麻那國王咯咯地冷笑著：「我聽到了什麼？……呃？是混海龍發出的聲音嗎？」陳祖義鎮定地說：「是發自我內心的聲音。」麻那國王譏諷道：「不可思議……這太不像你了！說吧，見我有什麼事？」陳祖義痛切地說：「陛下啊。我們大禍臨頭了！孛尼國以及南洋所有邦國，都要大禍臨頭了！」孛尼王心中一跳，面上仍然譏笑著：「呃？為什麼？」陳祖義的聲音變得神秘恐怖：「大明國派出了一支巨大的艦隊，每條戰船都有山那麼高，它們由一個名叫鄭和的太監率領著，正朝南洋馳來。它們要剿滅孛尼、爪窪、占城、蘇門答臘，霸占所有的海洋，把各國王公、百姓都變成大明的奴隸！陛下，孛尼國危在旦夕了。」麻那國王驚疑了，叫道：「不可能！永樂皇帝剛剛登基，我就派了王儲木嘎前往大明，向他上表敬賀。孛尼國一直尊奉大明為上國，不管誰做皇帝，孛尼都願意稱臣納貢。大明艦隊不會侵犯我們！」陳祖義道：「在下斗膽問一聲，王儲木嘎——他人呢？」麻那國王說：「快回來了。」陳祖義聲音變得憂戚：「陛下啊，您的兒子已經回來了！」麻那國王驚訝地說：「在哪里？」陳祖義欲言又止的樣子，「在，在……」「怎麼回事？為何不回來見我？」孛尼國王麻那站了起來，臉上疑慮重重。在大臣和護衛的簇擁下步出王宮，來到海邊。陳祖義趕緊跟在後面。

頭目與眾海盜早已整齊地跪在沙灘上，他們每人都是頭裹白麻，腰繫孝帶。而在他們面前，正擱著一具蒙著白布的擔架。國王慢慢走過去，海盜們齊聲大吼：「大王萬壽！」大臣快步上前，揭開擔架上的白布一看，驚叫：「木嘎！……」

國王聽見叫聲，身子搖晃了兩下，慢慢走近，盯著擔架上的屍體，人像一段木頭，一段即將倒地的木頭，一眨眼就枯萎了。

這切膚之痛由陳祖義動態地表現出來了，他的聲音顫抖，人在海灘上也一下子有點弱不禁風的樣子：「三天前，我們在琉球海灣發現了一片浮屍，撈起一看，內中竟然有木嘎王儲！我們正要登島取水，卻看見大明的兵勇已經把琉球全島占領了，正在追殺島民。」

大臣靠近國王道：「出海漁人傳來消息，大明船隊確實到過琉球。」陳祖義用低沉的聲音說：「我見他們人多，就趕緊扯帆。兩條大明戰船已經追上來了。我們把它們引到暗礁區，誘它們撞沉了一艘。還有一艘，擋不住弟兄們的攻殺，被我俘獲。但是木嘎王儲，唉……」

麻那國王始終盯著木嘎的屍首，用一下子變得風燭殘年的聲音說：「木嘎……是我最喜愛的兒子啊。我要為他報仇！」陳祖義指著船舷道：「陛下請看，那就是大明的惡賊！」麻那國王望去，吳勇等幾個水手被懸吊在船桅上，他們已經奄奄一息。麻那國王怒叫：「把他們穿心祭海！給木嘎祭魂！」陳祖義趕緊躬身道：「遵命。」

孛尼國王在王宮裡設宴款待陳祖義。麻那國王居中，大臣陪座。三人面前各有一尊酒案，宮角處，盲樂師坐在蒲團上，賣力地彈奏著土琴。

陳祖義拔出一柄小刀，割破手心，一串鮮血滴落在面前的銀碗中。他鎮靜地望著它們一滴一滴往下落，坦然欣賞鮮血的目光使他顯得與眾不同。他用一隻手端起碗，面朝麻那國王道：「陛下，以前，我的部屬與貴國時有磨擦，這都是我的錯。我要向陛下請罪！」說著就仰面將血酒一氣飲盡，再跪地深深一叩。但是孛尼國王只看了他一眼，一言不發。陳祖義有些氣餒，在心裡狠狠罵了一聲娘，卻用更響亮的聲音說：「但是現在不同了，大明船隊是我們共同的敵人。它們一到，就會獨霸海洋。我們雙方應該相互聯手，同仇敵愾，抵抗鄭和。保護自己的家園。」

麻那國王錐子一樣的眼睛裡看不出表情：「你有什麼想法？」陳祖義急忙道：「稟報陛下，朱棣篡奪大明皇位之後，其正君建文皇帝已經流亡海外。這個人，現在就在舊港，在我的大營裡。」坐在陳祖義對面的大臣驚訝地放下手裡的酒杯，說：「陳祖義，如果這是真的，那你就惹禍上身了。朱棣絕不會放過他的！」陳祖義狡黠地微笑著：「但我們恰恰可以用他做旗幟，抵抗大明。」大臣不以為然：「大明如此強大，我們怎麼抵抗？」陳祖義說：「當然有辦法，建立聯盟嘛。孛尼、爪窪、占城、蘇門答臘各國，還有在下所部，統統連為一體，各出兵兩萬，戰船五百條。這樣一來，我們足以擊敗鄭和！」大臣馬上想到關鍵一著：「這支聯軍，由誰來統率呢？」陳祖義好像早就胸有成竹，馬上說：「四國五方的代表，在舊港集會，公推一位大元帥。」大臣沉吟著說：「看來，這位大元帥，非你莫屬了。」陳祖義高聲道：「如果推舉了在下，在下義不容辭。如果推舉其他任何人為帥，在下必定遵奉帥命。還有，如果各國三心二意，不願意舉兵為盟的話，那麼即使在下獨自一人，也要誓死抗敵，絕不投降！」

一直在仔細聽兩人對話的麻那國王微笑著插言：「很好，很好！打仗嘛，你和你的部屬，當然是四海無敵呀。」陳祖義聽見嘉許，像預先得到了許諾，興奮地說：「謝陛下。」麻那國王卻冷靜地說：「我非常喜歡你的想法，非常願意建立盟軍。但是，請你先去拜訪其他各國的君王，如果他們都像我一樣真誠的話，就請各位君王光臨孛尼，到我這裡來會盟。」陳祖義一愣，只得失望地說：「在下遵命了。」

國王偏過臉對大臣吩咐：「傳命下去。全國十五歲以上、五十歲以下的男子，各帶刀槍弓弩，到宮城集中，準備應敵。告訴他們，大明的人膽敢登岸，見一個殺一個，絕不寬恕！」大臣道：「遵命。」陳祖義做出歡喜的樣子：「陛下英明哪！只要沿海各國都嚴禁鄭和入港靠岸，那他們早晚會失去給養，不戰自敗。」

麻那國王緊盯著陳祖義說：「我雖然老了，仍然能持刀上陣，不怕任何敵人！哦，還有一件小事情……」陳祖義連忙說：「請陛下吩咐。」麻那國王冷冷地問：「你打算什麼時候離開我國？」

陳祖義正摩拳擦掌憧憬著未來打敗鄭和的場面，麻那國王的變相驅逐無疑對他是當頭一棒，他強忍著憤恨說：「在下立刻上船。」國王也在欣賞他的表情，慢慢舉碗道：「這碗酒，就祝你一帆風順了。」

陳祖義跳起身，頭也不回地大步出宮而去。

陳祖義在一步步算計鄭和的時候，鄭和正在琉球島上同那些前朝遺民在一起。站在被焚毀的村落廢墟上，鄭和的心中充滿了內疚。而老老少少的男女遺民們卻好像忘記了剛才驚心動魄的遭遇，已經歡天喜地地為未來的新生活忙碌起來。他們最先做的事情就是營造自己的居所。他們汗流浹背地壘牆、上樑、鋪草、乒乒乓乓敲打著。

鄭和面帶笑容地在各處踱步巡視。忽聽房頂上有人喊叫：「草簾，快些！」

鄭和急忙抱起邊上一卷草簾遞上去。上邊那人彎腰伸手接過去，看見是鄭和，驚叫道：「鄭大人……這、這可萬不敢當！」鄭和看見是劉國忠，笑著：「劉前輩，島上風大，您這房頂得再結實點。」劉國忠連聲應著，趕緊下來，衝旁邊喊：「丫頭哪，給鄭大人上茶！」

奔進來一個乖巧的小姑娘，從灶上拎起水壺，替鄭和斟上茶水。

鄭和坐下去，憂慮地說：「劉前輩，連續幾天，三千部下四處尋找南軒公。他們把周圍幾個島子都找遍了，仍然不見其蹤影。你說，他會不會駕船遠走高飛了？」劉國忠道：「要是真像大人說的，可就是大海撈針了。不過，他獨自一人是不可能駕船遠航的。我估計，他還藏在琉球群島當中。」

鄭和遠遠朝海裡望過去，臉上露出力不從心的迷茫，嘆道：「那也是幾百個島嶼哪！」劉國忠無言地沉思了一會，突然想到：「沙鷗嶼，您找過沒有？」鄭和說：「搜遍了。」「那老龍尾呢？」鄭和道：「也查過了。」「三門關？」鄭和又點頭。

劉國忠呆了半晌，懷著希望再問：「還有……雙頭嶼？」鄭和顯然也了解，馬上反問：「那不是個死島嗎？」

劉國忠沉重地嘆了一口氣，說：「是啊，年初一場瘟疫，島上的人都死絕了，沒人再敢居住。可是……南軒公不同於常人哪！」

鄭和疑惑地望望劉國忠，南軒公不同於常人是事實，難道連瘟疫也不怕？就不怕傳染上？劉國忠笑笑，大有深意地點點頭，意思是不能漏了這個島，於是鄭和抱拳一揖，說：「勞您大駕，帶我去一趟。」

兩人乘著一艘快蟹船馳近一座小島，最先看見的，是島邊一座倒塌的小廟。快蟹船咚地一聲靠了岸。鄭和步上島嶼，一邊走一邊打量著。只見前方一片密林，林間有許多土墳，墳墓的邊上都插著一個個的招魂幡，雪片般的紙錢隨風飄蕩。令人沒法不去想冥間的陰森可怖……

劉國忠緊隨著鄭和往前走。船上的兵勇也下來了，紛紛拔刀持槍，每一步都邁得小心翼翼。鄭和一行人穿過重重密林，進入了一處山凹。劉國忠伸手往左前方一指，叫了聲：「鄭大人！」鄭和順著劉國忠的手勢望去，看見了一座木板條釘就的小木屋。帶頭快步走過去。

吱嘎一聲，鄭和推開白色的木門，進入小屋。屋內空無一人，供臺上安放著南軒公祖宗的靈牌，各處擺放著各種各樣的航海器具：浮水羅盤、牽天星圖、更漏筒、海船型……鄭和大喜，輕輕走近浮水羅盤，伸出手指輕輕撥動了一下上面的指標。只見那黑色指標南北晃動了一會，重新對準原先的刻度。他再撥動一下，仍然如先前一樣！他激動得渾身顫慄：「呵，神靈之器呀！有了它，船行萬里也不會迷失方向！」

劉國忠讚佩地說：「這都是南軒公自己製作的，真是妙不可言。」鄭和問這東西怎麼稱呼，門外忽然傳來南軒公低沉的聲音：「它叫浮水羅盤！把它和牽星圖配合使用，就能在茫茫大海裡認出方位。」

鄭和轉身，朝剛進門的南軒公深深一揖，笑道：「南公哇，本使不請自入，敬請原諒。不過，我可是大開眼界呀！」南軒公卻很冷淡，問：「你來幹什麼？」

鄭和向劉國忠努努嘴，劉國忠趕緊與兵勇們退出木屋。鄭和笑道：「本使代表大明皇上，聘請您擔任船隊總舵。船隊所有海航事務，全部由您執掌。」南軒公「哼」了一聲，「陳祖義要我做總舵，你也要我做總舵。多謝了！」說話的時候，並不看著鄭和，而是背朝他擺弄著剛背進來的柴草。

鄭和慢聲細氣地說：「陳祖義是想稱霸海洋。本使卻是奉旨巡海、賜恩於各國。和陳祖義所為大不一樣……」南軒公打斷鄭和：「但你們都想利用我。鄭大人，我老了，筋疲力盡，心灰意懶，哪也不想去了！」鄭和指著牽星圖道：「南公哇，你有縱橫四海的雄心，對天文海象瞭如指掌。這麼罕見的才能擱這不是太可惜了麼？而我大明寶船正好配得上你的本事！船隊有了你，等於是長了一雙千里眼！你駕馭寶船，萬里汪洋如履平地。你我盡可馳遍天涯海角啊！」南軒公還是不為所動：「請鄭大人原諒。這屋裡有我的祖宗、我的親人。我生在這個島上，也要死在這個島上。」鄭和正色道：「南公，不管你說什麼，船隊總舵非你莫屬。我非把你請上船不可！」南軒公指著浮水羅盤說：「鄭大人，屋裡的一切你都可以拿去。我麼，不會跟你走！」鄭和的表情和聲音同樣的固執：「南公，我費了千辛萬苦才找到你，可不願意再失去你。」南軒公扭著脖子道：「怎麼，想綁架嗎？」聲音卻不重。鄭和正色道：「不敢，也不必！南公啊，後會有期。」說著朝南軒公一揖，竟然推門而出。只剩下南軒公愕然不解。

鄭和出了門，立刻吩咐眾侍衛道：「你們在此守候著，南軒公走到哪，你們就跟到哪，片刻不離！但也不得無禮，明白麼？」

眾侍衛應聲「遵命」，迅速散開，在木屋四周守立。鄭和悶悶不樂地朝海邊走去。劉國忠跟隨其側。

鄭和來到島邊，正欲登船，又見到了那座倒塌的小廟。鄭和從小就對廟宇充滿了神秘的崇敬之意。在他的心靈間，那些個神聖清雅的殿堂，是尋求心靈慰藉的場所，也是個安放希望的地方。再說，妙雲曾在廟裡守靈修煉，更使他對廟宇產生了非同尋常的親切感情。他不由得向劉國忠打聽那是座什麼廟。劉國忠看了看，說：「哦，天妃廟。裡頭供奉著護海女神媽祖。島民出海前，都要來這上香祈禱，以求天妃娘娘保佑海上平安。」

鄭和道：「是個女菩薩呀！為何如此破敗？」劉國忠說：「瘟疫唄！過去這廟香火極旺，後來島民們都病死了，它也就破敗了。」鄭和有些好奇，感興趣地說：「我們既然到了靈前，就該祭拜一番。」

劉國忠對鄭和的好奇心感到好奇，沒想到一個大明國使會對一個海外的小破廟感興趣，想來鄭和信神。這同他不一樣，他只信皇上，並不隨便信奉神仙。但信神總是好事，尤其是大明的國使，能發善心或許還同信神有關，他笑著湊趣：「大人說的是，這廟裡的天妃也寂寞得太久了。」

鄭和慢慢地走近破廟，門楣上懸著泥金剝落的橫匾，依稀可見「靈應宮」三字。鄭和推開了吱吱作響的廟門，一片塵沙竟然從門牆落下，灰塵四起。鄭和小心翼翼地步入廟中。內裡比外面更加頹敗不堪，處處斑駁陸離，狀如廢墟。當中那尊二尺多高的天妃塑像早就落滿厚厚的塵沙，面目有些混沌不清。

但鄭和卻真的整衣，正容，跪了下去，朝塑像恭敬地三叩三拜。劉國忠在邊上浮想聯翩地望著，冷不防廟外忽然颳進來一陣狂烈的海風，伴隨著海浪聲的巨響，在廟內捲起一片塵沙，令人心驚。

劉國忠不由地顫聲道：「鄭大人，起潮了。走吧！」

鄭和應聲站了起來，走向廟門。在出門前的一瞬間，他止步猶豫了，回頭看那尊蒙著塵沙的塑像，竟又走回到像前。他仰起脖子，細細打量著天妃塑像。接著，竟然從袖中抽出一方絲帕，輕輕揩拭塑像上的塵沙。

劉國忠心中更奇了，但眼見著海潮正在升起，只得催促道：「鄭大人，浪大了！」

鄭和居然不予理睬，繼續揩拭。塑像上的塵沙漸淨，美麗的天妃慢慢出現了。

鄭和大驚失色，目瞪口呆！他看見，這天妃竟然酷似妙雲！頓時，他渾身顫抖，幾乎站立不定。天意啊！妙雲，我們又見面了。不管是天涯海角，我倆都生死相隨。

劉國忠見鄭和臉色劇變，十分異樣，不禁擔心地問：「鄭大人，您怎麼了？」

鄭和驚醒，控制著自己，正聲道：「劉國忠，天妃娘娘是什麼來歷？」劉國忠捉摸不透鄭和為何對一個海外女神像情有獨鍾，他簡單扼要地述說了一個故事：「哦，聽說，天妃原姓林，宋朝人。她生下來就沒有啼哭，因此家人都叫她默娘。長成後，默娘經常駕著一葉扁舟，出沒於驚濤駭浪之中，救護遇難的行海人。二十八歲上，來了一陣千年不遇的大風暴。風暴過後，鎮上的房子都吹垮了，但是房中的人卻無一喪命。大家正在納悶間，卻發現默娘消失了。人們這才知道，她以自己的性命保護了百姓。從此，默娘就被後人尊為天妃，世代供奉。」

鄭和癡迷地聽著，不禁潸然淚下。他顫聲道：「感人至深哪！我不能讓她獨自待在這裡了。我要她永享香火，保佑我大明船隊！」

鄭和回到寶船上。舷邊，眾兵勇排立。幾個壯漢昂首吹起螺號：「嗚嗚嗚！……」號聲中，巨大的軲轆漸漸絞升起一隻木籠，籠內竟關著南軒公。吊籠停住了，兩個官員上前打開籠門，將南軒公扶出來。這時王景弘發出一聲高喝：「全體聽令，恭迎總舵登船！」甲板上所有的兵勇都單足跪地，齊聲朝南軒公吼叫：「恭迎總舵！」鄭和上前彎腰一揖，笑道：「本使給南總舵道喜！」南軒公憤怒地說：「陳祖義把我裝進吊籠，正使大人也把我塞進吊籠，你們有什麼區別?!」

鄭和滿面春風地說：「區別大啦！陳祖義把你扔進了大海，而我可是要把整個大海都交給你！南總舵，這邊請。」

鄭和將南軒公請上船臺。不遠處，吳宣的眼睛裡冒著火星。他身邊一個總旗竊竊低語：「吳將軍，您聽到了吧，鄭大人竟想把整個大海交給那老頭，此話太狂妄了。」吳宣氣得臉都歪了：「他是在削奪我們的權力呀！」

鄭和親自將南軒公引到一座內艙前，躬身再揖道：「這是寶船總舵艙。請！」

南軒公無奈地邁進艙門，頓時目瞪口呆！只見原先放在木屋裡的祖宗靈牌、航海用具、桌案床櫃等全部呈現在艙內，而且每樣物品都布置在原先的位置上。天哪，他的家，他的港灣，搬到寶船上來了！這鄭大人，怎麼就這麼懂得他的心思呢？他口燥唇乾似的，舔著嘴唇，就是說不出話來。

鄭和微笑道：「請南公原諒。由於你不肯離開老屋，我只好把你的老屋完整地搬到寶船上來！今後，這裡就是你的住所，是你的海上家園！」

南軒公長長呼出一口氣：「鄭大人，您逼得老夫……真不知說什麼好！」鄭和真誠地說：「南公啊，我知道。你雖然四海飄泊，其實心中寂寞。我哪，不瞞你說，雖然貴為國使、統率巨艦，也是個天涯寂寞人哪！你我為何不彼此為伴，縱橫四海，共創亙古未有之功業？再說了，在茫茫大海上，天高地遠，寂寞纏身，知己難逢啊。有你在，咱倆正好可以談古說今，品茶飲酒。既得人生之醉，又解心靈之痛，這豈不比你苦守死島好麼?!」

南軒公再撐不住，含淚跪地，哽咽一揖：「總舵南軒公，拜見國使大人！」

鄭和大喜，趕緊扶起南軒公：「好好！多謝南公！」王景弘入內告訴鄭和，各船的淡水都已裝滿，信風和潮水也正合適。請鄭和示下。鄭和大喝一聲：「發出令旗。起錨，開航！」

鼓號聲中，一面鮮豔的令旗飛速躥上桅頂；船頭，十幾個水手合力轉動著長長的捲關木，一隻巨錨轟隆隆升出海面；甲板上，一個總旗官揮動小旗大喝：「起！起！……」大群水手在他的口令聲中拽動纜繩，將一面面巨帆升上桅杆。帆面立刻鼓滿海風。

海面上，各艘艦船統統回響起螺號。船隊馭風起行了！

琉球島上，劉國忠率領前朝遺民們跪在岸邊相送。劉國忠含淚嘶聲高喊：「鄭大人，一定回來呀。我們等著你們……」

鄭和站在高臺上向岸邊揮手。

船隊在海裡越行越遠。天氣像一個乖戾的小崽，脾氣說變就變。到了第二天的傍晚，海風像狂暴的野獸，撲騰著嘶叫著要把巨帆撕裂。桅杆發出吱吱嘎嘎的聲響，船身左右搖擺，船首激起的高高海浪，浪花一陣又一陣撲上甲板！

鄭和抓著舷邊繩索，頂風朝總舵艙走來。他一不留神，海風竟然將他的官帽吹飛了！他拉開艙門，披頭散髮地鑽進艙大喊：「南軒公，風頭正勁，船行如飛啊！」總舵艙中，南軒公正在舷窗前緊張地操縱一具更漏筒，頭也不回地沉聲道：「鄭大人，船行如飛，並非吉兆啊。」

鄭和近前一看，只見一縷細沙從漏嘴絲絲落下，淌進另一隻漏斗。鄭和問南軒公在幹什麼。南軒公告訴他是在測速。南軒公啪地關停了落沙，探首朝舷窗外高喊：「注意啦，再來一次。

拋！」船首舷邊，一個水手立刻把一塊紅色木頭拋進海裡。木塊落進海水後飛快地朝後飄移，而這水手也跟隨木塊朝船尾奔去。舷邊每隔一丈便漆著一道紅漆。水手每跑過一道紅漆就喊：一丈……兩丈……三丈……四丈……

報喊聲傳進總舵艙內，南軒公緊張地注視著落沙。落沙絲絲作響。漏筒上半部的刻度也在慢慢下降。艙外的水手仍在追趕飛馳的木塊，已接近船尾。他氣喘吁吁地報喊：「三十七丈……三十八丈……三十九丈……四十！」水手站住了，彎腰喘息。只見那只木塊遠遠消失在船尾波濤中。

南軒公啪地關停落沙，細看漏斗刻度，大為驚訝。他口中嘟嘟囔囔，掐指一算，說：「鄭大人，據我推算，現在，船速是每個時辰一百八十里。」鄭和驚訝地說：「一百八？豈不趕上烈馬了麼？」南軒公沉聲道：「比烈馬還要快！因為我還沒算進海流。」

正說著，甲板上傳來「咔」的一聲巨響。一支前桅折斷了。鄭和與南軒公互視一眼，急忙奔出總舵艙。前甲板上的水手正在亂紛紛地叫喊著解下前帆，將斷桅推進大海。鄭和眺望前方，只見大海驟變，海面上，像有萬千條蛟龍在興風作浪，天空為它們的壯舉喝采似的，泛出一片奇異的光輝。

南軒公也眺望著海天，表情突變，顫聲道：「鄭大人，我得向您請罪了。昨天您下令啟航的時候，我、我應該把想說的話說出來！」鄭和急問：「什麼話？」

南軒公道：「暫緩出海。」鄭和問：「為什麼？」

南軒公沮喪地說：「這片海域，洋流極為複雜。特別是二三月間。北洋來的寒流和南洋的暖流攪和在一起，經常形成漩渦和巨浪。要是再遇上暴風驟雨，那就更危險了。」鄭和沉重地說：「你看……近幾日會有風暴嗎？」南軒公指向天空：「恐怕不是近日了，它就近在眼前！你看這天光和水色，就是大風暴的前夕徵兆！」

鄭和看看四周，忽然指著桅頂叫：「南公啊，你看風信標，海風已經停了呀！」

狂風在片刻間消失了，桅頂的風信標懶洋洋地垂搭著，四周竟然一絲風也沒有。

南軒公嘆道：「鄭大人哪，這只是間隙。一個時辰之內，大風暴必到！」鄭和一驚：「我們怎麼辦？」南軒公道：「趕緊示警，各船拉開航距，半帆行駛，避免碰撞。」鄭和立刻朝甲板高喊：「總旗官，升起風暴警旗，向各船鳴金示警。」一面紅色「警」字旗飛躥到桅頂。一個壯漢在船首高擊著巨大銅鑼：「哐哐……」鑼聲中，幾炷紅色炮仗發射到空中。片刻間，遠近各船紛紛回響起急驟的鳴金聲。所有的船帆都降至桅杆中部，船距也開始拉開。桅頂，那只原本垂搭著的風信標慢慢飄動起來，漸漸鼓滿了風，發瘋般擺動。甲板上的總旗官高喊：「當心！風暴到了。抗風操作！」水手們紛紛躍出底艙、邊艙、尾艙，奔向各處崗位。

大海黑浪滔天，狂風呼嘯。船隊在大風暴中顛簸行駛。突然電閃雷鳴，暴雨瓢潑而下！電光中隱約可見，遠處的一隻航船被巨浪埋沒，好半天才搖搖晃晃地鑽出了海面。再後來又被滔天巨浪壓進海水中。

一個總旗官跌跌撞撞地走到吳宣面前，嘶聲叫道：「將軍，風暴太大，船隊抗不住，已有兩條馬船沉沒！」吳宣竭力站穩身體，訓斥道：「慌什麼！我看見了。」總旗官不滿地說：「將軍啊，南軒公徒有虛名，他根本不懂海，把我們帶到風暴裡來了。」吳宣冷冷地說：「更慘的事還在後頭呢——船隊已經迷航了！」總旗官大驚失色，聲音含混地問：「什麼？」吳宣說：「我們本來應該西航，現在航向是東南。」總旗官看看茫茫黑夜，慘叫道：「吳將軍……您快下令改航吧！弟兄們的生死全靠您了！快下令吧！」吳宣沉思片刻，凜然喝道：「降帆，左舵，偏風行駛！」

總旗官朝甲板奔去，一路高喊著：「降帆，左舵，偏風行駛！」

鄭和正在艙中觀看大海圖，他身體搖晃不止，面色焦慮。南軒公匆匆奔入，對他說：「鄭大人，吳大人下令改航了。」鄭和焦急地望著南軒公，問：「他下了什麼航令？」

南軒公說：「降帆左舵，偏風行駛。他想靠近海岸，躲避風暴啊。」鄭和急問：「行得通嗎？」南軒公顫聲道：「萬萬行不通啊！不但是行不通，只怕還會葬送船隊！」鄭和怒叫起來：「你身為總舵，你的辦法呢？」南軒公低沉地說：「鄭大人，我們既然已經陷入風暴了，就得順著風暴性子來行船！在風暴裡，絕不能降帆掉舵，只能馭風而行，這樣才可能穿越風暴。要知道，海船要是失去了帆力，更容易被海流和巨浪掀翻！還有，風暴中也不能靠近海岸，否則難免觸礁。黑暗中更不能隨意轉向，咱這是船隊啊，你轉他沒轉，非撞船不可！」鄭和不等南軒公說完，急步奔出艙門，看見吳宣正威嚴地聳立在高臺上，一個總旗和一個小旗手按刀柄分立於兩邊。鄭和快步走來，大喝：「吳宣，立刻收回你的航令。」吳宣道：「鄭大人恕我直言。由於你的失誤，致使船隊迷航，陷入風暴，危在旦夕。我要再不改航，我們就要被大海吞沒了！」鄭和急匆匆地說：「南總舵說過，既然已經陷入風暴，就只能順著風暴的性子行船，既不能降帆掉舵，更不能靠近海岸！」吳宣不屑地頂道：「他懂什麼？鄭大人別忘了，我可是當過大明水師總兵的，我在萬里長江上馳騁過二十年！」鄭和發怒了：「比起汪洋大海，長江只是條小水溝！人家南軒公縱橫四海，通曉天文海象……」吳宣不顧一切地打斷，譏諷著：「是麼？那怎麼把我們領進風暴裡來了?!」鄭和語塞：「這……由本使負責，與南總舵無關。聽著——立刻收回你的航令，交由南總舵指揮！」吳宣的積怒暴發了，他氣得面紅耳赤，大聲說：「在下不從！」

鄭和刷地板下臉來：「你要抗命麼？」

吳宣認為自己已經壓抑得太久了，在這個難得的惡劣天氣，他這個原本還有些撲朔迷離的海底礁石露出了猙獰的面貌，他要抓住這個天時地利人和的好時機。他狂叫道：「鄭和！你一意孤行，悖旨專權，水師弟兄們早就忍無可忍了！」

鄭和見他如此不顧一切地撕破了臉皮，心裡也像被突然塞進了生鐵，硬了下來。他怒喝道：「拿下！」後面立刻衝上幾個甲士，直撲吳宣。但那兩個總旗、小旗卻錚地抽出刀，橫擋在吳宣身前。總旗睜圓眼睛大喝：「誰敢碰吳將軍，老子就和誰拼命！」吳宣冷冷地說：「鄭大人，這條寶船上雖然都是你的親信。可您別忘了，大部分戰船上都是水師弟兄啊！您可別逼他們造反哪！」此話一出，鄭和的心沉到了井底，一下沉默下來。王景弘、南軒公都緊張萬分地注視著。鄭和很快橫了心，厲聲喝道：「聽令，砍了這兩個叛逆旗官，拿下吳宣！」眾甲士再度衝上前，圍著兩個旗官猛烈攻殺。只片刻，那兩個旗官便被砍翻倒地。然後，甲士們手持刀尖向吳宣步步逼近。吳宣一步一步後退著，眼看身後就是黑黢黢的翻騰的大海，他恐懼地叫道：「鄭和，我是皇上欽命副使，你敢不法麼？」鄭和的聲音舉重若輕：「押進底艙，關押起來！」甲士們呵斥著將吳宣押下去了。這時候風暴更猛，一陣巨浪打上甲板，竟將船上的桶罐器具席捲而去，幾個人站立不住，跌倒滑向舷邊，船身也在劇烈搖晃著。鄭和一把拉住王景弘，朝南軒公急急地說：「南總舵，快下航令！」南軒公縱身躍到甲板上，大喝：「全體聽令。升半帆，直尾舵，馭風南行！」南軒公一邊大聲吼，一邊親自衝進水手隊伍中，和他們一起操作。巨大的風帆又升起來了。船尾處，十幾條壯漢拼命轉舵，捲盤吱吱作響，寶船緩緩掉頭。

鄭和見一切已按照南軒公的布置就緒，就進入了自己的天元艙。外面的風暴聲與吶喊聲仍然陣陣傳入。此刻艙內混亂不堪，各種物件東倒西歪，舷窗被風吹得大敞，風暴穿窗而入。

鄭和走上去關窗，有意無意往舷窗外望了一眼，只見海面仍是滔天巨浪，像冰花柱子一樣，高高聳起，又轟然倒下，倒下時像炸彈爆炸一般。但黑暗中隱約閃現遠處船隊的一串串桅燈。鄭和合上窗板，海風消失了，他扶著艙壁走進裡面的臥艙。

臥室內是密不透風的黑暗。鄭和敲擊火石，打燃火媒子，點燃燈。黑暗流動起來，跳出一個晶白的豁口，艙中赫然出現一尊塑像，竟然就是那尊酷似妙雲的天妃塑像！經過修飾，顯得栩栩如生了。鄭和在像前跪下，心裡神聖而虔誠，喃喃地多情地祈禱著：「神聖的天妃啊，善良美麗的神靈哪，我心靈深處所崇拜的女人啊，請保佑我們，幫助我們戰勝風暴！天妃啊，請快賜給我們陽光，請快把我們帶進太平世界。鄭和求你了！」祈禱中的鄭和，心裡居然湧起一陣陣的暖流，竟然失聲哽咽起來。

彷彿神靈聽到了鄭和的祈禱，天空豁然閃現一片陽光，一輪朝陽破雲而出，風暴完全止息了，海面平靜如夢。經過一夜風暴後的大海，顯得倍加絢麗！甲板上，所有的水手都欣喜若狂，他們朝著初升的太陽發瘋般地歡呼著：「太陽出來了！……噢噢！噢！我們得救啦！……」

寬闊的海面上，四面八方的船上都響起了歡呼聲。

鄭和剛進入夢鄉，睡著不久，被外面的響聲喚醒。聽了一會，立刻跳起來，興奮地走出船艙。南軒公正立於高臺觀察四周，鄭和長抒一口氣，走上去，同他站在一起。風暴洗禮後的海水格外清湛，天空瓦藍瓦藍，絢麗燦爛。鄭和心曠神怡地問：「南公啊，這是什麼海域？」南軒公看看海流，又抬頭望望空中飛翔的海鳥，說：「不知道，我從來沒到過這裡。」鄭和驚訝地問：「連你也沒來過？」

南軒公指著天上飛翔的鳥：「這裡的海鷗，和我見過的不一樣了……」

正說著，船底傳出刮碰聲，船身輕微一震。南軒公立刻察覺不祥，緊張地大叫：海底有珊瑚礁！降帆、右舵，避礁行駛！」船首處，鼓號手趕緊吹起螺號，幾炷信火也從舷邊射上了天空。寶船迅速轉向，船底吱嘎的刮碰聲消失了。鄭和感佩地對南軒公說：「多虧你啊！」南軒公笑笑，在舷邊拋下一隻測深錘，尖錘帶著繩索飛快地下沉。他伸出一隻手，細繩從他指間簌簌滑過……許久，那卷手中繩索將盡，南軒公憑手感知道錘尖觸及海底了，於是他慢慢拽上測深錘。尖錘出水了，錘尖沾著一點海底的石泥。南軒公拈下那點石泥仔細觀察，再嗅一嗅，甚至擱到嘴裡嘗了一嘗，鄭和一直緊張地看著他。南軒公道：「果然是珊瑚礁。鄭大人，如果我所料不錯，這一天一夜，船隊已經南行兩千里了。」鄭和驚訝地張大了嘴：「兩千里？那……這是什麼海域？」南軒公斷然道：「南大洋！」鄭和慨然一嘆：「這麼說來，我們已經馳出海圖了。」南軒公道：「是啊，南大洋無邊無際，從來沒有人穿越過它。聽祖上說啊，南大洋裡還有一片美麗的群島，它們藏在海洋深處，沒有名字，也不知道在哪裡。」

一陣猛烈的海風吹來，南軒公呼吸了一下海風，興奮地說：「鄭大人，有陸地！鄭和四處觀望，只見海天茫茫，沒有任何島嶼的影子。他詫異地說：「在哪呢？」南軒公指著南方：「海風裡有陸地的氣味，我聞出來了。」

一個水手聽見了南軒公說的話，爬上桅頂的瞭望台引頸遠眺。忽然，他發瘋般地大叫：「海島！哨台稟報，西南方出現島嶼。天哪，好大的一片海島！」船上所有的人都湧到舷邊，焦急地眺望南天。果然，一片低矮的群島漸漸出現在天邊，水手們歡騰雀躍起來。鄭和笑道：「南公，那就是你祖上傳說的群島吧？」

南軒公激動地不住點頭。

鄭和突然想起了關在底艙裡的吳宣。他讓侍衛打開底艙的門鎖，另一個侍衛提著一盞油燈在前面照亮。狹小昏暗的艙房中，吳宣縮在角落裡。由於暈船過度，直到現在他還在一陣陣乾嘔，但已經吐不出東西來了。他再度歪倒，哧哧喘氣。

鄭和沉思地研究著縮在角落裡狼狽不堪的吳宣，靜靜地從侍從手上接過一隻碗，蹲下身遞給吳宣道：「熱豆漿，喝了。」

吳宣欲起，人卻軟弱無力。鄭和將碗湊到吳宣嘴邊，幫助他喝下去。吳宣喘吁吁道：「謝了。」

鄭和讓侍衛將吳宣架起，隨他出艙。吳宣呻吟著問：「鄭、鄭大人……你怎麼就不暈船哪？」鄭和道：「我也奇怪。那麼多水師官兵都暈嘍，可我就是不暈船。大概，我也是隻烏殼貝吧？」

吳宣滿面羞怯，上了甲板，鄭和道：「站好嘍，你好好看看，那是什麼？」吳宣懵懵懂懂，朝前望去。前方一片綠色島嶼映入眼簾。吳宣大驚道：「海島？……風暴過了？」

鄭和的聲音絲綢般滑暢：「我們平安穿越了風暴，馳入浩瀚的南大洋！吳宣哪，事實證明，南總舵是對的，他拯救了船隊。而你的航令，大錯特錯！至於你的心思嘛，哼，本使明白——更不足道！」

吳宣顫聲認錯：「在下……有罪。」

鄭和瞅瞅吳宣，像在衡量他的誠心，沉吟過後，說：「本使恢復你的職務，並原諒你這一次。但你要記著，這可是最後一次了！你且在這曬會太陽吧，回頭，咱倆還有話說。」鄭和掉頭而去。吳宣無力地靠著艙壁，望海發呆。

近海島時，數艘快蟹載著兵勇們馳向綠島，水手們整齊地揮動長槳，鄭和坐在船首，快蟹接岸，他率先跳上岸，慢慢朝前走去。王景弘、南軒公緊跟著他。

後面，兵勇們各持刀槍，警惕地往前走。

鄭和登上一個高坡，極目四望，只見島上林木蔥鬱，可是除了海鳥不見任何島民。鄭和讚道：「景致真是漂亮。想不到，大洋深處竟然藏著這麼個地方！」

王景弘說：「看來，這是個無人居住的島嶼。」鄭和笑道：「那好哇，咱們為大明又開闢一個島子了！南公哇，回頭，你就把它標到海圖上去。」南軒公說：「是。我估計這兒距大明內陸，少說也有上萬里呀！」王景弘忽然奔向一堆廢墟，招呼說：「鄭大人，您來看。」鄭和神采奕奕地奔過去，王景弘從石塊中翻出一隻破碎的陶器，鄭和接過來，翻來覆去地看，驚道：「好像是漢器呀！景弘，你再看看。」王景弘接過再看，斷然道：「沒錯，是漢器！」鄭和歡喜道：

「如此看來，漢人祖先早就登島來過。這島哇，早先就屬於古代中華。」南軒公激動得臉像剛喝了酒：「是啊，祖上的傳說不會錯的，祖宗們肯定來過這裡，只是後來又放棄了。」王景弘道：「大明船隊登臨天涯，收歸故土，功德無量啊！鄭大人，給這座島嶼起個名吧？」鄭和笑而思索：「嗯……我們於大明永樂年間登臨此島，為張揚天朝恩威，就叫它永樂島吧？」王景弘讚道：「這名字好，永樂島！」

山坡上，一座新砌的石碑聳立著，上面刻著三個鮮紅的大字：永樂島。鄭和帶著文武部屬跪地，焚香，拜祭，他叩首頌道：「大明永樂四年，臣鄭和等奉旨巡海，登臨南洋中華古島永樂。特此銘石立碑，以頌天恩。」

歷史上的記載是：永樂年間，鄭和率船抵達南沙群島，並將其中最大的一座島嶼命名為「永樂島」。

# 第二十一章

天高海闊，龐大的船隊破浪行駛……

遠處，漸漸浮升起一片陸地的身影。

寶船的天元艙內，鄭和與南軒公正津津有味地拼貼海圖。只見那幅大海圖又延續出一塊海域，上面標著「南大洋」「永樂群島」等等。鄭和笑著對南軒公說：「南公啊，咱們每到一地，就增補它一處。不要幾年，這天下所有的汪洋大海、島陸異國，就都會被咱們走遍，都得畫入大明的《海國圖志》。」

南軒公笑著搖了搖頭：「鄭大人啊，老夫年輕時曾有一個宏願，那就是要走遍天涯海角。年紀大了，才知道那是個癡心妄想。為何呢？因為航行過的海洋越多，就越覺得它無邊無際，無始無終！天涯之外還有天涯，大洋之後還是大洋。這四十四丈的大寶船，其實只是滄海一粟，渺不可言。老夫航行了大半輩子，現在看來，也不過是這圖志上巴掌大一塊地方。」

鄭和說：「南公言之有理，卻不盡然。海雖然無始無終，人不也有千秋萬代麼？如果後人接過我們這幅圖志，駕駛更大的海船，一代代航行下去，定能窮盡天涯！」南軒公笑道：「大人雄心，老夫敬佩。」鄭和昂然道：「因此，比海更大的，是船！哪怕是一葉扁舟，也比汪洋大海更大！一顆人心、一口志氣，也比天下更大！」

南軒公驚訝地望著鄭和，半晌才嘆道：「鄭大人，容我說句砍頭的話吧。」

鄭和朝艙門看看，見艙門緊閉，笑道：「我們倆之間沒有砍頭的話。」南軒公感慨地說：

「我老覺得你不像太監，倒像是個……」鄭和見南軒公說話遲疑，引發了好奇心，自己上下打量一番，笑問：「像什麼？」南軒公說：「帝王！海上帝王。」鄭和一怔，隨之哈哈大笑，笑罷俯身到南軒公耳邊竊語：「您老人家這句話，真說到我心裡去了！哈哈哈……」正說笑間，外面有人叫鄭大人，聲音未落，王景弘已匆匆拉門入內：「鄭大人，西南方已見陸地。」鄭和詢問地看南軒公一眼。南軒公說：「孛尼國到了。」鄭和就對王景弘說：「進入海灣後，升大明皇旗，放出號炮，讓孛尼人知道——大明船隊即將接岸。」王景弘道：「已經吩咐過了。」鄭和說：「那好。景弘啊，木嘎王儲肯定會出港來迎。咱們遲到了半月，恐怕他都急壞了。準備更衣上岸吧！」

船隊駛入薄霧下的海灣。主桅上，一面大明皇旗迎風飄揚。船舷處，一枚枚號炮不停地射向天空，炸起團團紅光。但是，港灣保持著死一般的寂靜。甲板上，鄭和、王景弘、吳宣等正副使都已換上鮮豔官服，眺望海岸，面色焦急，靜靜等候孛尼國來船相迎。

轟轟的號炮聲止息了。孛尼海岸還是一片沉寂。隱約可見的村鎮，也是死一般安靜。一個總兵官上前稟報：「稟國使大人，已經一個時辰了，孛尼海岸無船來迎。」

鄭和好生奇怪：「難道我們駛錯了地方？」南軒公說：「絕對沒錯。這兒就是孛尼國最大的港灣，名叫大丫灣！海灣北面五十多里，就是孛尼國王宮。」鄭和皺眉道：「那為何沒有任何反應？」南軒公的面孔早已嚴肅起來：「有啊，鄭大人。這種安靜，就是非常可怕的反應！各位大人請細看，那些村鎮裡既無炊煙，也不見人跡，甚至聽不到雞鳴狗吠。我估計，孛尼人已經放棄了海港，男女老少，都藏進深山裡了。」王景弘驚訝地問：「這是為什麼？」南軒公說：「因為他們把你們看成不共戴天的仇敵了。孛尼人不到萬不得已時，不會撤離家園。」鄭和等人互視，都大驚失色。孛尼國的王儲分手時不是還戀戀不捨的嗎？是哪裡出了差錯？

孛尼人此時正隱藏在山上的密林裡。大片持刀挽弓的半裸壯士，以叢林做掩護，居高臨下地怒視著海灣，每人身前都堆著滾石、巨木、箭弩等武器，時刻準備迎戰。

密林中的一塊高地上，年邁的孛尼國王麻那一身盔甲，瞇眼望著海面上的寶船。嘆道：「陳祖義說過，鄭和的船像一座山那麼大。我還以為他威嚇我們。現在看來，他說的是實話。這麼大的船，大明人是怎麼造出來的呀！」大臣憤慨地說：「陛下請看，那船上還安著許多巨炮呢！如果鄭和善意來巡訪，那根本用不著這麼大的船，這麼大的炮啊！奴僕認為，大明人確實有禍心。他們想用這些巨船利炮來攻占孛尼呀。」麻那國王氣得臉上一癟一鼓的：「哼，他們膽敢進攻的話，我非殺盡他們不可！」

寶船上，南軒公正在向鄭和款款介紹：「孛尼人生性直爽，善惡分明。他們如果把你當朋友，就捨得把心肝摘給你。要是把你當仇人了，那可真是凶暴至極，非殺盡仇人的全家老少不可！在他們眼裡，世上的人只有兩種，朋友和仇人。這個孛尼王，快七十歲了，還是驍勇得很。陳祖義的海盜，屢屢被他追殺。」鄭和便問：「如果我們現在就登岸，他們會怎樣？」南軒公疾速搖頭：「不請自入，凶險莫測呀。」鄭和發怒道：「大明皇旗已經升上桅頂，號炮早就放過，我身為大明國使，要這麼傻等下去，尊嚴何在？豈不荒唐嗎?!孛尼人應該知道，本使可是上奉聖旨、下受木嘎王儲之邀，才來到這大丫灣的，本使並非不請自入！吳宣，即派一千兵勇，分乘十艘戰船，隨我登岸。」吳宣應著「遵命」，轉身傳令下去。

舷邊的水手立刻朝海上的戰船揮動信旗。一排戰船慢慢馳入海灣。鄭和按劍立於頭一艘戰船的船首，警惕地注視著越來越近的海岸。海島的岸邊生滿了高大的椰林，靜悄悄的，動物和不知名的鳥類發出的聲音，在寂靜中變得森然恐怖。

戰船在快要靠岸的前一瞬，忽然撞斷了綳在水下的繩索，斷繩彈向空中。南軒公驚叫一聲：「當心！」話音未落，只見岸邊一棵椰樹突然吱吱嘎嘎地傾倒，直朝戰船砸來。萬急時，船身正好一偏，椰樹砸在船側水中，擊起一片浪花。一個總旗官指著前方驚道：「鄭大人，您看！」鄭和看見岸邊飄著一隻竹排，竹排上站著幾個人影。鄭和低聲叫：「靠上去！」

戰船靠上竹排。一副淒慘景象豁然呈現。竹排上的那些人都是死去多時的大明兵勇，他們筆直站立，仰面朝天，口腔中露出了或長或短的竹尖……原來，每個死人都被一根利竹從尾骨處戳進身體，通過胸腔，從口中伸出，再將利竹釘在了竹排上。

總旗官說話時，上牙與下牙打著架：「鄭大人，他們全是護送木嘎王儲的水手啊！」

吳宣縱身從戰船上躍下，落入竹排，他撲近一個死屍，驚恐地打量著，突然爆炸般慘叫起來：「吳勇？……兄弟啊，你這是怎麼了！我的兄弟啊，你死得好慘哪！」他痛苦地跪在死屍下，抱頭大哭。南軒公沉痛地說：「這叫做穿心祭海，是孛尼人對待仇敵的辦法。他們抓到仇人後，先餓幾天，讓他把肚裡的東西排乾淨。再用一杆尖竹插進肛門，進入腹中，穿心而過，直到從口腔裡穿出來。人呢，就像魚乾一樣釘在竹排上。最後，再把這些竹排推進大海，隨波逐流。」鄭和憤怒得眼睛發紅：「大明歷來厚待孛尼，本使還特派戰船護送王儲歸國。那孛尼王怎敢如此屠戮我們的人？簡直是野獸！禽獸！」王景弘沉重地說：「鄭大人，這不僅是船隊的奇恥大辱，更是大明國的奇恥大辱啊！非討個公道不可！」鄭和立刻朝戰船狂叫：「甲士全部登岸，布陣待命。」話音剛落，各船兵勇立刻拔刀怒吼，像一群發瘋的猛獸那樣跳進海水，狂喊著衝上岸去。鄭和吩咐劉總旗：「令你立刻返回船隊，增調兩千兵勇，五百匹戰馬，即刻趕來！」

總旗一走，鄭和就拔出長劍，一劍砍斷船首的旗竿，攥在手裡。他一手持劍，一手高舉著那杆大明戰旗，嗵地跳進海水，大步走上海岸，立於高坡，把大明戰旗往身邊一插，高喝：「布陣！」所有甲士都奔至旗下，一個挨一個排列。每人都是一手持刀一手持盾。大片繪有凶猛圖案的盾牌，排列起一圈臨敵的鐵桶戰陣，為首者，正是怒不可遏的吳宣。

山上的密林中，孛尼王沉默地注視著這裡的一舉一動，面容僵硬如鐵！大臣湊近低聲說：「陛下，鄭和要發動攻擊了。」麻那國王道：「我看見了。」

大臣說：「他們的兵勇個個都佩戴盔甲，所持的刀槍兵器，也比我們的兵器長許多啊。」麻那國王一面冷眼旁觀著山下的動靜，一面說：「這個嘛，我倒沒看見！我只知道，孛尼勇士的刀鋒，不怕任何妖魔鬼怪。大神在天上護佑孛尼！」

大臣不敢再說，只得應著：「是，是！」

麻那國王拔出腰懸的椰殼酒壺，仰面狂飲，飲罷拔出彎刀，朝身後部下們叫道：「勇敢的孩子們，拔出你們的刀，張開你們的弓，大神在天上照耀著我們，孛尼人要用鮮血和生命，保衛每一寸土地！」他身後那些半裸的壯漢們舉刀吼叫：「嘎嗚！嘎嗚！嘎嗚！……」

壯漢們往前湧，最前面的四個佩甲壯漢張弓向天，一齊開弓發射。四支長箭凌空飛躍，嗖嗖地射入大明戰陣前的沙灘，每支箭尾都拴著一縷黑毛。

鄭和走上去，從地上拔出一支箭，打量著箭尾的黑毛，往南軒公眼前一豎，問：「嗯？這是什麼東西？」南軒公彎腰拔出另一支箭，端詳著說：「哦，箭上拴的是公牛鬃毛。」鄭和問：「什麼意思？」南軒公道：「孛尼人發來的警告。意思是，你們要是再不退，他們就會像宰牛那樣，砍下你們的頭。」遠處山上的陣陣吼聲隱隱傳來：「嘎嗚！嘎嗚！……」部下們議論著：「他們在喊什麼呢？」南軒公告訴大家，是孛尼土話。意思是「殺！」「殺！」鄭和冷冷地說：「哼，這群海外草莽，從來不知道大明甲士的厲害！吳宣，進軍！」早已蠢蠢欲動的吳宣高聲道：「遵命！」

一直在打量孛尼長箭的南軒公，凝神思考著，此時像遺忘了什麼東西，轉身又奔回去跳上了竹排，焦急地四下裡搜尋。片刻，他就從竹縫中拽出了一支利箭。細看著，這支箭同孛尼人的箭明顯不同，更短，更粗，更堅實。他趕緊跳上海岸，攥著箭朝鄭和奔過來。

吳宣正率領著甲士們步步朝山腳下逼近，甲士的盾牌與戰刀閃閃發光，眼看著就要接戰了。南軒公狂奔著大叫：「鄭大人，鄭大人。」鄭和聽南軒公聲音有異，立刻朝戰陣大喝：「暫停。」隊伍靜止下來，甲士們原地佇立著，眼巴巴地望著鄭和。南軒公奔到鄭和面前，把兩支不同的箭遞給他，喘息著說：「您看看。」鄭和接過來，一時看不出個所以然，就詢問地目視著南軒公。南軒公道：「這支是孛尼人的箭。這支是海盜們專用的箭。它比孛尼人的箭更短、更粗、更堅實，適合於在海上交戰。鄭大人啊，陳祖義到過這裡！」

陳祖義到過這兒，這意味著什麼？鄭和略一思索，不由哆嗦了一下：「怎麼？難道……吳勇他們是陳祖義殺死的？這一切都是陳祖義的陰謀?!」南軒公說：「我也是這麼想，鄭大人，您知道的，陳祖義的陰險毒辣，遠超出常人哪！」

鄭和朝戰陣高聲喊道：「停止進攻。」

兩支箭並排擱在一塊礁石上。王景弘、吳宣、南軒公及幾個將領站立四周。

經過深思熟慮的鄭和指著箭沉聲道：「從抵岸開始，我就一直不解，木嘎王儲為何不來迎接我們？孛尼國為何突然間反目成仇？現在看來，恐怕都是陳祖義的奸計！我猜想，陳祖義襲擊了使臣船，殺了吳總旗，俘獲甚至也可能殺了木嘎王儲！然後向孛尼王造謠生事，鼓動孛尼王與我們為敵。」

吳宣顧不了這麼多，他咄咄逼人地說：「鄭大人，我兄弟就白死了麼？水師弟兄竟然被穿心祭海，他們的仇就不報了麼?!」鄭和沉穩地說：「吳總旗不是孛尼人殺的，陳祖義才是我們真正的敵人！孛尼王只是受其利用罷了。如果我們一怒之下剿滅孛尼國，那麼，南洋所有國家都會聞風喪膽，它們會被迫連為一體，倒向陳祖義，共同抵抗大明！那樣一來，我們的奉恩巡使、懷柔遠人，就變成了四面樹敵。這不但大大悖逆了皇上旨意，而且，我們無論航行到哪裡，都將凶險莫測。」

王景弘不無擔心地問：「大人有何決斷？」鄭和果斷地說：「收兵歸船，離開孛尼，巡使下一個國家，設法找到陳祖義，消滅這股惡盜！」王景弘看一眼怒容滿面的吳宣，他那一目了然的不滿就像一觸即發的火藥引子，令人擔憂，王景弘謹慎地提醒鄭和：「鄭大人，就這麼離開的話，水師官兵是否心服……」鄭和正色道：「軍令如天，不服也得服！我等身為大明國使，當持王道而巡四海。王道者，絕非霸道！如果恃強凌弱，任意殺戳，豈不成了海盜行徑嗎？傳令——即刻收兵歸船，誰如敢傷及孛尼國一草一木……軍法從事！」王景弘恭聲道：「遵命。」

吳宣在邊上一言不發，鄭和看著吳宣道：「歸船以後，本使將隆重祭奠吳勇等遇難兄弟。並犒賞水師各級官兵。」吳宣不滿地說一聲：「遵命。」言罷，恨恨地掉頭而去。鄭和轉頭問南軒公：「南總舵，據你所知，孛尼人喜歡大明什麼物產？」南軒公說：「凡是中土之物，他們樣樣喜歡，特別是瓷器、茶葉、烈酒。」鄭和溫和地說：「景弘啊，我們既然行善，乾脆求個功德圓滿吧！賞他們瓷器五百件、茶葉五十斤、美酒十罈，你看如何？」王景弘笑嘆道：「鄭大人，您真是心胸萬丈。此舉——高明哪！」鄭和也笑了：「我要孛尼人長長見識，咱大明國恩威齊天哪。恩便是威，威便是恩！」

正在山上密林裡等待著大明兵勇進攻的孛尼國王麻那久久不見山下動靜，奇怪地費神眺望著，不解地問：「他們在幹什麼？」大臣正在兀自愕然，見問，疑惑地說：「好像是在退兵。」麻那國王傲然地說：「大明人害怕了……哈哈，鄭和不敢和我們交戰！聽陳祖義說，他是個被閹割掉的男人。是不是？」大臣曖昧地笑一聲：「陛下說得是。在大明皇宮裡，他們這種人叫做『太監』，不男不女，不陰不陽，專門給皇上倒尿罐子。」孛尼王蠻野地呵呵笑著，開心地說：「怪不得沒有一點大丈夫氣概，膽小如鼠！」

其實，鄭和正在口授給孛尼國王的信件。書記官盤腿而坐，一個兵勇伏跪在面前，以背為案，書記官揮筆疾書著：「……我大明船隊乃和平使者，奉大明永樂皇帝旨意，巡使海外各國，懷柔遠人，恩及天下。我等此行貴國，是以仁義為本，行天道，剿海賊，敕封貴國君王，共用太平繁榮。盼貴君王明察是非，知善惡，明利害，萬勿再被陳祖義利用。茲此稍賜薄禮，以示中土天朝寬容誠信之意。大明國正使鄭和，謹上。」鄭和口授信的時候，水師甲士們抬著吳勇等人的屍體，踏著海水走向戰船。他們放下屍體，又從戰船上抬下陶器、茶葉，酒罈等物，堆放在海岸上。信寫完，書記官摺起信箋，裝進信封裡，奉給鄭和。鄭和接過信，走到那座高高的禮品堆前，將信封擱在最高處，正欲離去，忽然念動，又回身重新拿過那只信封。他右袖一揮，手中豁然出現了那支拴著牛鬃的孛尼長箭。鄭和嗖地一聲用箭杆穿過信封，把它們一起擱在禮品堆上。孛尼國那邊，麻那國王、大臣，以及半裸的兵士都伸長脖子緊張地觀看著。孛尼王喜笑顏開，大叫：「孩子們，膽小如鼠的大明人嚇跑了，我們勝利了！」兵士們紛紛舉刀狂喊：「嘎嗚！嘎嗚！……」接著，像潮水般衝下山去，撲到海邊，向著遠去的艦隊舉起刀矛，耀武揚威地狂喊著：「嘎嗚！嘎嗚！……」另一群兵士則撲向那堆禮品，最先到達的兵士一把扔掉那封信與箭，伸手從麻包裡扯出大片綢緞，驚喜地揮舞起來。一會兒，所有的兵士都圍了上來，紛紛爭搶著瓷器，綢緞，有一個兵士拔出罈蓋，彎下腰把鼻子湊上罈口深深嗅著，大喜叫道：「酒！酒！」他不顧一切地抱起酒罈仰面狂飲。於是，所有兵士們紛紛圍了上來，七手八腳地砸開酒罈，大呼小叫地爭飲酒漿。

麻那國王大步走來，憤怒地發出一聲「嗯？……」大臣跟著怒叫：「住手！都住手！」兵士們立刻乖乖地住手呆立。大臣撿起地上那信封，雙手捧給孛尼王：「陛下。」麻那國王盯著那支牛鬃長箭，慢慢伸出手，一把將它拽下來：「念給我聽。」大臣小心翼翼地拆開信封。

寶船正在海中行駛。舷邊，一排水手高舉巨大海螺，鼓著腮幫用力吹著，每支螺號上都繫著長長的白巾。海螺發出的聲音像沉重的嗚咽：「嗚嗚嗚……」

四塊長板上躺著四具裹著白布的屍體，八個水手上前抬起長板，步向舷邊。甲板上，大片水師官兵跪地叩首，為海葬的弟兄們送行。鄭和頭披一束麻巾，跪在一尊祭案前，焚香、拜祭，口中呢喃祈禱。身後跪著吳宣、王景弘等。吳宣哽咽不止，哭得身子上下抽動。水手高高舉起長木板，在舷邊傾斜，長板上的屍體一一滑進大海。它們立刻被滔滔海浪吞沒。這時候，所有的官兵都深深地叩首及地。

鄭和拜罷起身，看見吳宣仍是滿臉悲憤，跪著不起。他微嘆一下，朝書記官大聲道：「總旗官吳勇精忠報國，功勛卓著，著加升三級，記為水師副將，賞恤白銀三千兩。其他殉職官兵，各加升兩級，賞恤一千兩！」說完，鄭和親自扶起吳宣，難過地安慰他：「吳將軍雖然蒙受喪弟之痛，卻以大局為重，嚴守法度，忠勇之心昭然，堪為水師官兵之楷模。本使極為感佩！」吳宣隱忍難言，只得道謝：「多謝鄭大人。」鄭和親切地說：「令弟的恤銀，也請吳將軍代收下來吧。」吳宣低頭謝了恩。鄭和轉頭眺望孛尼國的海岸。看著看著，忽然一指：「劉總旗，看見岸邊那塊島礁沒有？」總旗官也上前眺望著：「看見了。」鄭和凜然道：「傳命。所有戰炮一齊發射，把它徹底炸碎！」王景弘不解地問：「鄭大人，您這是為何？」鄭和讓王景弘看海岸那邊：「喏，你看。孛尼人正在岸上品嘗我們的禮品呢。我想讓他們再開開眼，多長點見識！讓他們知道，大明天朝不但是恩重如山，更是天下無敵！」

戰炮響起來的時候，孛尼大臣正捧著信，艱難地、結結巴巴地誦讀著。震耳欲聾的炮聲隆隆炸響，像要天崩地裂。海岸上的孛尼人驚訝四竄，麻那和大臣嚇得縮低了身體，驚駭地朝海面望去，只見寶船舷腰處射出無數條火龍：「轟轟轟……」炮彈雨點一樣，落在海邊一座直徑丈餘的島礁上，轟轟爆炸，整個島礁竟被炮火徹底覆蓋了。

炮聲停止之後，硝煙還在海上瀰漫了很長時間，等到煙霧散盡，原先那座島礁已經消失得無影無蹤！孛尼國王麻那呆呆地看著礁石消失了的海面，目瞪口呆！大臣在邊上驚嘆道：「大明的火炮竟有這麼厲害！陛下，鄭和是在警告我們。他要是朝我們開炮的話，我們早就被炸碎了。」麻那將那支長箭一擲，箭頭直插在沙中。他喃喃地說：「鄭和是好人哪，是朋友啊！我們上了陳祖義的當……天神哪，寬恕我吧，我對不起大明皇帝。」大臣焦急地說：「陛下，我們趕緊派船追上鄭和，跟他講明實情，請他到王宮作客。」麻那國王看著越行越遠的寶船，搖頭道：「來不及了，大明的船，行海如風，實在太快了。我們追不上。」大臣更急了：「那怎麼辦？如果不跟他講明陳祖義的罪孽，大明國會誤解我們孛尼呀！」麻那國王沉思片刻，嘆道：「不必追趕鄭和了。你立刻準備三艘海船，等南風吹起時，我要親自率領王后、王子渡海北上，去大明京城拜見永樂皇帝。唉，我要當面向他謝罪，告訴他，孛尼國和大明天朝，世代修好，永不為敵！」大臣驚訝地望著國王，半晌道：「陛下，您年高體弱，萬不可再飄洋過海了。」麻那國王卻很果毅：「為了孛尼國太平，我是非去不可呀。你趕緊準備吧。」

永樂六年（西元一四〇八）八月，老邁的孛尼國王麻那惹加那在大明恩威感召下，親率后、妃、子及大臣渡過了萬里汪洋，來到大明首都南京，向朱棣上表稱臣，盟誓修好。兩個月後，麻那國王病逝於南京。朱棣為其築王陵，建塔寺，行國葬，頒旨永享祭祀。

鄭和的船隊到了占城國的王宮。一個穿著異族服飾的官員在宮門外高喝：「請大明國使入宮！」鄭和手持一個黃軸，在兩位副使的陪同下，昂首步入異族兵勇排立的宮門。

年輕的占城國王與王后端坐在王座內，好奇地注視著鄭和。兩邊的大臣惶惶不安，竊竊私語著。鄭和從容地走到離國王王后一尺的地方，微微一躬，展開黃軸——卻不念，而是橫眉一掃那些竊竊私語的大臣。鄭和的那一道目光，逼使所有人頓時靜若寒蟬！

鄭和這才高聲念道：「大明國皇帝應占城王占巴的賴所請，特賜恩旨，敕封占巴的賴為占城國王，世襲罔替。並贈送《大統曆》一套，以示天干地支、春秋四季、日月節氣，皆為千古不易之道。另贈陶瓷器二萬五千件，綢緞五千匹，茶、藥、紙、谷等中土各類物產一百零八種，共二十二船。朕祝願占城國平安昌盛，敬奉大明上國，永世修好。」念罷，鄭和上前將國書莊嚴地呈交給占巴的賴，再從王景弘手中接過一尊王冠，示意占巴的賴戴上。占巴的賴愣了一會才明白鄭和的意思，趕緊離開王座，雙膝跪地。鄭和將那尊王冠戴到占巴的賴頭上。這時候，兩旁所有大臣都隨之下跪，喜笑顏開，參差不齊地叫著：「萬歲，萬萬歲！」

永樂四年（西元一四〇六年）鄭和巡使占城國，敕封占城國王占巴的賴。

鄭和一行一路南行，走過許多國家，結識了諸多民族。入鄉隨俗，他尊重異國的民族風情，同任何國家都是禮尚往來。在一座巍峨的清真寺內，無數教民正在跪地禮拜。最前面的那個人就是鄭和，他與一個異國國王並排跪在紅地毯上，他頭纏白布，默誦真主，合掌額首，再深深地叩首及地……恭敬地執行著回教禮儀。

隨後，鄭和陸續巡使爪窪、馬六甲、錫蘭等邦國，敕封各國君王，同沿海各個國家廣開貿易與交流，受到熱烈歡迎。

鄭和又回到了寶船的大艙內。艙壁上展示著大幅海圖。一道濃重的粗線在印度洋沿岸延伸。鄭和與王景弘、吳宣、南軒公等分座議事。鄭和道：「再過三天，船隊就要抵達忽魯謨斯了，據說忽魯謨斯是個熱鬧的地方，五花八門，良莠雜處。那兒一沒有皇上，二沒有朝廷。管事的人叫『總督』，聽政的地方叫『公會』。到處是教堂子，妓院子，酒館子，賭攤子，連洗澡都敢男女共浴！唉……總而言之，亂！」

大家興趣盎然地笑著議論。王景弘道：「海外有許多奇談怪論。聽說，西洋人把天下分為幾塊大陸，叫做歐洲、非洲、亞洲。說什麼，歐洲人全是白的，非洲人全是黑的，亞洲人全是黃的！這個忽魯謨斯呢，恰好處於歐、亞、非三塊大陸的交合處。在下想啊，忽魯謨斯人應該上半截是黃的，下半截是黑的，中間一段是白的。」眾人哈哈大笑起來。吳宣在笑聲中道：「不光人如此，馬也是這樣。一道白一道黑，叫什麼『斑馬』！」「有趣，有趣，還有多少意想不到的東西在等著我們呢！」王景弘笑道。

南軒公卻想到了其他，他謹慎地說：「在下雖然沒去過忽魯謨斯，但對它聞名已久。它是海外最大的貿易中心，世界各國的奇珍異產，金銀百貨，都通過海、陸兩途運送到那裡，進行買賣和交換。在下猜想，但凡以貿易為生的城鎮一來肯定貪利，二來講究公平。不過，耳聞是虛，眼見是實。究竟如何，得親身見識以後再定。」

此言一出，眾人沉默。

鄭和沉吟道：「南公言之有理啊。咱們將心比心地想想，在我們眼裡，洋人們怪誕無比。說不定我們在洋人眼裡也是無比怪誕呢！俗話說『少見多怪』，見識少者，必然怪異多。咱大明是禮儀之邦，各位身為使臣，當為禮儀之楷模，無論到哪，先得謹守當地律法，入廟拜佛，入鄉隨俗。即使碰上糾纏不清、是非不明之處，也先退讓它一步，這才是強者自尊之道。」

吳宣想的又與眾人不同，這事其實一直困擾著他，眼前似乎算是個機會。他吞吞吐吐地說：「鄭大人，水師弟兄們……有個難言之請。」鄭和道：「講。」

吳宣說：「弟兄們已經在海上漂泊一年多了，十分寂寞……」鄭和一時未往深處想，笑道：

「吳兄放心，等到了忽魯謨斯，自然要上岸休整。」吳宣怕鄭和轉換話題，再提難開口，心急火燎地說：「在下直說了吧——水師弟兄個個都是精壯漢子，由於長年不近女色，都快憋瘋了。致使肝火日盛，相互之間磨擦不斷，甚至時有鬥毆的事兒發生。鄭大人，水師弟兄都是活生生的男人哪，做夢都在想女人……」吳宣忽然發覺失口，垂首沉默。

鄭和不由一震，一時無法回答。

南軒公道：「吳大人說的，確是性情之言。忽魯謨斯那地方，有許多風月場所，男人花銀子買女人，公平交易，不以為恥。」

鄭和已經迅疾調整過來，忽然哈哈笑道：「本使知道，一提起這事，水師弟兄們只怕要把我給罵死了！誰讓我鄭和是太監呢，自個沒有男人福氣就罷了，還逼得弟兄們活受罪。」吳宣尷尬地說：「水師弟兄沒這個意思。」鄭和嘆息地說：「吳宣哪，咱們出海前，皇上曾經下過五條戒律，其中就有『不可淫人妻女』。但本使明白，身為男子，必有人欲！所以，當你和幾個部下在爪窪國暗中嫖娼時，本使佯做不見……」

吳宣驚叫：「鄭大人……」

鄭和擺手微笑：「不必辯解。不但在爪窪，而且在馬六甲、錫蘭山，你都幹過！本使說錯了麼？」

吳宣欲言，終於垂首不語了。

鄭和道：「本使之所以睜隻眼閉隻眼，就是出於體諒！一來，娼妓並非人妻；二來，萬里海外，事當從權。但忽魯謨斯卻不同，那裡的風土人情，大異於我們以往所到過的任何地方，我們更得謹慎從事！你想想，要是本使同意弟兄們上岸買歡，此令一開，饑渴已極的官兵就會像潮水那樣浩浩蕩蕩撲上岸去。忽魯謨斯有多少女人？承受得起兩萬三千多個漢子嗎？當地人又將如何看待大明使者？堂堂天朝的禮儀尊嚴何在？所以，這次本使要下達嚴令，非但水師官兵不得開禁，就連你也不准私自放縱。違者，重懲不貸！敢問吳兄能否自尊？」

鄭和所說，出乎吳宣意料之外又像是早在意料之中，吳宣無從再說，只得沉聲道：「遵命。」

忽魯謨斯是個信教的民族，也是個興旺繁華的民族。當鄭和他們踏上這個國家的時候，噹噹噹……高高的教堂尖頂上，正在敲響禮拜的鐘聲。各種各樣皮膚與頭髮的人種，穿著各式各樣的服裝，從四面八方進入教堂大門。而在教堂後面的一塊空地上，兩個男子正怒目相視，按劍慢慢走近。一個是忽魯謨斯總督，另一個是英俊青年。兩人近在咫尺的時候，同時停了下來，面對面鞠躬，唰地拔出劍來。一場決鬥即將開始。

而在教堂裡面，卻是祥和神秘的氣氛，一個鬚髮皆白的黑衣神父立於高處，手執《聖經》，神色莊嚴地道：「你孤獨嗎？真孤獨嗎？主比你更孤獨！你痛苦嗎？真痛苦嗎？主比你更痛苦！你有罪嗎？真有罪嗎？主承擔著你們的罪孽！阿門……」

所有教民都在胸前畫著十字，誠敬地齊聲道：「阿門！」

教堂後面，仲裁人手執一本《法典》，站在兩個決鬥者之間，高聲道：「依據忽魯謨斯法第五條第三款，勇敢的哈斯莫爾為捍衛自己的榮譽與尊嚴，向偉大的齊亞總督發出挑戰。齊亞閣下愉快地接受了哈斯莫爾的挑戰。我作為雙方的見證人，深感榮幸。上帝保佑你們！」

話音一落，雙方舉劍相擊。仲裁人將《法典》朝交叉的劍鋒一碰，叫道：「開始！」

總督與青年立刻你來我往，激烈拼刺起來。

教堂裡傳來優美的聖樂。那是管風琴演奏出來的，低郁，悠揚。裡面的教民們正垂首向基督受難像懺悔著。「哐」的一聲劇響，教堂門被一個白衣少年撞開了，他大喊：「快去看哪，海上開來一大片魔船，它們把整個大海都蓋滿了！快去看哪！災難降臨啦。」

教民們叫喊著，爭先恐後奔出教堂，椅子被撞得乒乓亂響，東倒西歪。神父驚訝地看著跑開的教民，木木祈禱：「上帝啊，請指引迷途的羔羊吧！」

教堂後面，總督與青年決鬥得酣暢淋漓。總督揮劍一擋，緊緊壓住了青年的長劍，兩人各不相讓，生死榮辱都處於千鈞一髮之間……

突然，大群驚慌失措的人們衝出教堂，從他倆旁邊跑過，同時亂喊著：「魔船來了……它們要占領忽魯謨斯。末日降臨了！……上帝呀！」總督與青年互視一眼，同時推開了對方。總督喝道：「哈斯莫爾，港口出事了。」英俊青年眺望遠方，說：「好像有海盜入侵。」總督厲聲道：

「聽著，我們應該停止決鬥，先去抵抗海盜，保衛我們的城市。」青年同意了，但是說，「我們之間的決鬥並沒有結束！」總督凜然道：「當然沒有。在戰勝海盜以後，我們還要再決生死。不過，如果你在保衛城市的戰鬥中犧牲了，我會在你的墳上放上一枝玫瑰！」青年說：「如果總督閣下在戰鬥中沒有犧牲，那麼您仍然會死於我的劍下！」總督問：「在與敵人作戰的時候，你仍然是我的部下嗎？我可以信任你嗎？」青年回答：「當然。」總督說：「那麼，我命令你立刻召集所有勇士，把他們帶到港口去。」青年答道：「遵命！」

總督與青年各自歸劍入鞘，分頭跑開。

港口處人山人海，萬頭攢動。人們驚駭地望著海面。哈斯莫爾帶領著一隊精壯士兵奔跑而來，戰甲與兵器鏗鏘作響。但是，當他奔至碼頭石階上一看，不禁驚呆了！海面上，無邊無際的船隊正緩緩駛來。寶船、樓船、戰船、馬船，布成一片巨大的雁行陣，兩翼張開，馭風破浪。為首者正是那艘高高的天元號。船隊幾乎蓋滿了整個海灣，每艘船桅上都飄揚著彩旗，越馳越近。

突然間，所有的海船金鼓齊鳴，戰鼓聲與海螺聲響徹雲霄。岸上的人們一齊驚叫起來：「天哪！」接著，更令人驚駭的事情發生了。所有艦炮同時轟響，一道道五光十色的火灶直衝藍天，在天空炸開團團焰火：「轟轟轟！……」彷彿天崩海陷。

岸上的人們紛紛在胸前畫十字，顫聲驚叫著：「上帝呀！」

古堡中正召開忽魯謨斯公會，眾多貴族圍著一條長桌劇烈爭吵，桌首處坐著那位總督。海面上的炮聲隱約傳入。總督說：「我們不知道這些巨艦是從哪裡來的，我們也不知道它們來幹什麼。但它們每條戰船都跟小島那麼大，三層炮臺，武器精良，而且，它已經發出挑戰的炮聲。」

一個醉漢高叫：「他們是海盜！」一個貴族慢條斯理地說：「我認為它們不是海盜，因為海盜不可能造出這麼大的船。」醉漢說出來的話突然不像醉漢了：「如果不是海盜，那他們就比海盜更可怕！」貴族就說：「《聖經》中沒有記載過這麼大的船，《古蘭經》裡也沒有。先生們，我們遇到了前所未有的災難！更糟糕的是，我們還不知道災難來自何方。贖罪吧，各位醉死夢生的先生……」

總督擺手叫著：「安靜些！更重要的是——冷靜些！先生們，很明顯，我們有兩個選擇，抵抗或者投降。我認為我們無法抵抗那麼巨大的艦隊，但我更不願意投降。」

貴族意義不明地笑道：「還有第三個選擇，那就是歡迎他們。」總督義憤填膺：「也許你可以保住自己的腦袋，但卻失掉了我們的城市。」貴族立刻反唇相識：「那也比把腦袋和城市都失掉了好！」總督怒髮衝冠地衝他說：「不！忽魯謨斯人必須抵抗，上帝站在我們這一邊。先生們，扔下你們的酒杯，拔出劍來跟我走吧！」

這時候，那個白衣少年又衝進來叫道：「有一條船向岸上駛來了！他們就要靠岸了！」眾人一片驚慌，就像地震已經來臨。總督朝他們厲聲道：「冷靜！」吼罷問那個少年：「你剛才說只有一條船向岸上駛來？」少年點頭肯定：「是。只有一條。」

總督沉思片刻，微笑了：「先生們，你們注意到沒有？炮聲停了。」

眾人側耳一聽，果然，外面一片寂靜。

一條戰船朝港口馳來，艙內有幾十個壯漢奮力搖動長槳。鄭和佇立在船首，注視著越來越近的海岸。他身後有一群手執笙、笛和喇叭的樂手。快靠岸的時候，鄭和朝樂手發令：「奏樂！」立刻，喜氣洋洋的樂手們吹奏起一支美妙動聽的大明樂曲。

總督和公會代表們緊張地盯著那艘越來越近的戰船，所有兵士都緊握武器。但是，突兀而至的美妙音樂令他們大為詫異。一個老貴族傾聽了片刻，忽然喜叫：「這是東方的音樂！先生們，他們不是敵人。他們是東方人，他們在用音樂表達他們的善意。音樂是通行世界的語言。」總督愜意地微笑道：「我喜歡這種音樂，它真是太美了。」說著健步迎上前去。

戰船接岸，所有的水手都豎起了長槳。音樂聲中，鄭和身穿華貴的大明朝服，氣宇軒昂地步上岸來，身旁跟隨著滿面笑容的王景弘和南軒公。再後面，一群雄壯的大明武士抬著一尊高高的平臺。平臺上蒙著美麗的綢緞。

總督滿面堆笑迎上前，折腰鞠躬。鄭和則拱手一揖。總督道：「我是忽魯謨斯總督哈勃。請問我能為閣下做些什麼？」鄭和彬彬有禮地說：「總督閣下，我是萬里之外的大明國使鄭和，奉皇旨巡使西洋，探尋天涯海角。您所看到的海船上，滿載著大明物產。我們希望和你們交流，希望成為你們的朋友。」總督興奮地說：「這麼說，您是來做生意的？」鄭和爽朗地說：「是的，但這只是其一。我們更大的願望是了解異國他鄉，尋找知音，大明皇上希望所有國家通過友誼交流，共同繁榮昌盛！」

巨大的喜事從天而降，總督高興得面紅耳赤：「歡迎，歡迎！忽魯謨斯是個熱情的城市，從今天起，您就是我們的貴賓，您和您的部下可以和我們一起喝酒、唱歌、做生意。」鄭和說：「謝謝。為了表達我們的友情，我想先獻給忽魯謨斯一件禮品。」說著回頭示意。樂手們又吹奏起美妙的大明樂曲。十多個壯士抬著那個巨大的平臺上前。平臺上的蒙綢繡著燦爛的牡丹花。眾洋人一見，驚叫著說：「太美了！美妙啊！」

鄭和微笑著輕輕一扯，蓋綢脫落，現出一大片輝煌的綿緞，緞面上繡著兩隻美麗的鳳凰！鄭和道：「這是神話中的吉祥鳥。牠能帶來幸福和太平。」洋人們紛紛驚嘆道：「天哪，真是美極了！」鄭和再一扯，鳳凰緞面輕輕脫落了，現出大片光輝織綿，綿面上繡著萬里長城，鄭和笑道：「這是我們的萬里長城，它築造於一千五百年前的秦王朝。」洋人們更加驚嘆：「偉大，真是太偉大了！你們真了不起！……」鄭和再一扯，長城緞面又脫落了，現出金黃彩緞，緞面繡著一條騰雲馭海的巨龍！鄭和神采奕奕地高聲道：「這是萬物之尊——龍！牠也是大明皇帝的象徵。」

洋人們先是目瞪口呆，繼之發瘋般喝采、跺足、鼓掌、歡呼：「上帝呀！它真是太輝煌了！龍?!……」

鄭和欣賞享受著洋人的熱情，再次輕輕一扯，巨龍緞面又一次脫落，這時才現出真正的禮品——兩隻六尺多高的巨大瓷瓶。它晶瑩剔透，百花盛開，萬紫千紅，在陽光下燦爛奪目！鄭和道：「總督閣下，這就是我們獻給忽魯謨斯的禮物——百寶瓶！」

總督和所有的人都兩眼發直，半晌不動，許久才爆發出瘋狂的喊叫與驚嘆。所有人都在額首畫十，狂叫著：「主啊！上帝啊！……」總督臉上的表情起著豐富的變化，已由痴迷變成敬畏：「天哪，這麼偉大的聖物怎麼造出來的呀？還有，海上那些偉大的巨艦是怎麼築造的呀？你們到底來自什麼國家呀?!」鄭和自豪地大聲道：「我們來自大明王朝。我們國家名叫『中國』，也就是『中央之國』。」

洋人們驚訝互視，顫聲重復：「中國?中國?」接著，他們虔誠地向那對百寶瓶深深彎腰致敬。

鄭和用禮貌的微笑抑制著內心的顫抖。此時，他再一次領悟了幸福的真諦。感受到作為一個中國人的自豪！感受到生命的永恒！啊，作為一個強盛大國的使者，是一件多麼榮耀的事情啊！

# 【第二十二章】

忽魯謨斯最大的貿易市場離港口不遠，這裡擺放著歐、亞、非各國的貨物：金銀器皿、胡椒、觀音竹、龍涎香、乳香與木香、各色寶石、珊瑚、皮貨等等，令人眼花繚亂。市場上萬頭攢動，到處是討價還價的聲音，世界各地的商人們身著奇裝異服，在這個熱鬧異常的大市場裡逛蕩、娛樂，心蕩神迷地享受著生活的五彩繽紛。

鄭和也在市場裡面觀覽。貝城的總督陪伴著他，身後還有幾個大明侍衛隨行。總督四周張望著，自豪地說：「尊敬的朋友，您所看到的是世界上最大的商業市場，來自義大利、法蘭西、土耳其，俄羅斯以及黑非洲各國的貨物，都在這兒交流。忽魯謨斯集中了世界上最好的東西！當然，除了東方的大明。你們是另外一個世界。」

鄭和興奮地四處打量著：「不錯！果然是五光十色，繁榮昌盛。總督閣下，我希望能在忽魯謨斯開闢一片市場，讓大明物產與世界各地的物產交流。」這同總督的想法不謀而合，他爽快地答應了鄭和：「沒問題。公會將專門撥出一塊場地，供你們交易。」鄭和微笑著要求：「那塊場地，希望能大一些。」總督默想片刻，毅然道：「如果把整個港口都交給你們使用，夠嗎？你們的巨大海船可以在港灣停靠，同時在港岸交易。」此事也正中鄭和下懷，鄭和笑著謝了總督。

鄭和一路走，一路興趣盎然地傾聽著五顏六色著裝的商販們扯著各色嗓音的叫賣聲：

——看呀，這是來自埃及的珠寶，它曾經戴在拉姆西斯大帝胸前！看呀，它的光芒能讓瞎子睜開眼來……

——我是誠實的阿比，我的每一條項鏈都是純金打造的！但只收五個銀幣。你們永遠不會遇到比它更可愛的珠寶了。

——多麼美麗的頭巾啊，快買一條吧，它會讓你的女人像鮮花那樣開放！

——來呀，哈薩克皮靴！舒適柔軟的靴子，充滿詩意的靴子！穿上它，你會像駿馬一樣飛奔！勇士們，來呀！

鄭和他們沿街漫步，穿行在各個攤位之間。路過珠寶攤時，他懷疑地側臉問總督：「總督閣下，您看這幾串珍珠十分平常，難道真是什麼大帝戴過的嗎？」

總督抱歉地笑笑：「我不知道。我只知道那個商販今天說是拉姆西斯，明天就會說埃及女皇。」鄭和也笑了：「那麼，他與其說是在販賣珍珠，不如說是在販賣自己的口才。」總督似乎忘了鄭和是一個異國的商人，像對一個朋友那樣誇獎他：「您真是一針見血。」鄭和其實正在想著買賣雙方的利益問題，說：「總督閣下，恕我直言，這種買賣當中暗藏著欺騙，您就不管一管？」總督的看法卻不同：「那商販並沒有強迫任何人購買，也沒有搶任何人的腰包。我們認為，如果有誰買下了不該買的東西，那他首先應該責備自己。如果他願意買，就證明他喜歡自己所買的東西。」鄭和連連搖頭嘆息：「在大明，這種不誠實的商販會被處死。」

總督驚嘆一番，對鄭和說：「忽魯謨斯是一個自由的城市，在這裡，金子可能和垃圾堆在一起，但兩者都沒有罪過。」鄭和不滿地說：「如此說來，忽魯謨斯什麼都能賣？金子、垃圾，甚至包括誠實？」沒想到總督聽了這樣的話並不生氣，笑著回答：「除了榮譽，我們什麼都賣！」

鄭和覺得不可思議，兩國的觀念大相逕庭，但入鄉隨俗，這畢竟也是一種觀念，對自己來說不能苟同但耳目一新的觀念。於是他不再爭辯，走到一個飾物攤前，倒真被那些美麗的頭巾迷住了，由衷讚嘆：「真漂亮啊！」那個小販立刻捧起一條頭巾，興奮地大叫：「看哪，它是天上的彩雲、地上的長虹，玫瑰的芬芳，太陽的光芒！尊貴的客人，買一條吧！它會讓您的女人像鮮花那樣開放！」鄭和聽得笑起來，問多少錢一條？

小販不先說價，而是為他準備要的價錢做前期鋪墊：「尊貴的客人，您仔細看看哪！它是孔雀的羽毛，真主的微笑，清晨的露珠，神靈的恩賜……」鄭和笑著打斷他：「你還是沒說多少錢。」小販的信口開河被截斷，有點惋惜地嘆道：「三個銀幣一條。」鄭和作出驚訝的樣子：「三個銀幣就能買到天上的彩雲？還搭上太陽的光芒和真主的微笑?!我的天，太陽和真主在忽魯謨斯就這麼便宜嗎！」小販被問住了，一時啞口無言。總督不悅地斥責他：「哈里，這是神聖的大明國使，是我最好的朋友！」小販立刻嬉笑著鞠了一個躬：「尊貴的客人，如果您真心喜歡，那就一個銀幣三條！」鄭和用調侃的口氣笑著問：「你想好了嗎？」小販弄不明白鄭和到底是什麼意思，猶豫地說：「那……那就一個銀幣四條？……五條？……八條？……」

鄭和一直微笑不語。

小販做了個忍痛割肉的象徵性手勢，狠心道：「好！給您十條，只要您一個銀幣！」

鄭和溫文爾雅地說：「可我只想買一條。」說罷，從小販手中接過那條美麗的頭巾，疊起來放入懷中。再從侍衛手中接過一隻皮囊，掏出銀幣慢慢遞過去。

小販伸出雙手來接。只見鄭和的手掌戲劇性地慢慢張開，銀幣一個一個掉下，總共掉下三個銀幣！小販捧著銀幣反倒有點不知所措了：「這？……尊貴的朋友，您這是?!」鄭和平靜地說：「你原先說過，三個銀幣一條。在我們大明，貨無贋品，言無二價！本使是按照大明規矩行事。」小販驚喜交集地說：「上帝呀！尊貴的客人，您是大明的上帝！」總督在一邊連連搖頭，好像有意告誡鄭和這個新朋友不應過分的慷慨：「閣下，您會讓所有商販發瘋的。」

果然，眨眼間，四面八方的商販紛紛圍到鄭和身邊，他們捧著各種物品發瘋般大叫：

——哈薩克皮靴！舒適柔軟的靴子，充滿詩意的靴子！……

——我是誠實的阿比，我的每一條項鏈都是純金打造的！你永遠不會遇到比它更可愛的東西了。

——尊貴的客人，這是來自開羅的珠寶，它曾經戴在埃及女皇奧斯佩娜的胸前！它的光芒能讓瞎子睜開眼來……

鄭和盯著後面一個說話的小販道：「慢！剛才你還說過，它戴在拉姆西斯大帝胸前，怎麼眼睛一眨，大帝成了女皇?!」總督幫著斥責那些商販：「讓開！讓開！大明國使是我最尊貴的朋友。」

鄭和朝商販們大聲說：「各位朋友，請聽我說。我們帶來八十船貨物。總督閣下已經同意把整個港口借給我們做交易場地。從明天開始，大明國的珍奇物產將向世界各地的朋友敞開！」商販們一片歡呼：「太好啦！……我們早就想購買東方的絲綢和瓷器了！……真主保佑大明！」

鄭和儘量讓自己的聲音沉穩而有力：「大明國物華天寶，舉世無雙！但我們有個規矩，貨無贋品，言無二價。我們認為，諾言與誠實比金子更加貴重。我們帶來的是世界上最好的物產，我們不願意和別人討價還價。我們說它值多少銀幣，那它就絕對值這個價錢甚至高於這個價錢！你們看見我剛才是怎樣購買你們的東西了嗎？」

商販們齊聲高叫：「看見了！」鄭和這時說出了關鍵的話：「所以，你們也必須像我那樣購買我們的東西，這才公平合理！」商販們一片驚訝：「上帝呀！我們可沒有那麼多銀幣呀！」鄭和擺擺手讓大家安靜一會，笑道：「說實在話，我們並不喜歡銀幣。我建議你們，趕緊打開你們的庫房，把你們所儲藏的世界各地貨物都拿到港口去，明天和我們交換！」商販們頓時欣喜若狂：「好哇！噢，我們願意交換！上帝，你們聽見了嗎？我會把所有的東西都拿來！」鄭和笑著朝商販們拱手致意，與總督離去。在他們身後，那些商販春風得意馬蹄疾，分頭奔跑著去籌措明天的生意了。

總督感佩地望著鄭和：「閣下，你們東方人真會做生意。知道嗎？您已經把明天變成了一個節日！」

鄭和幽默地回答：「這個大市場每天都像在過節日。」

逛過市場，總督邀請鄭和去一處地方。他把鄭和帶到一間石房子前，那座房子的周圍荒草叢生，房門兩側掛著兩隻巨大而猙獰的盾牌，但房門緊閉著。鄭和驚訝地問這是什麼地方？總督說是兵器店。鄭和道：「在我們大明，任何兵器都不准肆意出售。」總督微笑道：「可這是在忽魯謨斯。我說過，在忽魯謨斯什麼都可以出售。只要你不犯法。」鄭和朝四周看看：「唉，它怎麼跟墓地一樣冷落？」總督尷尬地攤開雙手：「因為沒有人願意購買，所以它只好停業。」鄭和上前拉一下門旁的繩索，只聽房內似有銅鈴響動，卻無人應答。他再拉幾下，那條枯爛的繩索卻啪的一聲斷了。鄭和扔掉手中半截斷繩，遺憾地說：「兵器店，我真想看一看，可惜店主不在。」總督頭一歪，狡黠地一笑：「不！他在這。」說著變戲法一樣從懷裡掏出鑰匙，吱嘎地打開了生銹的門鎖，推開門向鄭和做著鬼臉：「抱歉，我就是這個該死的兵器店的店主。而您是今年以來的第一位顧客，請吧。」

總督把門開得大一些，一陣灰塵雪粒一樣落下來。鄭和驚詫地說：「總督閣下，您身為地方長官，竟然也從事生意！這……合適嗎？」總督反過來有點奇怪鄭和觀念的陳腐：「這並不違法呀……慚愧的是，我是個傑出的總督，卻是個倒楣的生意人。」

鄭和進入昏暗的兵器店，好奇地打量著。房屋各處聳立或擺放著西方各國的長劍、馬刀、鎧甲、頭盔、盾牌……每一件兵器都比大明的兵器要沉重、高大得多！鄭和走近一把聳立的長刀，伸手撫去刀鋒上的灰塵，它立刻閃出雪亮的鋒芒！鄭和心中震驚，聲音有些異樣地問：「如果我沒有看錯，那麼使用這些兵器的人，要比東方人高出半個頭，個個膀大腰圓，力壯如牛！」總督道：「您說得對極了。這些都是歐羅巴武士們所使用的兵器。」

鄭和的心裡充滿了求知的渴望，他輕聲問：「總督閣下，您能說得詳細點嗎？」總督說：「當然可以。您面前的這把長刀，就是法蘭西騎士的馬刀；這個，是日爾曼宮廷衛士的盔甲；這個，是英吉利人的佩劍；哦，看這，它是俄羅斯人的盾牌！」鄭和說：「他們既然能造出這麼了不起的兵器，那他們人也是凶猛好戰的囉？」總督說：「騎士在他們國家裡是非常榮耀的職業。身為騎士，視勇敢重於生命。怎麼了閣下，您好像有心事？」

鄭和沉吟道：「我在海外經歷過的所有邦國，從沒見過比大明更強大的。但是這些兵器，竟然比我們大明的兵器更加厲害！」總督哈哈大笑：「我很高興，你們大明有了遙遠的對手。」鄭和又問：「總督閣下，您說的那些英吉利、法蘭西、還有日爾曼，它們距忽魯謨斯有多遠？」

總督說：「遠極了！他們居住在另一塊大陸。聽說，要繞過大西洋才能看見他們。但是從來沒人能夠橫渡那片大洋。所以，您根本沒必要防備那些國家。」鄭和不相信地問：「照你這麼說，這些兵器是自己走來的？」總督笑了：「是我父親販運來的。他們那些不怕死的傢伙騎馬、騎駱駝，足足跋涉了上萬里！當他們走到這裡時，差不多要老死了。父親帶來的其他物產都賣掉了，就是這些兵器賣不掉。後來，我父親真的死了——上帝保佑他安息，而這些遺產全部留給了我。可我仍然賣不掉它們，因為忽魯謨斯人身材矮小，不配使用這些兵器。再說，它們也太貴了。」

鄭和朝那些兵器又看了看，問總督：「您還想賣掉它們？」總督立刻回答：「當然！」鄭和望著他的眼睛：「聽著，所有的兵器，我全部買下！」總督驚訝地說：「閣下，您真是太仁慈了！」鄭和微笑道：「並非仁慈。而是……我們需要了解那些神秘莫測的國家。」總督故作沉吟：「當然啦，這些兵器也很貴。」鄭和說：「這我知道。」總督頓時喜形於色：「尊貴的朋友，我要給您一個最合適的價格，我只要……」鄭和冷不丁打斷他：「不。讓我來給您一個價格！」總督緊張地望著鄭和：「您說吧。」鄭和說：「五十匹綢緞，五十套瓷器，外加生漆和茶葉。」總督心中歡喜，卻故作猶豫，露出不捨的神情：「我最最尊貴的朋友，您這太讓我為難了。您要知道，它們是我父親從萬里之外運來的，他甚至為此耗盡了自己的生命……」鄭和不動聲色地說：「我最最尊貴的閣下，您比我更清楚，這些兵器在這兒只是生銹的廢物，除非你把它們再運回什麼『法蘭西』去！現在，我可以開給您第二個價格，四十匹綢緞，四十套瓷器……」

總督急得大聲叫：「不不！上帝呀，您饒了我吧，我們成交！成交！」鄭和微笑道：「明天，我會派人把它們運到港口。」總督急不可耐地說：「為什麼不是今天呢？為什麼不是現在呢？請您立刻派人把它們拿走吧！」鄭和點頭笑道：「好吧。」總督興奮地撲上去抱住鄭和，「啪啪」作響地狠狠吻了他左右腮幫子：「今天是我的節日。告訴你吧，我發財了！」鄭和狼狽地掙扎開，趕緊掏出錦帕揩著被總督吻過的地方：「祝賀你……不過，您這是幹什麼?!」總督親暱地說：「這是我給你的印章——因為我太愛你了！走，我請你喝酒去！」親切地一把拉了鄭和步出兵器店。

到了門外，鄭和目視侍衛，發出無聲的命令。立刻有兩個侍衛上前，分立於房門兩邊，守住商店。

總督領著鄭和來到一家酒館。酒館前立著一個高臺，六個上半身赤裸的黑孩子被綁在高臺上，奄奄一息的樣兒。人販子一隻手提起孩子胳膊，另一隻手搖著短鞭劈啪擊打孩子的身體展示給台下人看，同時聲嘶力竭地叫著：「來呀，這是純種的非洲小崽子。瞧，他們多結實啊。只要五個銀幣一個！他們能為你種地挖井，能為你餵馬放牛！他們能幹的活比你想像的多得多，而他們吃得比一隻雞還要少！來呀，他們長得可快了。不出三年，每個小崽都會長成一頭壯牛！再過三年，他們還會為你生下一大堆小崽，而小崽還會再生小崽。到那時你就發大財啦！……」

幾個忽魯謨斯老人上前檢視著黑孩的身體——像檢視牲口一樣，但他們終於搖頭走開了。總督與鄭和走向酒館，快進門時，鄭和看見了那場面，驚訝地問：「那就是黑人嗎？」這是他第一次看見黑人，他們黑得像碳一樣，只有眼白是白的。總督說：「是的。但他們現在是商品。」鄭和慢慢走近幾步，憐惜地注視著臺上，沉默無言。臺上的孩子黑精靈一樣捉住了鄭和憐憫的眼光，突然間，這些黑孩子把他們黑白分明的大眼齊齊望向鄭和！鄭和不由地大驚，天哪，他們的眼睛居然是那樣明亮！他想起了自己小時候被閹割的經歷。但是現在，他們比自己當年更可憐，因為他們是黑人，是商品。而且是沒有人肯要的商品！

總督見鄭和呆立不走，催促道：「尊貴的朋友，美酒在那間屋裡召喚我們呢。走吧！」

台下的人越來越稀少了，那人販子的短鞭更重地擊打在黑孩子身上，嘶聲高叫：「五個銀幣，只要五個銀幣！……見鬼！」鄭和叱呵：「放開他們！」人販子一怔，看清儀表不凡的鄭和後，立刻滿面堆笑，折腰鞠躬：「尊貴的客人，您要嗎？」鄭和伸手。侍衛趕緊從腰間扯下皮囊遞上。鄭和把整只皮囊擲到臺上，沉沉地說：「我要！」

人販子拾起皮囊打開看，立刻喜動顏色。他們解開繩索，把黑孩子一個個推過來。但是，那個最後被解開的黑孩竟然是個女娃。鄭和望著她，遲疑地說：「不、不……女孩子我不能要！船上不能有女人。」人販子趕緊說：「遵從您的意志。」把那個黑女孩子重新綁回木架上。

鄭和打量著面前的五個黑孩子，招手說：「跟我走。」這時候，臺上那個女孩淚流滿面，忽然發出淒慘的喊叫：「哈烏兒！哈烏兒！」

那喊叫聲分明是衝著鄭和而來，鄭和止步回頭朝她望去，看見了她悲痛欲絕的乞求的眼光，聲音有點哆嗦：「她、她喊什麼？」總督說：「那是黑鬼的土話，意思是『父親』！」

難以言說的隱痛和感動顫慄著鄭和的全身，他說話的時候，聲音幾乎被隱痛擊沒：「什麼？她、她叫我……『父親』?!」總督微笑道：「我想是。」

那個被綁的黑女孩在臺上拼命掙扎，像一隻即將被宰殺的黑猴一樣，聲嘶力竭地要掙脫自己的命運，她的聲音因為絕望而顯得恐怖悲慘：「哈烏兒！哈烏兒！」

鄭和猶豫地站著，欲進又止。這時，那五個黑孩子也統統跪下了，對著鄭和叫：「哈烏兒！哈烏兒！……」鄭和無法再忍受，命令侍衛：「領她來吧。」侍衛應聲上前，無言地朝人販子抬了抬下巴。人販子趕緊解開繩索，侍衛一把將她抱下臺來。黑女孩發瘋般跑到黑孩子當中，緊緊地挽住他們。兩隻含淚的眼睛，激動地望著鄭和。

鄭和顫聲道：「哦……我們、我們吃飯去吧。」眼中已含了淚水。

鄭和與總督進入酒館。一個濃妝豔抹的女老闆風騷地迎上來，衝著總督叫著：「親愛的，您總算來了。隔著一條街，我就聞到您身上的氣味了！想喝點什麼？」

總督擁抱她，乘機拍打拿捏她豐滿的屁股，嬉笑道：「紅酒，白酒都要。而且要快！看哪，我帶來了最尊貴的朋友——他來自東方的大明國，他是國王的舅舅！」豐腴的女老闆睜大眼睛看著鄭和，驚嘆不已：「天哪！舅舅……那他起碼是個親王！」總督豎著大拇指炫耀：「差不多！」女老闆連忙說：「我這就來。」鄭和尷尬地扭開臉，等女老闆走後，他輕聲問：「總督閣下，那女人是您夫人嗎？」總督說：「當然不。她是這家店主的妻子。」鄭和詫異地說：「那、那您怎麼、怎麼對人家妻子動手動腳的？」總督笑眯眯地指著那女人道：「我喜歡她的屁股！您仔細看看，看哪，看哪！……難道您不喜歡嗎？」

鄭和唉聲嘆氣，趕緊扭開臉不看。

女老闆扭著屁股走了過來，鄭和覺得她的走路姿勢很誇張。她端著兩隻巨大的銅酒器過來，往桌上一放，為兩人倒酒，並且盯著鄭和媚笑：「親愛的，您還要什麼？」

鄭和閃避著她的目光，指著蹲在屋角的六個黑孩子說：「麵包，牛奶。請你讓他們吃飽！」女老闆掃了黑孩子們一眼，悻悻地說：「成啊！您是個仁慈的舅舅。」總督衝鄭和舉起酒杯：「請！」兩人仰面飲盡。這酒使得鄭和皺起了眉頭，而總督則幸福地瞇縫著眼嘆息：「怎麼樣？」鄭和支吾道：「很好……就是有點酸。」總督自豪地說：「這是最上等的葡萄酒，大地的乳汁，生命之源！再來啊！」總督又為鄭和倒酒。

這時候，一位著短甲佩長劍的青年壯士走到桌前，先朝鄭和深深鞠了一躬，然後怒視著總督，慢慢地脫下一隻白手套，啪地擲到他腳下：「閣下，我等候您的吩咐！」總督肅然道：「老時間，老地方。」青年壯士道聲：「謝謝！」鞠躬離去。鄭和驚訝地問：「閣下，他是什麼人？」總督告訴他，他叫哈斯莫爾，是他的一個部下。鄭和指著扔在地上的白手套問：「為何如此無禮？」總督看看手套，輕描淡寫地說：「哦，那不是無禮，而是一個邀請。在你們抵達忽魯謨斯時，我和他正在決鬥。你們的到來打斷了我們。待會，我們要把決鬥進行下去，直到其中一個人死去。」

鄭和大驚：「敢問……你們為什麼要決鬥？」總督微笑著說：「這您還猜不出來嗎？」鄭和

搖頭：「這叫我從何猜起？」總督詭秘地靠近他，笑道：「我喜歡他的漂亮妻子，和她睡過覺。嘿嘿，就那麼回事。哦，那姑娘有趣極了！」鄭和望著櫃檯處的老闆娘，心下疑惑，暗指著她低聲問他：「是她麼？」

總督搖頭：「不。是另外一個姑娘。那姑娘比她棒多了！」鄭和又羞又怒，好像行為不規矩的是他自己，他說：「恕我直言，您身為總督，當為人之楷模！怎能犯下通姦大罪?!」總督卻對鄭和的態度感到奇怪：「什麼？我、我怎麼了？」鄭和說：「通姦！哦，就是和別人的妻子睡覺。」總督上下打量著鄭和：「咦……這算什麼！忽魯謨斯是個自由的城市，一個女人如果被許多男人喜愛，那是她的榮耀。再說，難道你不和別人的妻子睡覺嗎？難道你不覺得，和別人妻子睡覺要比跟自己妻子睡覺有趣得多嗎?!」

鄭和大感窘迫，自己的妻子都不肯跟他一起生活，從何談起與別人妻子睡覺的感覺體會？他支吾著說：「不不。我、我沒有妻子。」總督像在茫茫人海中好不容易找到了一個知音，臉上潤澤得放出光來：「你跟我一樣！我也沒有妻子，而且也不想要。這樣一來，我們喜歡誰就可以和誰睡覺，對不對？哈哈哈……要是他丈夫憤怒了，你也跟我一樣同他決鬥！對不對？」

天哪，他想的是風馬牛不相及的兩碼事情！鄭和窘迫地搪塞著：「不。我們不一樣！我不但沒有妻子，也沒有跟任何女人睡過覺。」

總督驚愕得把眼睛睜得老大，想從鄭和臉上探察他說的話是否可信：「為什麼？告訴我為什麼！你是我的朋友嗎？……是就告訴我。說啊！」

鄭和望著總督急切而真誠的面孔，心裡竟有了想訴說的願望，想同一個離京城萬里海域外的陌生人說話的願望，而這個陌生人可以說是剛剛同他萍水相逢。他鎮定一下自己，對總督說：「我是一個太監！」

總督驚詫得幾乎要不相信自己了：「太監？……哦，不！」

鄭和卻誠摯地望著他，說：「我真的是太監，十一歲時被閹割淨身的。」

總督久久注視著鄭和，這個清澈見底的人聲音竟有些發顫：「我只聽說過土耳其後宮有太監，不知道你們大明國也有太監。」

鄭和的聲音靦腆裡含著隱痛，他說：「我們有，而且可能是世界上最多的。」

總督路見不平一聲吼：「但您不應該是！尊貴的朋友，您這麼偉大的人怎麼會是太監呢？請回答我！」鄭和痛苦地搖頭，一言不發。總督啪地跳起來：「誰把您變成太監的？您為什麼不殺了那個把你變成太監的人？說啊！」鄭和心裡掙扎了一會，終於說出來：「他、他是我主子。」

總督厲聲斥責：「那您就和主子決鬥啊！剛才您看見哈斯莫爾了，他是我的部下，當他提出要和我決鬥時，我高興地答應了。您為什麼不能像他一樣？」

鄭和的目光竟像貓一樣的哀楚：「部下膽敢犯上，則大逆無道。論罪當斬！」

總督的頭搖得撥浪鼓一般：「不不！我可以讓哈斯莫爾戰死，但我不能污辱自己！尊貴的朋友，難道您的主子沒有榮譽感嗎？沒有自尊心嗎？他怎麼可能逃避決鬥，並且處死向他挑戰的對手呢？您怎麼會有那種主子！」鄭和說：「總督閣下，我說的主子，不光是主子，他還是我的恩人。」

總督呆住了，疑懼地望著鄭和：「上帝啊！……我真看不懂你們大明人。」

鄭和也嘆息道：「我也弄不懂你們西洋人。」

可惜，他們沒有時間相互弄懂了。巍峨的教堂尖頂，沉鬱的鐘聲已經噹噹敲響。人們從四面八方走向教堂，哈斯莫爾繞過教堂，來到後面的草坪上。總督從酒店裡走出來，從另一端朝教堂走去。

總督與哈斯莫爾在教堂後面相遇，相互鞠一躬。然後彼此拔劍，各退開兩步。

仍然是那個仲裁人，仍然是老一套的致辭。決鬥開始了，總督揮劍笑著高聲叫：「來吧！」

哈斯莫爾一劍刺來。頓時，兩人你來我往，劍光迸射，激烈拼鬥。鄭和氣喘吁吁地快步奔來，一看，立刻驚叫：「住手，快住手。」鄭和說著竟然竄入兩人中間，以身體將他們擋開。叫道：「住手！真愚蠢！你們就不能用別的辦法解決爭端嗎？非要拼個你死我活？」

總督焦急地叫道：「朋友，請你立刻讓開！否則，你就是在污辱我們！」

哈斯莫爾也怒叫道：「讓開！」兩人的劍尖同時指向鄭和的前胸與後背。總督厲聲催促：「快！快讓開！」鄭和無可奈何，只得緩步退下。

總督朝鄭和一笑：「多謝鄭大人。」話音一落，兩人又繼續激烈拼刺。有好幾回，總督的劍尖幾乎刺中哈斯莫爾，但都被他僥倖閃開，鄭和在旁邊提心吊膽地觀看著。兩人之間的拼殺越來越激烈，最終，竟然是哈斯莫爾一劍穿胸，將總督刺倒在地！

鄭和趕緊撲上去，扶起總督，急喚：「閣下，閣下！」總督睜開眼，吃力地微笑著：「我尊貴的朋友……您記得嗎？今天是我們的節日。」鄭和顫聲說：「是，我的朋友。」總督艱難地呻吟著：「還有……我的綢緞，瓷器，茶葉？」鄭和忍著痛苦問：「請您吩咐，送到哪去？」總督喃喃地說：「送給、送給……我的女人吧。」言罷，合眼死去。

鄭和哽咽出聲，這是他新交的朋友。他在心裡把他認作為數不多的真正的朋友。這個朋友提升了他的尊嚴，帶著他登上了思維領域中的一個新大陸。在他鄭和剩下的人生裡，齊亞總督永遠不會消失。

仲裁人舉起《法典》向天祈禱：「上帝呀，請保佑您的僕人。請讓偉大的齊亞總督升往天堂吧。阿門！」

鄭和也在心裡為朋友祈禱：「讓齊亞總督升往天堂吧。阿門！」

這一天剩下的時間裡鄭和的心裡一直很亂。夜晚，他把自己獨自關進了內艙室。他一個人在燃燭下呆坐了很久，回過神來以後，他從牆台處掀起一塊隱密的蓋板，一隻抽斗就露了出來。然後他從腰間掏出鑰匙，再側耳諦聽，四周一片寂靜。他打開抽斗，取出一本厚冊——這是鄭和自己的《航海日記》。對於他，這是伴隨他的寵物，是他可以無話不談的情人，也是他忠實的朋友，甚至就是妙雲和兒子。他捧著日記本走到案前，將自己剛才凝神所思記錄下來。因為聚精會神，他沒有聽見外面吳宣步入天元艙的聲音。吳宣見艙內燈火通明，卻不見鄭和身影，猜想鄭和是在內室裡。站在內室門前，想叩門卻又放下了舉起的手，側耳傾聽，裡面似有動靜，無聲地竊笑一下。輕手輕腳地離開天元艙。剛跨出艙門，迎面遇見了王景弘，王景弘拱手一揖：「哦，吳總兵，還沒有休息？」吳宣說：「王大人不是也沒休息嗎？」王景弘道：「在下想跟鄭大人說個事。」吳宣微笑道：「王大人哪，我勸你不必多事。」王景弘不知吳宣此話何意，不悅地問：「為何？」吳宣面帶神秘色彩地告訴他：「鄭大人把自己關在內室，顯然不願被人打擾。敢問王大人，鄭大人有什麼事情瞞著我們？」王景弘謹慎地說：「在下不知道。在下覺得，鄭大人任何事情上，都無所隱瞞。」

吳宣見找不到同盟者，哼了一聲，掉頭而去。王景弘看一眼空蕩的大艙，想想，也往回走了。

微弱的燭光下，鄭和對著日記本游龍走蛇般抒寫著自己的感想：西洋人的戰刀長劍，件件鋒利無比。但是比刀劍更厲害的，卻是齊亞總督對我的質問。你怎麼會是太監？誰把你變成太監的？為什麼不跟把你變成太監的人決鬥?!……他問得對啊，我怎麼會成太監的？他放下手中的筆沉思著，抬起頭來的時候已經熱淚盈眶。他望著那尊天妃塑像，在他心裡，天妃就是妙雲，他忽然想到了懷中的美麗頭巾，拿出來將它披戴在天妃塑像上，一面繫頭巾，一面喃喃自語：「妙雲哪，我怎麼變成這樣了？唉……」繫完，退後一步動情地注視著它。塑像在美麗頭巾裹纏下，彷彿活了起來，栩栩如生，格外動人心魄！鄭和情不自禁地撲了上去，同她緊緊相擁！

鄭和再睡不著，他拿出黑簫，走出船艙，在舷邊找了個纜繩盤坐下，抑揚頓挫地吹奏起洞簫來。漫天星斗，海浪拍打船舷，嘩嘩做響。而悠婉哀傷的簫音伴隨著無邊的海浪起伏搖曳，讓人聯想起一隻在水裡隨波逐流的孤帆。

吹著吹著，鄭和停了下來。他發現一個身影佇立在他身邊諦聽，扭頭一看，是王景弘。他拍拍纜繩盤的另一邊說：「景弘啊，來了多長時間了？坐。」王景弘站立不動，請示道，「忽魯謨斯人的貨物有一部分已經運至港口了，我打算明天就開始裝船，每天裝幾船。請鄭大人示下。」鄭和說可以。王景弘猶豫地說：「恕在下斗膽直言……鄭大人好像有什麼心事，那簫音聽起來，很是苦澀哀傷。」鄭和的情緒顯得很低沉：「有個朋友死了，我很傷心，吹簫送送他。」

「齊亞總督？」王景弘問。鄭和說是。王景弘不屑地一笑：「那人真是愚蠢之至，竟然與部屬決鬥。荒唐！」鄭和的聲音淡淡的：「是麼？」王景弘感慨地說：「唉，鄭大人哪，不瞞您說，我這一路看下來，海外各國大都是化外之地，混沌未開，荒蠻不法，其中尤以忽魯謨斯為甚！所謂洋人呀，其實就是野人。您看他們什麼模樣？一個個黃頭綠眼的，渾身長毛，粗野好鬥，貪婪縱欲！飲食哪？簡直就是茹毛飲血，生吞活剝，跟禽獸相去未遠！更可笑的是，他們的佛祖竟然是一個釘在十字架上的人，血淋淋的，叫什麼『基督』，還出生在馬廄裡！噯呀呀……我看得越多，越覺得天下唯有大明是聖地，皇天后土，天宮地藏，舉世無匹！」

鄭和吶吶地說：「是啊，是啊。你說的都是。……不過，洋人也是人哪，忽魯謨斯別有一番天地。這些洋人哪，無拘無束，自由自在，想說就說，想做就做。那個心性啊，真正是天真爽朗，活也痛快，死也痛快！就說齊亞總督吧，我只和他待了兩個時辰，他就把什麼事都告訴了我，毫無隱瞞。因為他根本不屑於隱瞞，活生生是個透明人哪，筋筋脈脈都擺在你眼前。可要是在我們大明——敢嗎?!誰不是滿面堆笑、彼此提防？甚至勾心鬥角，爾虞我詐！尤其是朝廷上，大臣之間即使相處了二十年，也不定能說上一句真心話！景弘啊，我也不瞞你，瞧著齊亞他們的樣兒，我、我是既糊塗，又羨慕，還覺得……有些無法言說的痛苦。」

王景弘知道這是鄭和的肺腑之言，既震驚又感動，一時不知說什麼好。鄭和似乎也不要他說什麼，又舉起洞簫吹奏起來，聲如嗚咽，裊繞不絕。

第二天裝船的時候，甲板上一片熱鬧景象，水手們都在奔跑、忙碌、叫喊。寶船舷邊搭著長長的過板，無數差役扛著忽魯謨斯貨物川流不息地登上寶船。舷邊的吊籠也在吱嘎作響，滿載沉重的麻包升上甲板。

鄭和立於高臺，欣慰地尋視四下。他忽然看見那六個小黑孩子扛著貨包，從過板登上寶船。鄭和高興地朝他們招手：「嘿，娃兒們，你們過來！」黑孩子們卸下貨包，畏畏縮縮地走過來，朝鄭和深深鞠躬，參差不齊地叫著：「哈烏兒。」鄭和呵呵笑道：「往後，別叫我哈烏兒了。叫我——鄭大人。」鄭和指著自己鼻子重覆：「鄭大人！」

黑孩們盯著鄭和，似懂非懂。一個十五六歲模樣的大孩子結結巴巴地說：「鄭……大人。」於是所有的黑孩子都用漢語叫著：「鄭大人！」鄭和笑著稱讚：「唔，真聰明。」又指著身邊的王景弘說：「這位是——王大人。」黑孩子們朝王景弘鞠躬，齊聲叫了王大人。王景弘打量著他們，不由地驚嘆道：「真黑呀！」鄭和笑著說：「等回到大明，這些黑娃兒不也是一景麼？也好讓朝廷知道，天下之大，是無奇不有哇！景弘啊，我的意思，這些娃兒就留在本船打雜，別把他們拆散嘍。麻煩你親自安排一下，給他們換身衣裳，找個單獨的艙室住下。」鄭和壓低聲音特別關照：「尤其是這個女娃兒，絕不准任何水手碰她！」王景弘邊聽邊答應著。這時候，一個總旗官登上舷梯，穿過甲板匆匆奔來，朝鄭和一揖：「稟國使。忽魯謨斯總督領著一大群神父、尊長、巨商，前來拜訪。並請求瞻仰大明寶船。請大人示下。」鄭和驚詫極了，道：「且慢。你說是誰領著？」總旗官道：「忽魯謨斯總督。」鄭和訓斥道：「胡說。總督早就歸天了，就死在本使懷裡！」總旗官道：「下官不敢胡說。那人確實說他是忽魯謨斯總督，胸前還掛著亮閃閃的綬帶哪！」鄭和心下疑惑著：「哦？……有請！」

炮臺上，一尊尊巨大的銅炮朝海空轟轟放出禮炮；甲板上，一排衣甲鮮明的壯漢分執海螺與大鼓，奮力擊鼓、鳴號；舷邊，兩行衣甲鮮明的侍衛各執兵器，昂首排立。一條紅地毯直鋪到舷梯邊。鄭和目不轉睛地盯著船舷。鼓號聲中，哈斯莫爾佩掛著閃閃發光的總督綬帶，出現在舷梯上，身後跟隨許多衣著華麗的洋人。

總旗官大吼一聲「致敬」，所有的水手、兵勇、差役全部折腰半跪，齊聲吼叫：「嗨！」哈斯莫爾大步走到鄭和面前，單足跪地道：「忽魯謨斯總督哈斯莫爾，拜見大明國使！」鄭和笑著朝他抱拳相揖：「噯呀呀，真是久仰、久仰哪！快請起來。起來！」

哈斯莫爾起身，指著身後那群洋人對鄭和說：「尊貴的朋友，請允許我向您介紹，他們是公會的代表，是忽魯謨斯的驕傲。」鄭和再朝他們揖禮：「歡迎！歡迎啊！」洋人們參差不齊地鞠著躬，神父則畫著十字，當他們抬起頭來打量寶船時，大驚小怪地驚叫起來：「上帝啊！這麼大呀！」

鄭和陪著哈斯莫爾一行步入大艙，哈斯莫爾好奇地觀看著四周說：「天哪，這簡直是一座海上宮殿。」兩個侍衛上前，從兩邊緩緩拉開長窗，頓時，無邊的大海展現在眼前。哈斯莫爾眼中熠熠閃光，說：「哦，閣下。讓我告訴你，上帝會妒忌你們這些大明人的！」

鄭和不作聲，冷冷地注視著哈斯莫爾胸前的那條綬帶，突然用嗔怪的口氣道：「總督閣下，請恕我直言。在大明，如果一個老人去世了，親友會為他守喪很長時間。而閣下您呢，齊亞先生屍骨未寒，您就占據了他的位置！」

哈斯莫爾愣怔片刻，終於懂了，笑道：「您誤會了。我非常尊敬齊亞總督，但忽魯謨斯有自己的法典。齊亞總督去世的當天，公會就推選我繼任。當然啦，這也跟他死於我的劍下有關，因為我是唯一打敗他的英雄。在忽魯謨斯，人人崇拜英雄，個個悍勇好鬥。大約每隔三個月就會換一個總督。齊亞任職時間最長，足足有一年半！這足以證明，他已經是一個偉大的總督了。」

鄭和訝然聽著，搖頭苦笑：「唉，你們這些西洋人哪，真是不可思議！」哈斯莫爾反駁道：「不可思議的是你們。你們竟然造出了這麼巨大的船。看吧，光是這片船甲板，就足以容納上千個士兵！」這話讓鄭和滿足，他忍不住糾正道：「二千二百。」哈斯莫爾聳聳肩：「天哪，這麼大的船，你們是怎麼造出來的？它比我們二十艘戰船並在一起還要大！」鄭和微笑著說：「總督閣下，大明國本身就比我所見過的任何國家大幾十倍。至於造船術，可謂是千年相傳，一言難盡。我只能告訴你，我們大明還可以造出更大的寶船。」哈斯莫爾欽佩地說：「我相信您的話。」

鄭和走到窗前望著大海，平靜地說：「但我們認為，無論多大的船與海洋相比，都只是滄海一粟。」哈斯莫爾點頭同意，鄭和笑笑又說：「不過，我們還認為。這滄海一粟雖然小，卻可以比大海更大，因為船能夠漂洋過海，而大海終有盡頭。所以大與小，善與惡、禍與福，都可以互相變化。以至無窮！」

哈斯莫爾愣然半晌，嘖嘖感嘆：「你們東方人的思想，就跟你們的國家一樣，又玄妙又神秘。抱歉，我真得弄不懂了。但是，請允許我問個簡單些的問題。」鄭和說：「請講。」哈斯莫爾十分感興趣地問：「這條船在汪洋大海上靠什麼辨別方向？要知道你們已經行駛上萬海里了，這是我們最奇怪也最佩服的。」

鄭和伸出兩根手指，自豪地說：「我們有兩個寶貝，一個叫浮水羅盤，一個叫過洋牽星圖。有了這兩樣寶貝，就能夠上識天文下辨海象，行萬里海洋如履平地！」

參觀過後，鄭和設宴款待所有的客人。宴席就在甲板上進行，差役們端上一道道酒菜，排布到席面上。而那些洋人對面前的每只描龍畫鳳、燙金鑲銀的酒盅、杯盞、碗碟，都愛不釋手：「瞧啊，它真可愛極了！哦，上帝呀！」幾個洋人甚至抓起小勺、小碟偷偷地揣進自己懷裡。

鄭和佯裝不見，舉杯敬酒。哈斯莫爾飲盡酒，讚嘆道：「這酒喝起來真舒服。」王景弘告訴他：「在我們的詩詞裡，把酒叫做『瓊漿玉液』。」哈斯莫爾讚不絕口：「哦，真是美極了！不過，請你們當心，我這些朋友不但會吃光你們的瓊漿玉液，還可能把食具也吃進肚裡去。」

王景弘詢問地看了一眼鄭和，得到他目光允許，笑著對洋人們宣布：「聽著，桌上的所有食具，你們都可留做紀念！」洋人們歡呼起來，他們紛紛抓起各種食具，揣進自己懷裡。突然，船尾處響起一陣呵斥聲，南軒公與幾個甲士押著一個洋人走過來。鄭和坐著不動，沉聲問道：「怎麼，這位朋友迷路了嗎？」南軒公把一片羊皮紙遞給鄭和，生氣地說：「鄭大人，他想鑽進總舵艙，查看我們的浮水羅盤。被我攔住了。兵勇們還在他身上搜出了這捲羊皮紙。」鄭和展開一看，羊皮紙上用炭筆畫著寶船各個角度的圖樣。他沉思片刻，呵呵笑道：「畫得不錯嘛，總督閣下，您看呢？」說著把羊皮紙遞給哈斯莫爾。哈斯莫爾尷尬地為那個洋人說情：「國使閣下，我想……他是太喜愛你們的寶船了。」鄭和道：「我早就說過，寶船上的一切，各位朋友可以隨意觀看。」哈斯莫爾急切地問：「連浮水羅盤也可以看嗎？」

鄭和沉吟不語，南軒公緊張地望著他。鄭和終於道：「可以！」哈斯莫爾大喜：「您真是太慷慨了。」立刻有幾個洋人跳起身，叫嚷著要去看。鄭和朝侍衛下令：「領他們去。」南軒公俯到鄭和耳邊，焦急地說：「鄭大人，西洋人有虎狼之勇，如果再掌握了航海奧秘，只怕會如虎添翼。您不能不防啊！」

鄭和掃一眼洋人，毅然高聲道：「讓他們儘管看，看個底朝天也不怕！大明國光明磊落，無懼於天下！」話音剛落，洋人們潮水般湧向總舵官房。鄭和望著興高采烈的洋人的背影，略微有些擔心地想，自己是不是過於自負了？

的確，許多年後，西洋人造出了自己的航海羅盤，並且在它指引下縱橫四海，踏破東方。

終於到了離開忽魯謨斯的時刻。水手們正在忙碌。船首，十幾個壯漢奮力推動絞關木。船下，一隻沉重的鐵錨哐哐地升出海水。

甲板上的水手在總旗官的號令聲中，將巨大的船帆升上主桅。舷邊，一排號手再次吹響螺號：「嗚嗚嗚……」

海面上，遠近各處的海船都在揚帆起航。

鄭和王景弘等人立於寶船高臺，莊重地朝到港口送別的忽魯謨斯人揮手告別。王景弘嘆了一口氣：「也許，我會想念他們。」他也喜歡上了這裡的人。

鄭和朝漸漸遠離的港口再次揮了揮手，說：「他們也會想念我們！」

港岸上，一群西洋樂隊在一個穿燕尾服的紳士指揮下，整齊地吹奏著銅號。市民們甩動著美麗的東方彩綢，尖聲叫嚷著，為遠去的寶船送行。鄭和和齊亞總督去喝過酒的酒店女老闆也在其中，她瘋狂地朝鄭和叫喊：「親愛的舅舅！您一定要再來呀！」

哈斯莫爾站在最前面，他手按胸前那條總督帶，深深彎腰朝寶船致敬。之後，他直起腰來，展開了手中那捲羊皮紙觀看。上面畫著詳細的寶船圖樣。他翻過一頁，出現了浮水羅盤的圖樣。哈斯莫爾看的時候嘴角一直掛著得意的微笑。他慢慢卷起羊皮紙。喚道：「魯哈斯！」一個青年跑到面前，哈斯莫爾將羊皮捲兒遞給他，吩咐道：「立刻交給商隊，讓他們帶到威尼斯商行去拍賣。誰給的價錢最高，就賣給誰！」

他再朝寶船張望的時候，視線裡的寶船已經模糊不清了。

（中集完）

國家圖書館出版品預行編目資料

鄭和／朱蘇進・陳敏莉著；-- 一版. -- 臺北
市：大地, 2004〔民93〕
冊；　公分-- （歷史小說；20-22）

ISBN 986-7480-03-1（上冊：平裝）. --ISBN 986-7480-04-X（中冊：平裝）. --ISBN 986-7480-05-8（下冊：平裝）

857.7　　93004411

# 鄭和（中）

歷史小說 021

作　　者：朱蘇進・陳敏莉
創 辦 人：姚宜瑛
發 行 人：吳錫清
主　　編：陳玟玟
封面設計：呈祥設計印刷工作室
出 版 者：大地出版社
台北市內湖區內湖路二段103巷104號
劃撥帳號：〇〇一九二五二～九
戶　　名：大地出版社
電　　話：（〇二）二六二七七七四九
傳　　真：（〇二）二六二七〇八九五
印 刷 者：普林特斯資訊有限公司
一版一刷：二〇〇四年四月

定　　價：200元


E-mail：vastplai@ms45.hinet.net
Printed in Taiwan